Miroslav Penkov

西欧の東

ミロスラフ・ペンコフ

藤井 光［訳］

白水社
EXLIBRIS

西欧の東

両親に捧げる

我が魂よ、おまえの故郷とは、おまえの航海の旅なのだ！

ニコス・カザンザキス『オディシーア』

第十六巻九五九行

西欧の東　目次

装　丁
緒方修一

装　画
Peter Sís

マケドニア

我々がトルコ人たちを追い払ってからちょうど二十年後に、私は生まれた。一八九八年のことだ。そう、私は七十一歳。そう、気難しくて意地悪な老人だ。例に漏れず、年寄りの臭いもする。腰に肩に膝に肘と、痛いところだらけだ。夜はなかなか寝つけない。孫息子の名前で娘を呼んでしまうが、妻に出会った日を、昨日のことよりも、いや今日のことよりもよく覚えている。今日は八月二日だったか。一九六九年。昨夜はおねしょをしてしまったが、さて今夜はどんな楽しい思いをできることやら。どこから見ても、私は何の変哲もない男だ。ただし、もう六十年前に死んだ男に嫉妬しているとなると話は別だが。

妻のノラがその男からもらった手紙を見つけてしまった。私と出会うずっと前、彼女がまだ十六歳だったころの。現実の人生の老後に出てくるのではなく、ロマンス小説にでも出てくるような、ばかばかしい発見だった。妻の宝石箱を、私はうっかり落としてしまった。蓋がぱかっと開き、底にある秘密の仕切りに通じる扉が緩んで開いた。そのなかに小さな手帳があった。手紙が書かれた日記だ。

女性が六十年も大事にとっておくような手紙を書けるなんて、私には想像もできない。あの男ではなく、私だったならよかったのだが。人生の終わりよりも始まりに近かったころ、ノラが出会ったのが。これがありのままの事実なのだ――私たちの人生は終わりかけている。私はまだ終わりたくない。いつまでも生きていたい。若者の体と、若者の心に生まれ変わりたい。ただし、自分の心と体で生まれ変わるのはごめんだ。私の記憶などない人間としてやり直したい。その、もうひとりの男になりたい。

*

ソフィアから数キロ、ヴィトシャ山の麓にある介護施設に夫婦で暮らすようになって、もう八年になる。眺めはいいし、空気もきれいだ。ここが気に入らない、というのとは少しちがう。ここが大嫌いだというほうが近い。眺めも空気も、食べ物も水も、私たちがみなそろって死にかけているように扱われることもいやだ。私たちがみなそろって死にかけているという事実も。だが、珍しく自分に正直に言えば、ここにいられることを感謝すべきなのだろう。ノラが発作を起こしてから、その世話を私ひとりで引き受けるのは難しくなった。結婚して間もない、すでに妊娠していた娘にアパートを明け渡し、荷物をまとめて、私たちは牢獄に身を落ち着けたというわけだ。

それ以来、毎日が同じことの繰り返しだ。六時半に起床して薬を飲む。食堂で朝食をとる。バターを塗った薄いトーストに黒オリーヴが三つ、黄色いチーズがひとかけら、リンデンのお茶。バルカン戦争のときだって、食事はもっとましだった。震える顎と震える指の海のただなかで席に着き、オリーヴの種が金属の皿に当たる音を聴く。誰にも話しかけないし、誰も話しかけてこない。その身分はどうにか手に入れた。朝食後、ノラの車椅子を押してジムに連れていく。妻が握りこぶしを作ろうとしたり、ゴムボールを持とうとしてもがく姿を見守る。看護士たちが妻のしなびた左腕と左脚をマッサージするのを見守る。彼女たちのしなやかな腕や脚を見つめる。

二度目の発作でノラは左半身不随になり、うまく話すことができなくなった。看護士のほとんど、さらには医者の何人かは、妻には精神的な障碍があると思っている。そんなことはない。まちがいなく、妻の頭のなかではすべての言葉が明瞭に響いているのだが、出てくるときには赤ん坊の言葉のようにばらばらになってしまうのだ。人前ではごにょごにょ話すのをやめてもらえないかと思ってしまうこともある。妻に、というか私に看護士が向けてくる目つきが恥ずかしく思えてしまうこともある。妻がまた話せるようになるなんて奇跡はもう起こらない。それは明らかだ。脳のその部分が、ヒューズが飛んで壊れてしまったのだ。なのに、どうして黙っていられない？　私やブリャナの名前はどうにか言えるし、私がうまいこと怒らせれば、罵ってくることもある。それ以外は意味不明なたわごとだ。

私が車椅子を押して部屋に戻っていくときや、天気がよくて庭に出ると同じところをぐるぐる回っているとき、妻はべらべらしゃべっている。庭が心地よいのは、花が咲いているときだけだ。それ以外は、黒い土がじめじめしていて、どうにもいやなことばかり考えてしまう。疲れてくれれば、ベンチに座って肩を寄せ合い、太陽の光を顔に浴びて居眠りする。誰から見ても微笑ましい姿だろう。

それから昼食。そして午睡。娘のブリャナは週に一度訪ねてくるし、孫息子を連れてくることもある。だが最近は、家庭内の問題のせいで、娘は毎日やってくる。話し相手としては最悪だ。母さんが動揺しないようにと言ってパヴェルを妻に預け、庭に出ると、夫が別の女の尻を追いかけているとブリャナは愚痴をこぼす。愛する娘よ、私だって動揺するかもしれないんだぞ。だが、ベンチに座ってじっと話を聞いているのは、おまえの父親だからだ。私には手助けしてやることもできないし、分別のあるアドバイスもしてやれない。とにかく、ぐっとこらえることだ。きっと大丈夫だから。ほとんど意味のない言葉だし、行動するにしても、体が言うことを聞いてくれない。

*

眠っているあいだは、以前の人生はどうだったのか、今の人生はどうなのか、といったことから無縁でいられる。それから目が覚める。誰かが部屋の外でトレーを落としたらしい。風が鎧戸を騒々しく揺さぶり、木々はきしみ、ノラの寝息はうるさすぎる。私は目を閉じる。だが、また誰かがトレーを落としてしまったら？　ノラが咳をするか、いびきをかいたら？　私は横になったまま、聞こえてはこないかもしれないのに、それでも眠りを邪魔する音を待っている。山の向こうで、雷が鳴っている。

私はローブを羽織り、窓際にあるノラの車椅子に座る。小さなラジオをつける。スピーカーから静かな音楽が流れ出す。紺色の夜のなかで耳を傾けていると、深夜ニュースを読み上げる声がする。共産党がふたたび偉大になり、国民にはさらなる雇用があり、貧困が減っている。我らがブルガリアの堂々たるレスリング選手団が、またもや金メダルを獲得した。おやすみ、同志たちよ、すこやかに眠りたまえ。

まったく。私にはすこやかな眠りなど望むべくもない。それに、同志たちにもうんざりしているし、彼らがすべてにわたって信じている輝かしい未来にもうんざりしている。どういうわけか、そんな未来は実現しないのではないかと疑うようになってしまった。つまみを回していくと、外国のラジオ局のくぐもった音を見つける。ルーマニアの局らしい。それからギリシャ。イギリス。どの声もひび割れていて雑音混じりなのは、党が受信を妨害しているからだが、少なくとも夜になると声がよく聞こえる。英語を聞いていると、すべてがつながってひとつの長い単語のように思えてくる。歴史も意味もない、完全に自由なひとつの言葉。夜の濃い空気のなか、ひとつの外国の音が次の音を引きずっていき、合流して一本の川になり、土地から土地に自由に流れていく。

私はその川とともに旅をする。それでも、自分の心配事という流れに抗えるものだろうか。ブリャナのことを考える。離婚して幼い子どもを女手ひとつで育てるとなったら、どうやって生計を立てるというのか？　父親なしで、パヴェルはどうやって一人前の男になれるのか？　私の目はノラの姿を探す。仰向けになって、軽くいびきをかいている。その顔、皺だらけの肌、曲がった唇を眺めていると、今でも可愛いと思わずにはいられない。男たるもの、重ねた年月を妻から脱がせていき、ふたたび若いころの裸の姿を見られるようでなくては。そのせいで、妻はあの別の男、手紙の主の前に裸で横たわったことがあるのだろうかと考えてしまう。その男は妻の左の乳房を手で包んだのだろうか。

何といっても、ノラの乳房なのだし、彼も男だったわけだ。もちろんそうしたはずだ。
宝石箱に手を伸ばし、底板をこじ開ける。その小さな手帳を取り出し、手のひらに載せる。表紙に誰かの殴り書きがある。**ノラさんへ、臨終のペヨ・スパソフ氏から、この日記をあなたに送ってほしいと頼まれました。**今はそこまでしか読めない。**ペヨ・スパソフ氏。**これほど平凡な名前にはそうそうお目にかかれない。きっと農家の生まれで、学校にもろくに行かず、物知らずで単純な男だったのだろう。畑を耕し、木を切り、羊の番をして日々の糧を得ていたはずだ。たぶん舌足らずなしゃべり方だったか、吃音持ちだった。たぶん畑仕事のせいで腰が曲がっていただろう。
はっと気がつく。今しがた考えていたのは、私自身のことではないか。もちろん、その男のことは憎らしいが、もし私とはちがって農家の生まれではなかったとしたら？　もしその男が医師の息子だったら？　私はページをめくり、最初の手紙を読む。

一九〇五年二月五日
最愛の人ノラへ。凍えて指も痛いけれど、そんなことを考えたくはない。きみに手紙を書いているから。ぼくらはピリン山脈を越えようとしていて、神がそうお決めになれば、明日にはマケドニアに入るだろう。トルコ軍は……

最愛の人ノラへ、か。私は手帳を箱に押しこむと、急いでベッドに戻る。毛布をかぶり、聞こえもしない音に耳をすます。この男の書いたものを読むだけの気持ちの余裕がない。ほんのわずかにではあれ、私がそうあってほしいと思っているような男ではない可能性があるからだ。

＊

「じゃあ、母さんは昔の手紙を何通か持ってたわけね。大したもんじゃない」。ブリャナはサングラスを外す。赤く腫れた目がまばたきして、午後の日光に慣れようとしている。私たちは庭に出て、ぽつんと離れたベンチに腰を下ろしているが、砂利の小道に足や杖や歩行器を引きずる不具どもの音は届いてきてしまう。

「大したもんだと？」と私は言う。

「大したもんよ」。娘はまた言う。娘の心が無感覚になっていて、壊れつつある結婚に弱りきっていることに、私は怖くなる。

「その手紙を読んでみればいいじゃない」と娘は言う。「退屈しのぎになるかもしれないし。母さんに読み聞かせてあげるとか。いいじゃない？　母さんもちょっとくらい楽しい思いができるかもよ」

楽しい思い！　そこで私は言う。「おまえから愛についてのアドバイスをもらってもな」。もちろん冗談のつもりだが、ブリャナは冗談を聞きたい気分ではない。そしてすぐ、黙っておけばよかったと私は思い知ることになる。堰を切ったように話が始まる。娘の夫と浮気相手のこと、夫と同じく学校で文学を教えている同僚の女のことばかりだ。

「昨日、アパートからあの人のあとをつけてみた。そしたら、その女とカフェで待ち合わせて、チヨコレートケーキをおごってたわ。自分は水を飲んでたから、どう見てもケーキ代にお金を使い果たしてて、彼女が食べてるあいだ一時間もずっとしゃべりっぱなしだった」

「おまえの話をしていたと思うか?」と私は言う。娘は泣き出す。

「最悪なのは」と、しゃくり上げながら娘は言う。「その女が全然可愛くないってことよ。どうしてわたしを捨てて、見た目が劣る女と一緒になろうなんて気になるわけ? 大人になっても詩を書いてる男なんてバカだってわたしが思っていたって、それが何だっていうの? わたしが本が嫌いだから何だっていうの? だからって悪い妻だってことにはならないはずでしょ?」

私は娘の肩を抱き、心ゆくまで泣かせてやる。

「それはもっともな質問だな」と私は言う。もっともな質問? いったい私はどうしてしまったのか。娘がすすり泣くあいだ、私の思考はふらふらと漂い、二階でノラと一緒にいる孫のパヴェルを想像する。ふたりで楽しく笑っていて、何も疑っていないはずだ。

「彼と話をしてみるといい」と私は言い、手で娘の髪をかき分けて涙に濡れないようにしてやる。

「そんなふうに監視しつづけるわけにはいかない。それはよくない」

娘は背筋を伸ばす。「父さんから愛についてのアドバイスをもらってもね」と言う。

*

また夜になる。昨日の夜だとしても、明日の夜だとしてもおかしくはない。四年前の夜でも。いつでも同じことだ。私はノラの車椅子に座り、世界に耳をすます。目ではなく、耳で、壁の向こうを見る。職員室にいる看護士たちがコーヒーを淹れている。お湯がゴボゴボといっている。誰かが靴下を繕っていて、二本の編み針が当たる音が聞こえる。ベンチ、木々、山の音が聞こえる。それぞれに独自の音があって、私はコウモリのように、生きているものも死んでいるものも含めてすべての音を飲みこむ。音に対する味覚が発達したのだ。

ベッドで眠る孫の物音、夫に話しかける娘の声がする。妻の夢の音もする。妻には甘い夢でも、私にはニガヨモギの味がする。ペヨ・スパソフ氏の夢を見ているにちがいない。そんなわけで、彼が遺していった雑音を私も少しばかり拾ってみてもいいはずだという気になる。私は手帳を手に取り、彼の汚い字を読む。

一九〇五年二月五日

最愛の人ノラへ。凍えて指も痛いけれど、そんなことを考えたくはない。きみに手紙を書いているから。ぼくらはピリン山脈を越えようとしていて、神がそうお決めになれば、明日にはマケドニアに入るだろう。トルコ軍はどの主要な道も警備しているから、新しい山越えの道を見つけねばならなかった。友達のうちふたりが氷の上で足を滑らせて、命を落としてしまった。ひとりめはミチュで、食料を積んだロバを引いていたら、ロバが足を滑らせてしまい、彼を道連れに崖から落ちてしまった。だからぼくらは今腹ぺこで、岩と岩の隙間で夜をしのいでいる。雪が降り始めている。最愛のノラ、きみが恋しい。今、きみのそばにいられたらと思う。でも、わかってくれるよね――マケドニアではトルコ人がぼくらの同胞を無惨に殺して、無理やりトルコ帽をかぶらせておこうとしているのに、男たるもの指をくわえて見ているわけにはいかないんだ。あのときもきみに言ったし、ここでもう一度言うよ――ぼくのような男たちが、兄弟を自由にするために行かないなら、ほかに誰が行くんだい。ロシア人たちはぼくらが自由になる手助けをしてくれた。今度はぼくらの番だ。ノラ、きみを愛している。でも、愛ですら道を譲らねばならないほど大事なものもある。きみもいつかそれを理解して、許してくれるはずだ。ナイフを抜け、ピストルを構えろ。隊長《ヴォイヴォード》はそう言っている。きみにも会わせてあげたいよ。片目なんだが、あんな飢えた目は見たことがないはずだ。もう片方の目は解放戦争のときに失ったんだ。隊長は一八七七年にシプカ峠で戦ったんだよ。信じられるかい？　彼が言うには、当時のトルコ兵たちは残酷だったけど、今なら勝てるそうだ。もちろん、そう簡単にはいかない。おまえには父も母もいないんだって隊長には言われたよ。山を父と思え、猟銃を母と思えってね。故郷の愛するすべての者に別れを告げよ、と。兄弟たちの血のために、ぼくらも血を流すんだ。でも、最愛のノラ、ぼくは別れを告げられない。それに、もう鉛筆を持っていられない。寒いんだ。どうか許してほしい。愛をこめて、ペヨ。

愛をこめて、ペヨ……どうしてその言葉を読んでしまったのか。この男を羨んだり恐れたりはすまい、と心に誓う。その代わりに、妻の動くほうの手と唇にキスをする。マーキングするようなものだ。今、妻は私のものだし、人生を通じて私のものだった。重要なのはそのことだ。廊下の奥にいる看護士の物音、ベンチや木々の音に耳をすます。だが、月明かりを浴びる私の枕は岩になっていて、その岩のそばで私が横になると、雪が降り始める。さらさらと顔にかかる雪の音がひとつひとつ聞こえ、裏切り者の膝や肘に寒気が広がる。隊長は解放戦争のときに片目を失ったんだ、か。まったく、なんてことを恋文に書くのか。目をえぐり取られた男たちを、私は見たことがある。身近にいた男たちが、裸足で、後ろ手に縛られている姿を。村の広場で縛り首にされ、見せしめにされていた。ベッドで横になり、まぶたをきつく閉じていても、その男たちの死体が揺れてロープが軋む音が聞こえ、揺れる死体が立てる音も聞こえる。

*

私は兄の一歳年下だった。私が十二歳のとき、母はもうひとり男の子を産んだが、その子は赤ん坊のときに死んでしまった。それから二年後、女の双子が生まれた。私たちは祖父の家に住み、祖父の土地を耕した。祖父は怠け者で、私の知るかぎり一番の怠け者だったが、それなりの訳があった。祖父は夕暮れから夜明け近くまで家の敷居に座って、ハシーシュを吸っていた。私をそばに座らせて、トルコ領時代の話を聞かせてくれた。若いころ、祖父はずっとトルコ人の地方長官に仕えていて、命が七つあっても足りないくらいの仕事を押しつけられて腰を痛めてしまったのだ。そんなわけで、自由の身になった祖父に言わせれば、もう自分のケツを拭くことすらまっぴらだった。「ケツならおまえの親父に拭いてもらう」と言って、煙を吸いこんでいた。祖父は砂埃のなかにブルガリアの地図をいくつも描いた。五世紀以上前の、トルコ人たちに領土を奪われる前の広大な版図を。その北部を円で囲うと、祖父は言った。「ここはモエシアといって、わしらが住んでいるところだ。ロシア人の兄弟たちのおかげで、ようやく自由の身になった」。それから南部を囲う。「ここがトラキアだ。北部が解放されたあとも、七年間はトルコ領のままだった。だが、今ではわしらはひとつの国に統一された。そしてここ」と言うと、さらに南にある地方を囲う。「ここがマケドニアだ。ブルガリア人の故郷だが、まだトルコに押さえられている」。祖父は線に沿って指を走らせると、その円を長いこと見つめ、ロシア軍が攻めこむべきところには矢印を、戦闘が行なわれるべきところには十字を描いた。そして砂埃に唾を吐き、ヨーロッパの残りの部分も描くと円で囲い、アフリカとアジアも囲った。「いいか、いつの日か、これらの大陸はみな、ふたたびブルガリアのものになる。もしかすると海もな」。そしてまた煙を吸いこむと、ちょっとした薬草なんだから子どもにも悪いはずがない、と言って、ときどきは私にも吸わせてくれた。

今、ベッドにいると、あの燃えるような煙で肺を満たせば、頭が真っ白になって軽くなるのに、という思いに襲われてしまう。代わりに、私はとうの昔に失われた記憶の数々で自分を満たす。ヒョウタンが雨水で自らを満たすように。

私たちの父は、食事のたびに義理の父親の手にキスせねばならないという苦い思い出を抱えた男だった。栗の木の棒で私たちを散々叩いたし、父が幸せそうにしていたのはたった一日だけ、一九〇五年、南北統一二十周年を祝ったときだった。兄と私を座らせて、それぞれに鉢いっぱいの赤ワインを注ぎ、男らしく一気飲みさせた。次に俺たちがマケドニアを奪い返したときはラキヤをいっぱいに注ぐからな、と父は言った。

父は七年後のバルカン戦争で行方知れずになった。私としては、父はエディルネ近くで倒れて英雄的な死を迎えたのだと思いたいが、もう家には戻らないと決めたのだとしても責めはしない。安らかに眠っていてくれたらと思う。祖父が死ぬと、女たちを養う責任が兄と私に降りかかってきた。他人の畑を耕し、干し草を刈り、村の羊たちの番をした。どこに行っても、バルカン戦争よりも大きな次の戦争の話で持ちきりだった。その戦争もまた、ついに私たちの村に達した。銃を持った男たちが広場に陣取って、兵士たちを徴集した。これこれの年齢の少年はみな入隊せねばならないと彼らは言った。ドイツ軍に加勢して勝利すれば、ドイツは二度のバルカン戦争でセルビア、ギリシャ、ルーマニアに奪われた土地を取り戻させてくれるということだった。トルコからマケドニアを取り戻し、ついに完全な国になれるのだと。母は泣き、私の手に、そして兄の手にキスをした。「息子をふたりともこの戦争で失うわけにはいかない。でも、ふたりとも匿って、私たちの血を辱めるわけにもいかない」と言った。双子の娘を二頭の羊の乳搾りにやり、私と兄の前に、乳の入った銅の器をひとつずつ置いた。先に飲みきったほうが、残って家の世話をすることになる。遅かったほうが戦争に行く。私はこれが人生で最後の一杯という勢いで飲んだ。がぶ飲みした。むさぼり飲んだ。吸いこむようにして飲んだ。飲み干したとき、兄はまだ器にほんの少し口をつけた程度だった。

どうして今になって？　私はほかに心配事はないのか？　私は横になって思い出に浸り、その古いばかげた手紙から降ってくる雪の音を聞く。山の寒さを感じ、雪解け水でいっぱいのままの器を持っている兄の姿を見る。頼むよ、兄さん。飲んでくれ。

＊

朝食を終えると、ノラがローブを着るのを手伝う――まずは不自由なほうの腕を、それから動くほうの腕を袖に通す。髪に櫛を当ててやり、こう話しかける。昨日はよく眠れたかい？　いい夢を見た？　私が出てきたりしたかな？　私は夢のなかで、山脈を越えてトルコ軍と戦ったよ。

妻はきょとんとしている。私は妻を立ち上がらせる。妻は微笑む。愛情のこもった笑みだろうか。それとも、手伝ってもらったことに感謝しているだけなのか。私たちはゆっくりと廊下を歩いていく。体の不自由なふたり、おたがいを松葉杖代わりにして。中庭をぐるりと回ると、ベンチに腰を下ろす。

「昔から回りくどいたちではないしね」と言い、私はウールのジャケットからあの小さな手帳を取り出す。それを妻の膝に置く。「このことは全部知っている」と私は言う。「この男がおまえを愛していて、おまえも彼を愛していたことを。もちろん私と出会う前の話だが、だとしても、話してくれてもよかったのに。どうしてひと言もなかった？　七十一歳にもなれば、死んだ人間にやきもちなど焼かないはずだ」

笑顔を作ろうとするが、ノラの目は手紙に釘づけになっている。指一本でその表紙を拭う仕草で、私はふと気がつく。最初の発作を起こしてから、妻はこの手帳を手に取っていないのだ。もう二度と彼の言葉を読むことはあるまいという思いと折り合いをつけていたのだろう。

読んでもいいではないか。私はページをめくり、咳払いをする。もう一度、妻のために、この死んだ恋人に蘇ってもらおう。ほんの一日だけだとしても。彼女の夫である私が、生きた唇を貸してやろう。

一九〇五年二月六日
愛しのノラ。今日、膝の高さまで積もった雪を踏みながら、ピリン山脈のブルガリア側の尾根を進軍していたら、巨大な岩の後ろから立ち昇る煙が見えた。ぼくらは拳銃を抜いて、トルコ人の血を流してやろうと思っていたけど、そこにはひとりの男とその妻が、小さな焚き火のそばで身を寄せ合っているだけだった。ふたりは男の上衣を細かく裂いて、その布切れを燃やして暖を取っていた。男の鼻は折れていて、血は寒さで黒ずんでいた。女の顔はナイフで切りつけられていた。ぼくは自分の外套を脱いで、女にしばらく貸してやった。許してほしい。隊長はぼくらに、ちゃんと火をおこして紅茶を淹れてやるように命じた。お湯が沸くのを待っているあいだ、男は何があったか聞かせてくれた。この夫婦は、国境の向こう側のマケドニアにある村の生まれだった。そこに小さな家があって、五歳の息子がいた。二日前、ぼくらのようにマケドニアの自由のために戦うブルガリア人の義勇兵部隊《コミティ》がその村を通った。その部隊を怒らせまいとしたのか、それとも親切心からか、善良な村人たちは彼らを家に泊めてやった。部隊が眠り、食べ、飲み(少々飲みすぎたかもしれない)、体を休めてから先に向かおうとしたそのとき、どこからともなく掃討部隊《ボテーリャ》が村に現われた。村に臆病者がいて、ぼくらの兄弟を裏切ったにちがいない。かなりの銃撃戦と流血があった。ノラ、男がそう言ったんだ。戦闘が終わると、トルコ軍は義勇兵部隊の男たちを中庭に引きずっていき、みんなもう死んでいるのに、いいかい、全員の首を斬り落として見せしめにした。みんなに見えるように、その首を棒の先に突き刺した。そして、ふたりから息子を奪うと、その子をトルコ人にしてみせる、大きくなれば自分の民族の首を狙って戻ってくることになるからな、と言ったんだ。

ノラ、どうしてぼくがきみのもとを去ったのか、今ならわかってくれるだろうか。どうして、きみの胸にではなく、石や、凍った泥や、ろくでもない山に頭を預けているか。トルコ軍も裏切り者どももも、兄弟よりも女を選んだ故郷の腰抜けどももも、みんな呪われるがいい。

そいつらと一緒に、ぼくは自分のことも呪うよ、ノラ。ぼくも腰抜けだったらよかったのにと思う。

手紙を最後まで読むのはひと苦労だ。読み終えると、私たちは無言で座る。ノラがどんな様子か見てみたくてたまらないが、それでも妻の目を覗きこむ勇気が出ない。私はいつでも、目をそらすほうが得意だった。

＊

午後になると、私たちの娘が訪ねてくる。その後ろでパヴェルがとことこ歩いている。私の首に抱きつくと、キスしてくれる。「じいじ《ディヤドカ》、元気？」

「おじいちゃんをじいじなんて言ってはだめ」とブリャナは息子を叱る。「失礼でしょ」パヴェルは妻に駆け寄ってキスをする。

「じいじか」。私はパヴェルを呼び寄せる。「おまえの筋肉を見せてくれるか」。孫は自慢げに力こぶを作る。「鉄鋼みたいでしょ」と言う。それから、私の力こぶが見たいと言う。「ゼリーみたいだ！」

靴を履いたまま私のベッドに飛び乗ると、スプリングを軋ませて跳ねる。

私も、ノラも微笑んでいる。だがブリャナは、覚えてきたおとぎ話をおばあちゃんに聞かせてあげてとパヴェルに言うと、ベッドの私のそばに腰を下ろす。毛布の皺を撫でて伸ばす。自分の母親に頷きかける。「話してもいいかしら？」

「あれはライチョウ並みに耳が遠い」と私は言う。「私のほうは……世界の耳といったところかな」

「お願いよ、父さん。わたしは別に不機嫌じゃないの」

それは意外だな、と私は思う。それに、今は静かにしてもらいたい。私も孫のおとぎ話を聞きたい。だが、娘は話をつづける。

「父さんのアドバイスどおり、あの人と話してみた」と彼女は言う。ブリャナは静かな口調で話しつづけ、私の心からこのときばかりは音がなくなる。突然、昔のことを思い出す。娘が小さかったころ、私がどれだけうるさく言っても、狭い歩道の縁石を自転車で走るのが大好きだった。そんな危ない芸は絶対にやめなさいと言うと、「パパ《タタ》、約束する！」と娘は決まって言う、それでようやく自転車を出してもいいことにしていた。ある日、娘はあごを血だらけにして玄関に立っていた。私を見ながら、必死で涙をこらえていた。「平気だもん」と言おうとしていた。「ちょっと転んだだけだから」。

私に抱き寄せられてキスされると、そのときになって初めてわっと泣き出した。

今、自分の夫の話をしているときもそんな感じだ。あれから何十年経っても、あのときの味が私の口に蘇ってくる――ブリャナの血と涙の味が。

「ちょっと、わたしが何て言ったかわかる？」娘が突然言い出す。「そもそも聞いてるの？」

「もちろん聞いているとも。夫と話をしたと。少し考えさせてほしいと言われた」

「考えるんですって！」と娘は言う。「だから、今日はここにふたりで泊まっていくことにしたのよ。明日も泊まるかも」

私は少し考えてみる。この小さな部屋は、夜になればノラの寝息でも隅々まで響いてしまうくらいだ。そして今、さらにふたりが寝息を立てて寝返りを打って、スプリングを軋ませるのか。つまりは、眠れなくなるということだ。昔を思い出してしまうということだ。だが、私のようなじいじに何ができるだろう。そこで看護士を呼ぶと、彼女はひとしきり文句を言ってから、二台の簡易ベッドを運びこむ。

＊

夕食が終わり、日が暮れかけている。娘がノラの寝支度をするあいだ、私はパヴェルの手を取って外に連れていく。年寄りが何人か、まだベンチに陣取っている。「パヴカ、私もあんな感じか？　干からびてみっともないか？」

「あんな感じだよ」と孫は言う。「みっともなくはないけど」

「また子どもに戻れたらな。だが、おまえにはその気持ちはわかるまい」

「ぼくはお年寄りになれたらいいなと思うな」。パヴェルは静かに息を吸いこむ。「じいじ、気がついたんだけどさ、お年寄りが話をすれば、若い人たちは聞いてくれるでしょ。でも、子どもの話は誰も聞いてくれない。ぼくがお年寄りだったら、パパと話をする」

スズメが枝にとまって鈴なりになっている木にさしかかる。

「こいつらが嫌いでな」と私は言う。「ピーチクパーチクうるさい」

私たちは小石を拾うと、ひとつ、またひとつとスズメの群れに投げつける。スズメは騒々しく飛び立って黒い影になる。だが、私の息が切れてしまうと、また元の枝に戻ってくる。

「もっと石を投げようか」と私は言う。

「じいじ、意味ないよ。ぼくらがいなくなったらすぐに戻ってくるんだし」

私は小石をいくつか拾うと、パヴェルの手に載せる。「さあ、やってやれ」

＊

寝ようというときになって、パヴェルは自分のベッドで歌い出す。寝ようとするときのこの癖は、もうなくなったものと思っていた。優しく、か細く、はっきりした歌声。私は寝返りを打ち、妻に微笑みかける。妻も笑みを返してくる。

「おじいちゃん《ディャード》、眠れないよ。お話しして」

ぼうや、そりゃ眠れないだろうとも。私の血はおまえにも流れているのだし、血は年を取らないものだ。

ブリャナが静かにさせようとするが、私は体を起こしてナイトランプをつける。手紙が書かれた日記を取り出す。「これは義勇兵《コミタ》の物語だ。トルコ軍と戦って死んだ男だよ」

「すごい！　反乱兵の物語だね」

ノラは私を止めようとはしない。ブリャナは自分のベッドで体の向きを変えて、もっとよく聞こうとする。私が読み、みなが耳を傾ける。それぞれが何を考えているのか、それはわかりようもないが、私たちは埃をかぶった言葉によってつながっている。「それから？」と、私がいったん止めて息を整えるたびにパヴェルは言う。「それからどうなるの？　つづきは？」だが、話の途中でパヴェルは寝息を立てている。

妻の恋人、ペヨ・スパソフは、ついにマケドニアにたどり着いた。峠を通るときに雪崩に遭い、さらに仲間をひとり失っている。ペヨも危なかったが生き延び、雪を掘って仲間たちを救い出した。そして今、義勇兵《コミティ》たちはある村にさしかかるが、誰も泊めてはくれない。兵士たちは命をかけて救うはずだった人々にナイフや銃を突きつけ、どうにか泊めてもらう。小屋のなか、焚き火のそばで部隊は夜を過ごす。彼らの目標は、明日になればもっと大きな革命軍部隊に合流し、ただちにマケドニア全土に広がるはずの大規模な反トルコ軍蜂起に参加することだ。この地はついに自由になるのだ。自分たち以外の義勇軍が待っているのか、そもそも彼らが生きているのかすら、ペヨたちにはわからない。

外では、犬たちが吠え始めている。兵士たちが窓にこっそりにじり寄ってみると、月明かりのなか、ひとりの農夫が自分たちのいる小屋のほうを指しているのが見える。たちまちトルコ軍の兵士たちが生垣の外に集まってくる。彼らは松明に火をつけて投げ、藁葺きの屋根に火を放つ。義勇兵たちは発砲する。トルコ兵も応戦する。火が燃え広がっていくのを横目に、なかにいる兵士たちは泥と藁と牛糞を固めて作った奥の壁を銃床で殴って穴を開け、闇に紛れてどうにか逃れる。山の斜面を駆け上がり、石が積み上がった場所に隠れる。体が冷えているところに、雪がまた降り出す。下のほうでは、犬が何匹も吠えている。松明がいくつもゆらめき、屋根から屋根に渡り、藁葺きの屋根はひとつまたひとつと燃えていく。女たちの金切り声を耳にしつつも、義勇兵たちは物音ひとつ立てるのも怖い。この臆病者たちには、山を降りていってトルコ兵たちと相まみえる力もない。松明の火が夜に溺れると、義勇兵たちはドブネズミのように逃げる。

私は手帳を脇に置き、ランプを消して部屋を暗くする。みな、静かに、そっと寝息を立てている。孫を羨むなどまちがっている。それでも、羨んでしまう。ノラのことも羨ましい。こんな手紙を、私は誰からももらったことはない。だが、その男をもう羨みはしない。なぜなら、私と同じように、彼も自分が臆病者だと証明したからだ。そして、まちがったことだとはわかっているが、私はそのことに安堵する。

パヴェルの様子を見に行く。毛布を蹴り飛ばしているから、しっかり体にかけてやる。それから、娘と妻の毛布もかけ直してやる。窓際に座る。七十一歳にもなれば、どんな物語を聞かされても、そのまま受け取るなど無理な相談だ。この齢になれば、ひとつの物語は渦を巻き起こし、さらなる物語を中心に向かって引きこんでいき、ますます多くの物語を吐き出すものだ。私は私で、覚えておかねばならない物語がある。

＊

兄はかすり傷ひとつなく戦争から帰ってきた。何を見てきたのか、何をしてきたのか、私たちはそれについて一切話さなかった。私は自分が情けなくて何も訊ねず、兄は自分が情けなくて何も言わなかった。もちろん、ブルガリア現代史の例に漏れず、その戦争には敗れたが、我々が戦闘で負けはしなかったことを思えば悔しいかぎりだった。単に同盟を結ぶ相手をまちがえたのだ。「我々が」ではなく、「我々の兵士たちが」戦闘で負けたことなどない、と言うべきだろう。私は何も知らなかったのだから。私は羊の世話をしていた。そうして、兄と私は一緒に山に上がった。夜になると羊を集めて小屋に入れ、大鍋で乳を沸かし、粥を作って黙々と食べた。周囲の山は、ほかの小屋から聞こえてくる鈴の音や犬の吠え声でざわついていた。ときどき、黙っているという重荷に耐えられなくなると、私は立ち上がって声のかぎりに怒鳴った。**イーヒーーー**。するとまた別の丘から別の羊飼いが、そしてまた別の丘からも声が連なっていき、私たちは子どものように夜に向かって叫んだ。

あれは一九二三年の春、毛刈りの季節だった。群れ半分を刈り終えて、羊毛を日よけの下に広げているところだった。犬たちが吠え出し、斜面の下に男たちの一団が姿を見せた。最初は小さい点にしか見えなかったが、そのうち、ライフルを持っていることがわかった。

私たちは犬を離して待った。やってきた男たちは六、七人で、羊飼いの外套を着て、頭にはフードをかぶっていた。だが羊飼いではない。私にはピンときた。私たちに向けて銃を構えると、両手を上げろと言った。もちろん私はそのとおりにした。だが、兄は男たちを眺めつつ、藁をくちゃくちゃと噛んでいるだけだった。道に迷ったのか、と兄は訊ねた。「子羊を何頭か、それから乳とチーズをもらいに来た。腹を空かせた同志が森にたくさんいる」と男のひとりが言った。そしてライフルを私に向けて振った。「子羊を選んでこい」

「あんたらの同志のための子羊はないよ」と兄は言った。男がひとり歩み出ると、銃床で兄の顔面を殴りつけた。だが、口を開くと女の声がして、フードを下ろすと女の顔が見えた。血と藁にまみれて倒れている兄に、その女は唾を吐きかけた。好きでこんなことをしていると思うのか、と兄に言った。好きで犬のように穴ぐらに暮らしていると思うのか。私たちは人民のため、同胞愛のため、平等と自由のために闘っているのだ……「あんたはすごくきれいだ」と兄は言うと、血を少し吐き出した。「あんたと結婚しようかな」。女は笑った。「子羊を連れてこい」と私に言った。彼女の同志たちは兄を縛り上げた。私が乳を沸かすあいだ、彼らは子羊を一頭殺して串焼きにした。その夜、彼らは私たちの家に泊まり、労働者たちが政権を握るべきだと話していた。変革の話もしていた。その年の九月に蜂起がある。何千人という同志たちが一丸となって、王政《ツァール》を打倒するのだ。彼らが言うところの数世紀にわたる奴隷たちの怒りが、ついに解き放たれる。悪い人たちではなかったのだろう——腹を空かせて、愚かだっただけだ。例の女は兄のそばに腰を下ろすと、乳を飲ませてやっていた。もう自由にしてやってほしいと私は頼みこんだが、縛り上げておくほうがいいと彼女は言った。

その夜は土砂降りの雨だった。私は焚き火から燃えさしを取り出すと、眠っている同志たちをまたぎ、日よけの下にある羊毛が濡れていないかどうか確かめに行った。すると、あの女と兄が、羊毛の山に裸で横たわり、タバコを吸っていた。藁葺きの屋根から雨が染みこんで、燃えさしの光のなかで、ふたりの体はうっすらと光っていた。

「彼らと行動をともにする」。朝になると、兄は私にそう言った。

そして兄は出ていった。八月、兄は射殺された。そのとき私は村に戻っていた。警官たちが私たちの家の門を叩いて回り、私と母、妹たち、近所の人たちを集めた。村全体が広場に駆り集められた。

彼らは絞首台を立てていて、そこには男も女も一緒に吊るされていた。

「ここにぶら下がっているのはパルチザンの反乱兵どもだ」と警官は言った。「我々が森で射殺した共産主義者だ。まちがいなく、何人かはこの村の人間だ。おまえたちの息子や娘だ。名前を白状すれば、きちんと埋葬させてやってもいい」

私たちは一列になり、ひとりずつ死体のそばを通っていった。すでに射殺した人間を首吊りにするなど、まったく無意味だった。だが、恐ろしい見せしめにはなる。

「こいつを知ってるか?　じゃあこいつ、この女はどうだ?」

そして、私が絞首台の前に立つ番がきた。思い切り目を閉じると、世界からすべてが消え、ロープが軋む音だけになった。

＊

土曜日の朝、ブリャナは母親の着替えを始める。

「私にやらせてくれ」と私は言う。「一日でも欠かすわけにはいかない」

昼食には鶏肉と米が出る。塩は控えめにね、とブリャナは私に言う。この八年間、そんなことは言われてこなかったから妙な感じだが、言われたとおりにする。デザートには砂糖をかけたヨーグルト。パヴェルは私の分も平らげる。砂糖は控えめにね、とブリャナは息子に言い、私たちは笑う。とりたてて面白くはないが、それでも笑う。看護士がパヴェルにリンゴをひとつくれる。孫はありがとうと言うが、がっかりしているのがわかる。

パヴェルに部屋で宿題をさせ、私と娘は中庭をのんびり何周かする。ブリャナは無言で、私も何を言えばいいのかわからない。戻ってみると、パヴェルは手紙が書かれた手帳を読んでいる。「おばあちゃん」と言っている。「この義勇兵《コミタ》とおじいちゃんと、どっちが好きだったの？」

自分も妻の答えを待っていることに、私は気づく。どうやら、ブリャナも待っているようだ。もちろん、義勇兵に軍配が上がるだろう——妻にとっては心の人、初めての大恋愛の相手だったはずだ。ふたりが婚約していたのはほぼ確実だと私は思い始めている。おそらく、ふたりで将来のことを語り合い、小さな家に住んで、子どもがふたりいて、などと思い描いていたのだろう。でなければ、彼の日記をここまで後生大事に取っておくだろうか。そして、ふたりの愛が成就しようとしていたそのとき、彼は戦死した。まだ最後まで読んではいないが、それくらいはわかる。妻はまず、裏切られたと思った。婚約者よりも、同胞愛だの自由だのといった奇妙な理想を彼は選んだのだ。そのことで妻は彼を憎んだ。だが、彼が死んでから一年近く経ったある朝、外国の切手が貼られた小包を郵便配達人が持ってくる。妻はなおも彼を憎みつつ、日記を読む。毎日その日記を読む。どの手紙も覚えてしまい、月日が経つにつれて憎しみは薄れ、最後には彼の死がふたりの愛を理想的なもの、死なないものに変えた。今、私はそう思うようになった。二人の愛は愚かで、子どもじみていて甘ったるく、それを幸運にも失えば、藁葺きの屋根のように燃え上がるが一生消えない愛なのだ。それに引き換え、私たちの愛は……私は彼女の夫で、彼女は私の妻。それだけだ。

ところが、考え事から私を引き戻そうとするかのように、ノラは私の手を取って握る。私はその手にキスをする。「読んでみよう」と私は言う。突然、頭がくらくらして虚ろになり、ほとんど叫ぶような声が出る。小さな手帳を手に取る。

義勇兵たちは、目指していた合流地点であるツァルニブロド村にたどり着く。太陽はもう山の背後に沈みかけている。村は静まり返っている。男がひとり出てきて彼らを迎える。「隊長はここにいるか?」と義勇兵たちは訊ねる。「ええ、ここに来ていて、俺の家で待っていますよ」と男は答える。「嘘じゃないだろうな?」と義勇兵たちは訊ねる。「俺の子どもたちにかけて本当ですとも」と男は言い、十字を三回切る。義勇兵たちを連れて村を抜けていく。黒いロープのような煙が家々の煙突から立ち昇り、氷で覆われた屋根は夕焼けの光に燃え立っている。彼らの足元で、雪が音を立てる。何も動きはない。

彼らは家に到着する。男が門を押し開けると、隊長がふたりの仲間を連れて入る。するといきなり、雪のなかで銃弾がシュッと音を立て、ペヨは太ももを撃たれて倒れる。まわりでは、義勇兵たちが白いシーツの上を跳ぶノミのように転げ回っている。裏切られたのだ。

どうにかして、一発も撃つことなく、ペヨは足を引きずってその場を逃れる。血はどくどく流れ出ている。一軒の家の前で倒れこむが、ふたつの手がなかに引き入れてくれるのを感じるだけの意識はある。

私たちは座っている。音ひとつないまま、長い時間が過ぎていくように思える。私の引き出しを漁ってみると、まだタバコを吸っていたころに買ったアルダが一箱出てくる。窓を押し開けてタバコに火をつけるが、誰も文句を言わない。古くて湿った、ひどい味だ。吸い終えると、二本目に火をつける。ガラス窓に映る妻の姿を見つめる。埋もれたままにしておくべきものを掘り返してしまったのか、と自問する。だが、最後まで読みたい。妻も聞きたがっているのがわかる。

トルコ軍は義勇兵を皆殺しにする。ペヨは反体制的な農家に匿ってもらうが、傷が敗血症を起こしてしまう。その彼の姿が、今ありありと見える。私のベッドにいて、熱に浮かされたように手紙を書き、まだいくらか体力があるうちにこうしたすべての出来事を紙にしっかりと書き留めておこうとしている。黒い目は熱でらんらんと輝き、唇は農家が与えた雄鶏のスープの脂で光っている。だが、スープでは治らない。死神と口づけをしているのだから。

私は最後のページをめくり、反乱軍の歌らしきものを読む。

我に父なし、我に母なし
我を蔑む父も
悼む母もなし
父とは　この山
母とは　猟銃

「ここで終わりだ」と私は言う。「もうつづきはない」

パヴェルは簡易ベッドからひょいと降りると、リンゴをつかむ。シャツで拭うとひと口かじりつく。

リンゴを母親に、ノラに、私に差し出す。だが、私たちの誰も口をきかない。

すると、看護士がドアをノックする。「面会の方がお見えです」と言う。

*

私たちが無言で座るなか、中庭ではブリャナが夫に話しかけ、ふたりの今後を決めている。窓から離れて木の下に入ってしまったので、ここからはふたりの姿が見えない。

「どうして父さんと話しちゃだめなの？」とパヴェルは訊ねる。食べかけのリンゴを窓の出っ張りに置くと、手帳を手に取る。「じゃあ、学校用にこの詩を暗記する。退屈だから」

「パヴカ、おばあさんと一緒にいなさい。私はすぐ戻るから」

足を引きずりつつ、なるだけ速く廊下を進んでいき、出口の近くに来たところで、ブリャナが入ってくる。両頬を拭う。「終わったわ」と言う。「彼はもうアパートを引き払ってる。父さんにはいい知らせでしょうね。ひと部屋に四人だったし……」。娘は笑うふりをする。私はその体を抱きしめる。本当に久しぶりに。額と両目、鼻にキスをする。

「子どものところに戻ってやりなさい」

娘の夫はまだベンチに座っていて、両手で顔を覆っている。私がそばに座ると、びくっとする。私ももう齢だな、と自分でも思う。長老だ。口を開けば、若い人たちは聞いてくれる。だが、自分の息子よりも自分の血よりも、ひとりの女に対する愛が強い男に何を言えばいいのか。この男には、何を言っても後悔させられはしないだろう。

私はベンチにもたれかかり、痛むのもかまわず脚を組む。ズボンの皺を手で伸ばす。

「我に父なし」と私は言う。「我に母なし。我を蔑む父も、悼む母もなし。父とはこの山、母とは猟銃」。彼が戸惑って唇を嚙んでいるのがわかる。顔がさっと紅潮する。ほとんど理解できない、忠誠と勇気を謳う昔の反乱軍の言葉だが、それでも、その言葉に喉を締め上げられているのだ。

＊

ブリャナとパヴェルがいなくなるとすぐ、私は事の次第をすべてノラに聞かせる。ひとつ残らず。今の私たちには、秘密があってはいけない。

「あれは強い娘だ」と私は言う。「きっと大丈夫だよ」。ほかに何を言えばいいのかわからない。私の机に置いてある手帳を眺めていると、ノラは苦労してベッドから体を起こす。腰のあたりがポキンと鳴り、スプリングが軋む。私は手伝おうと駆け寄るが、妻は首を振る。**何もしないで**、と言いたがっている。**自分でできるから。わたしにやらせて**。妻が手帳を手に取ると、一瞬のうちにそれは生き返る。埃をかぶったその体が、妻に触れられて身震いする。身を震わせて露を落とすスズメのように。男の心臓が、ふたたび脈打ち始めている。不器用で、恐ろしく、身の毛もよだつ手を妻が導いていく。私が見つめていると、妻はしなびた脚を動かして部屋を横切り、手帳を箱に収める。その箱を引き出しに入れ、引き出しを閉める。穏やかな顔だ。その顔はこう言っている。さようなら、昔の人。さようなら、昔の恋。

その反乱兵の墓はまだ、マケドニアのその村にあるのだろうか。そこに行けば墓を見つけられるのだろうか。実体のない計画が形をとり始める。ひとつ手を回してみてはどうだろう。私たちの力になってくれる古い同志には、ひとりかふたり心当たりがある。車を貸してくれて、パスポートにもスタンプを押してくれるとしたら？　ブリャナとパヴェルも連れていこう。

私は食べかけのリンゴを窓の出っ張りから取り、片手で軽く投げ上げては受け止める。ノラ、落ち着いた顔で息も乱れていないのは見事だよ、と言いたい。そうやって息をするやり方を教えてくれ。手をさっと振り、荒波をガラスに変えてしまうやり方を。

その代わり、妻の名前を呼ぶ。妻はゆっくりと脚を引きずって歩いてくると、私のそばに腰を下ろす。「おまえには話したことがなかったな」と私は言う。「兄を埋葬してはいない。あれは嘘だ。ロープから下ろしはしなかった。山にいた人たちから聞いた噂では、射殺されたのが自分の子どもだと認めた母親は、国王軍の兵士たちによって引き離され、その場で撃ち殺されてしまうという話だった。それで私は母に言った。『娘たちの血のために、お願いだから足を止めないでくれ。何も言わないでくれ』。そのときの母はあまりに茫然としていて、兄の前に立っても、手を伸ばして足に触れようとはしなかった。私たちはそのまま通り過ぎた」

実現することはないとわかっていても、私は言う。「一緒にマケドニアに行こう。墓を見つけよう。車を借りるから」。言いたいことはもっとあるが、言わずにおく。妻は私を見つめる。妻が私の手を取り、いまや私の手も一緒に震えている。リンゴに、パヴェルの歯型と、変色した果肉に小さな歯が一本刺さっているのが見える。それをノラに見せると、少ししてようやく、それが何なのか彼女は気づく。少なくともそう思える。

だが、それから妻は驚く様子もなく頷く。そうなるだろうと思っていたかのように。私にこう言いたがっている。歯が一本抜けても気づきもしないなんて、若いって素晴らしいことじゃない？

西欧の東

三十年の歳月と、愛する人たちの死を経て、ぼくはついにベオグラードにやってくる。そして今、いとこのアパートの表を行ったり来たりしている——片手には花束、もう片方の手にはチョコレートバーを持って、彼女に言う単純な質問を何度も何度も練習している。ついさっき、セルビア人のタクシー運転手に唾を吐きかけられたから、それをシャツから拭い取る。十一まで数える。もう一度、ぼくは頭のなかで繰り返す。**ヴェラ、ぼくと結婚してくれるかい?**

＊

初めてヴェラと会ったのは一九七〇年の夏、ぼくが六歳のときだった。そのころ、ぼくは川のブルガリア側のブルガルスコ・セロという村に家族と住んでいて、彼女のほうは向こう岸のセルブスコで家族と暮らしていた。はるか昔、このふたつの村はスタロ・セロというひとつの村だったけれど、大きな戦争に立てつづけに負けたブルガリアは領土を失い、その土地がセルビアに与えられた。村をふたつの集落に分けていた川が国境線になった。川の東側はブルガリアに留まり、西側はセルビアのものになった。

ふたつの村はすっかり困ってしまった。そこで、村人たちは両国から許可を取りつけて、五年ごとに「スボール」という大掛かりな再会の集いを催した。ぼくらが根っこ《ルーツ》を忘れないための公式な行事だった。とは言っても、現実には、その集いはみんなで焼いた肉とラキヤをたらふく腹に詰めこむためのもうひとつの口実にすぎなかった。大人の男たるもの、食べすぎで胸が悪くなるまで食べて、飲みすぎで具合が悪くなっても構うものかと思うまで飲む決まりになっていた。一九七〇年の夏、再会の集いはセルブスコのほうで行なわれることになっていて、それはぼくらはまず川を渡らねばならないということを意味していた。

*

川を渡るときの様子は、こんな感じだ。

轟音と、水面にいくつも浮かぶ煙の塊。ミハラキーが自前のボートに乗って、川を下ってくる。なんとも見事なボートだ——と言っても、実のところ筏にモーターがついているだけの代物だった。戦車用かと思うようなエンジンがついたロシア車モスクヴィッチのポンコツから、ミハラキーは座席を取り外し、それを筏の床板に釘で打ちつけて、山羊の皮を張った。毛を外側にして。茶色に黒と白のぶち模様。その玉座にふんぞり返る彼は、落ち着いていて威厳がある。黒檀の吸い口のついたパイプをくわえて、長い白髪を旗のようになびかせている。

川岸には、ぼくの村の人たち。みんな待っている。父さんは白い子羊を一頭脇に抱え、ブドウのラキヤの瓶をかごに入れてうまく肩に載せている。目を輝かせて、ボートをまじまじと見ている。舌なめずりする。そばには白いチーズが詰まった樽がある。叔父さんはその上に腰かけて、ブルガリアのお金を数えている。

「あいつらがドイツ・マルクを売ってくれたらいいんだけどな」と言う。

「いつだって売ってくれるさ」と父さんは言う。

その後ろにいる母さんは、袋をふたつ持っている。片方には「テルリツィ」が入っている――向こう岸の人たちへの贈り物にしようと、何か月も編んできた毛糸の靴下だ。ふたつめの袋はチャックで閉じてあって中身が見えないけれど、ぼくは知っている。瓶入りのバラの香油、口紅、マスカラ。それを売るか、別の種類の香水や口紅やマスカラと交換するつもりだ。その横では、姉さんのエリツァが、お金の詰まった小さなテディベアを胸にしっかり抱いている。ずっと貯めてきたお金だ――ジーンズを買うために。

「リーバイスよ」と姉さんは言う。「ロックスターみたいなやつ」

姉さんは「西側」のことをいろいろ知っている。

ぼくはおじいさんとおばあさんに挟まれて立っている。おばあさんは一番の晴れ着姿だ――自分のおばあさんから譲り受けて、いつか姉さんに譲るつもりでいる伝統衣裳。カラフルな前掛け、白い麻のブラウス、刺繍。耳には一番高価な飾り――銀のイヤリング。

おじいさんは口ひげをいじっている。

「あの野郎め」と言っている。「今度こそ払ってもらうぞ。今度こそな」

誰の話かというと、サッカーの賭けで負けた、いとこのラドコ伯父さんのことだ。川幅が狭まる断崖のところに自分の羊を連れていった伯父さんは、向かい側の崖で羊をまとめているおじいさんを見かけて、こう叫んだ。「賭けてもいいが、おまえたちブルガリアはロンドンで負ける！」するとおじいさんは「いくら賭けるんだ？」と怒鳴り返した。そうして賭けが成立した。三十年前のことだ。

川のこちら側の土手には百人近くがいるから、ミハラキーがぼくらをみんな川の向こうに渡らせるには丸一日かかる。税関はない――男たちが警備兵たちにいくらかお金を払えば、それで万事解決する。最後のひとりがセルブスコの土地を踏むころには、月が空に明るく輝き、焼いた豚肉と泡立つワインの匂いがあたりに満ちている。

飲み、食い、踊る。夜を徹して。朝になれば、みんな草地で眠りこけている。酔っても眠ってもいないのはふたりだけ。ひとりはぼく。そしてもうひとり、ぼくの村人たちのポケットを漁っているのは、いとこのヴェラだ。

＊

彼女の持っているふたつのもの、ジーンズとスニーカーに、ぼくは目を奪われた。それ以外は、ただの痩せっぽちの女の子だった——色白で丸顔、日焼けして皮膚がめくれかけた華奢な肩。長い髪だったと思うけれど、腰まで伸びていたのはぼくの姉さんの髪だったかもしれない。もう忘れてしまった。でも、いとこに初めて言われたことははっきり覚えている。

「髪を放しなさいよ」とヴェラは言った。「じゃなきゃ、あんたの口を殴るからね」

盗みをやめさせようと思ったぼくは髪を放さなかったから、約束どおり、彼女からパンチを食らった。ただしその一撃はあまり正確ではなく、ヴェラの拳はぼくの鼻に当たり、プレーンビスケットのように鼻がつぶれてしまった。スポールの残りを、ぼくは顔にテープを貼って過ごした。くしゃみをすれば血が出たし、みっともない洟は今でも、これから先も治らない。そのせいで、母さん以外はみんな、ぼくのことを「ハナ」と呼ぶようになった。

＊

夏が五回来ては去っていった。ぼくは村にある学校に通い、午後には父さんの畑仕事を手伝った。父さんはミンスクで製造されたトラクター、ＭＴＺ50を運転していた。ぼくを膝に乗せてハンドルを握らせてくれたけれど、ぼくが握るとハンドルは震えてがくがく動いて、トラクターは斜めに畑を耕していき、ひどく歪んだ畝を残していった。

「腕が痛い」とぼくは言う。「このハンドル固すぎるよ」

「ハナ、ぎゃあぎゃあ言うな」と父さんは言う。「おまえが握ってるのはハンドルじゃない。おまえが引っつかんでるのは人生の首根っこだ。だからしゃきっとして、こいつの喉を締め上げられるようになれ。なんたって、こいつはおまえの喉を締め上げるこつをもう心得てるんだぞ」

母さんは学校の教師として働いていた。ぼくからすれば変な感じだった。教室では「母さん」と呼ぶわけにはいかなかったし、ぼくが宿題をやってきたかどうか、母さんはいつだって知っていたのだから。でも、そのおかげで母さんの書類を見ることができたから、試験問題をこっそり持ち出して子どもたちに売って小銭を稼いだ。

次のスボールの年、一九七五年に、学校の地理の先生が退職し、母さんはその先生のクラスも教えることになった。おかげでぼくは前よりもっと多くの試験問題を売って、かなりのお金を稼いだ。ぼくには目標があった。まず両目をごしごしこすって目が潤んでいるように見せてから、姉さんのエリツァのところに行くと、とっておきの控えめで弱々しい声で訊ねた。「そのジーンズ、いくらで売ってくれる?」

「ハナ、あんたのことは大好きよ」と姉さんは言った。「でも、このジーンズは死ぬまで手放さない」

ぼくはしょんぼりしてみせたけれど、姉さんは譲らなかった。その代わりにアドバイスをくれた。「いとこのヴェラに頼んだらいいわ。スボールのときにお金を払えば」。そして、ナイトテーブルに置いてある瓶から十レヴァ札を一枚取り出すと、ぼくのポケットに突っこんだ。「いいジーンズを買いなさいよ」

再会の集いまであと二か月というとき、ぼくは川に行った。声を張り上げていると、男の子がひとり姿を見せたので、いとこを呼んでくれと言った。彼女は一時間後にやってきた。

「ハナ、何がほしいの？」

「リーバイス！」とぼくは叫んだ。

「じゃあお金を用意しといて！」と彼女は怒鳴り返した。

＊

煙と轟音のなかから、ミハラキーが現われた。それとともに、「西側」がやってきた。いとこのヴェラがボートから降りてきた。彼女の着ているものすべてがこう叫んでいた――わたしたちはあんたたちよりもいい暮らしをしてるのよ、物だってずっとある、あんたたちには一生手に入らない物があるんだから。彼女は小花柄の白い革のシューズをはいていた。「アディダス」というものらしい。ジーンズをはいていた。そして、英語が書かれたTシャツ。

「何て書いてあるんだ？」

「音楽グループの名前よ。『スモーーーーコン・ザ・ウォーーーーータ』って感じの歌がある。聴いたことある？」

「もちろんあるさ」。でも、彼女には見透かされていた。

昼食が終わると、大人たちは焚き火を囲んで踊り、それから酔っぱらってサッカーを始めた。エリツァはほとんど姿が見えず、ようやく戻ってきたときには、唇は燃えるように赤く、目は見たこともないほど輝いていた。ぼくを少し離れたところに引っ張ると、姉さんはこうささやいた。「誰にも内緒よ」と言ってから、姉さんはセルブスコの黒髪の少年を指した。瘦せていて、首が長く、ちょうどサッカーに加わろうとしていた。「ボバンと森でキスしてたの。最高だった」と言い、その声は少し震えていた。エリツァはぼくの脇腹をついて、いとこのヴェラを指した——焚き火のそばに座り、あくびをしながら棒で燃えさしをならしている。

「ハナ、あんたも男らしくあの子を森に連れていきなさいよ」

そして大声で笑い出したので、耳の遠いばあさんたちまで振り向いてぼくらを見た。

ぼくはいやだったし、恥ずかしくなって逃げ出したけれど、結局はヴェラのところに行くしかなかった。ぼくのジーンズはあるかい、と訊いてから、お金を出して数え始めた。

「ここじゃだめよ、バカ」と彼女は言うと、火のくすぶる棒でぼくの手を叩いた。

ふたりで村を抜けていき、そのうち、道路の真ん中にぽつんとある古い橋にやってきた。石と石のあいだには黄色い草が生えていて、川底は干上がってひび割れていた。

橋の下に隠れて交換した。三十レヴァで、ジーンズ一本。人生最高の取引だった。

「ちょっと散歩してく?」お金を二回数えてから、ヴェラは言った。大人の男たちがするように、札束で顔を撫でてからポケットに突っこんだ。

森でキノコ狩りをしながら、彼女は学校の話をし、いつもちょっかいを出してくるセルビア人の男子の文句を言った。

「そいつに目にもの見せてやるよ」とぼくは言った。「今度そっちに行くときはさ、そいつを連れてこいよ」

「あらあら、ハナ、ケンカ慣れしてるような口きくのね」

そして、例のごとくぼくの鼻を殴った。またもやビスケットのように鼻がつぶれてしまった。

「なんでこんなことするんだ?」

彼女は肩をすくめた。ぼくは殴り返そうと拳を握りしめたけれど、女の子を殴れるはずもない。それに、誰かの顔を殴ったところで、自分の鼻から流れる血が止まるわけでもない。ぼくは血が出ないようにすすり上げて、痛くなんかないふりをしようとした。

彼女はぼくの手を握って、川のほうに引っ張っていった。

「ハナ、あんたのこと好きよ」と彼女は言った。「顔を洗いましょ」

*

ぼくらは土手で横になって、タイムの葉を嚙んだ。

「ハナ」。ヴェラは口を開いた。「わたしたちが学校で何て教えられてるか知ってる?」

彼女はぼくのほうに体を向けたので、ぼくも同じようにして彼女の目を見つめた。真っ黒で、アプリコットの種みたいな形の瞳だった。顔はそばかすだらけで、上唇には、色が薄くて見えづらい小さなほくろがあって、彼女が緊張したり怒ったりすると赤くなった。そのほくろが今、赤くなっていた。

「きみってネズミみたいだ」とぼくは言った。

ヴェラはあきれたように目を回した。

「歴史の先生はね、わたしたちはみんなセルビア人だって言ったの。つまりね、百パーセント完全にってこと」

「ま、きみは確かに変なしゃべり方だしね」とぼくは言った。「つまりさ、セルビア人っぽいしゃべり方ってこと」

「じゃあ、わたしはセルビア人だと思う？」

「きみはどこに住んでる？」とぼくは訊ねた。

「そんなの知ってるくせに」

「でもさ、セルビアかブルガリアか、どっちに住んでるんだ？」

彼女の目は沈んだ色になり、まぶたをずっと閉じていた。悲しいんだ、とぼくにはわかった。そして、それが気持ちよかった。彼女は素敵な靴もジーンズも持っていて、西側のバンドだって聴けるけれど、彼女から永遠に奪われてしまったものが、ぼくにはある。

「ここにいるブルガリア人はぼくだけさ」

彼女は起き上がり、川をじっと見つめた。「沈んだ教会まで泳ぎましょ」と言った。

「撃たれるのはいやだよ」

「撃たれるって？　人のいない川にある教会なんて誰が気にするの？　それにね、前にも泳いでいったことあるから」。彼女は立ち上がると、Tシャツを脱いで飛びこんだ。濁った水の流れが彼女のまわりでさざ波になり、肩は光ってつるつるしていた――気の遠くなるような時間をかけて、川が磨いてきた石のように。でも、彼女の肌の柔らかさをぼくは想像できた。思わず手を伸ばして触ってしまいそうだった。

ぼくらはゆっくり泳ぎ、土手沿いを進んだ。ぼくは岩の下にいたカニを一匹捕まえたけれど、ヴェラに言われて逃がしてやった。ようやく、水面に突き出た巨大な十字架が目に入った。錆びついて、夕日を浴びていた。

沈んだ教会の話はみんなよく知っていた。ずっと昔、バルカン戦争の前、川の東側にひとりの裕福な男が暮らしていた。妻も子どももいなかったその男は、いよいよ死の床についたときに召使いを呼び、最期の願いを託した。自分の財産で村に教会を建ててほしい、と。教会は川の西側に建てられ、村人たちは遠方にいる若いイコン画家《ソグラフ》を雇った。二年かけて絵を描いているうちに、画家はひとりの少女と出会い、恋に落ちた。ふたりは結婚して、やはり川の西側にある教会の近くで暮らした。

それから二度のバルカン戦争、そして第一次世界大戦が起きた。そのすべてにブルガリアは負け、かなりの領土がセルビアのものになった。三人の役人が村にやってきた――ひとりはロシア人、ひとりはフランス人、もうひとりはイギリス人だった。川の東側はブルガリア領のままだ、と彼らは言った。西側は、今後はセルビア領になる。兵士たちが川岸を警備して、橋も壊す計画になっていた。遠くにある別の教会で仕事をしていた若い画家が帰ってくると、兵士たちは彼が川を渡って妻のもとに戻ることを許さなかった。

困り果てた画家は村人たちを集め、川の流れを変えてくれるよう説得した。村をぐるりと囲むように、川を西に動かそうというのだ。取り決めによれば、川の東側にあるものはブルガリア領なのだから。

　どうやって、彼らがあれだけの石、あれだけの丸太を運んで積み上げていったのか、ぼくには想像もつかない。どうして兵士たちが彼らを止めなかったのかもわからない。川は西に動き、ヘビが村を囲むような形になった。でも、それからそのヘビは身をよじり、のたくり、もっと進みやすい場所を舌の先で探っていった。川は低地にある集落を一気に押し流し、人も家も飲みこんだ。画家が人生の二年の歳月を捧げた教会も、ヘビの腹のなかに消えた。

　ぼくらはしばらく十字架を見つめた。それからぼくは土手に上がって、日なたに座った。

「かなり深いよ」とぼくは言った。「ほんとに教会まで潜っていったのか？」

　彼女はぼくの背中に手を当てた。「怖いなら、別にいいけど」

　いいわけがない。ぼくは目をつぶり、深く息を吸うと、土手から飛びこんだ。

「十字架まで泳いでね！」後ろから彼女の叫び声がした。

　両足に鉄の靴でもはいているような泳ぎっぷりになってしまった。ぼくは十字架にしがみつき、その下のぬるぬるしたドームに足を乗せた。じきに、ヴェラがそばに立っていて、滑って流されてしまわないように十字架をつかんでいた。

「壁を見てみましょ」と彼女は言った。

「出られなくなったら？」

「そのときは溺れ死ぬかな」

　彼女は笑って、ぼくの胸を小突いた。

「いいでしょ、ハナ。わたしのためにやってよ」

最初は目を開けていられなかった。水に押し流されてしまったので、ドームの下にある小さな窓にたどり着くのにも苦労した。ぼくらは窓についた格子をつかんでなかを覗きこんだ。すると、濁った水のなかでも、岩のそばでひざまずいて両手を組んでいるひげ面の男の絵が目に入った。男はうつむいていて、遠くからは小鳥が近づいてくる。その鳥の下には、杯がある。

「すてきな教会ね」。水面に出るとヴェラは言った。

「また潜るかい?」

「いいえ」。彼女は近づいてきて、素早くぼくの唇にキスをした。

「どうしてそんなことするんだ?」ぼくの両腕と首筋の毛は、濡れているはずなのに逆立った。

彼女は肩をすくめ、ドームを蹴って離れると、笑いながら水をバシャバシャはね上げて、川の上流に泳いでいった。

*

その年の夏ヴェラが売ってくれたジーンズは、サイズがふたつほど大きすぎたし、誰かのお下がりのように見えたけれど、ぼくは気にしなかった。寝るときもはいていた。腰まわりがだぼだぼなのが好きだった――そのおかげで、ぼくの脚のまわりには空間が、西側の自由があったのだから。

でも、姉さんのエリツァにとって人生は苦しいものになってしまった。西側はあれこれ考えを吹きこんだ。姉さんはよく川に行っては土手に座り、そのまま何時間もじっと眺めていた。ため息をついて、骨張った肩を落としている様子は、下にある大地に両腕を引っ張られているみたいだった。

＊

何週間も経つうちに、姉さんの顔はげっそりしてしまった。肌はくすみ、目はどんよりしていた。夕食のときもうつむいたまま料理をつついていた。母さんともぼくとも、ひと言も口をきかなかった。壁にかかった絵のように無言だった。

医者が来たが、どうにもわからず帰っていった。「どうにもわからん」と医者は言った。「この子は健康だ。どこが悪いのかさっぱりわからん」

でも、ぼくにはわかった。姉さんの目に宿る渇望や失望を、前にも見たことがあった——ブルガリア人だったらよかったのに、と言ったときのヴェラの目と同じだった。そのときと同じような、打ちひしがれて怯えた、伝染するような目つきだったので、ぼくは近づかなかった。

＊

ヴェラとは一年間会わなかった。それから一九七六年のある夏の日、ぼくが川でジーンズを洗っていると、向こう岸から彼女が声を張り上げてきた。

「ハナ、あんたスッポンポンね」

恥ずかしがらせようとした言葉だったけれど、ぼくはぴくりともしなかった。

「西側の鼻先でケツをゴシゴシするのが好きなんだよ！」と怒鳴り返して、石鹸水がぽたぽた滴るジーンズを掲げた。

「何？」彼女は怒鳴ってきた。

「西側の……」ぼくは手を振ってやめた。「どうかした？」

「ハナ、あげたいものがあるの。……まで待って、教会へ……て。いい？」

「何だって？」

「暗くなるまで待って。それから泳いできて。聞こえる？」

「聞こえてるよ。きみもいるのかい？」

「何？」

ぼくはそれ以上言わなかった。手を振って、屈みこんでジーンズの洗濯をつづけた。

＊

家族が寝入るのを待ってから、ぼくは窓からこっそり抜け出した。姉さんの部屋の明かりがまだついていた。きっと、ベッドに横になって、悲劇的な目で天井をじっと見つめているんだろう。

ぼくは茂みに服を隠すと、ひんやりした水に入っていった。向こう岸の暗闇には、警備兵の懐中電灯の光と、タバコの先の赤い火が見えていた。なるだけ音を立てないようにゆっくり泳いだ。川はところどころかなり狭くなっていて、両岸に立ったふたりがしゃべれるくらいのところもあったけれど、沈んだ教会のあたりでは川幅が広く、差し渡し五百メートル近くあった。

藻でつるつるするドームに立ち、十字架の根元に結わえてある紐をたぐっていった。その先には、ナイロン袋が縛りつけられている。紐をほどいて、袋を持って離れようとすると、人の声がした。

「それあげる」

「ヴェラ?」

「気に入ってもらえたらうれしい」

泳いで近づいてきた彼女は、いきなり光の輪のなかに捉えられた。

「誰だ?」と警備兵が怒鳴り、連れていた犬が吠えた。

「もう行きなさいよ、このバカ」とヴェラは言うと、泳いで離れていった。光の輪は彼女を追った。ぼくは十字架にしがみついたまま、物音ひとつ立てずにいた。笑いごとなんかじゃない、とわかっていた。その必要があれば、警備兵は侵入者を撃つだろう。でも、ヴェラはのんびり泳いでいた。

「のろのろするな!」と警備兵は叫んだ。「ここに上がってこい!」

光の筋が、夜のなかにヴェラの裸を浮かび上がらせた。大人の女性の胸だった。

兵士に何か訊かれて、彼女は言い返した。すると兵士は彼女に平手打ちした。ヴェラを引き寄せ、体に触った。彼女は兵士の股間に膝蹴りをした。裸のヴェラが逃げていったあともしばらく、兵士は地面を転げ回り、笑っているような声を上げていた。

もちろん、ぼくは何も言わずに一部始終を見ていた。声を張り上げてその兵士を止めることもできたけれど、何と言っても相手は銃を持っていた。だから、ぼくは十字架にしがみついていた。だから、川はぼくのまわりの夜とともに黒く流れていった。土手に上がったあとも、汚れた水がべっとりついているみたいだった。

袋には、ヴェラの古いアディダスのシューズが入っていた。紐はぼろぼろだったし、左足は前のほうが裂けていたけれど、それでも最高のシューズだった。すると突然、情けない気持ちは消え失せて、ぼくの心臓は新しい興奮に激しく脈打った。どきどきするその鼓動が警備兵に聞こえはしないかと心配になったほどだ。土手でシューズをはいてみると、ぴったりだった。まあ、ぼくの足には少しだけ小さかったけれど——実を言うとかなりきつかった——その痛みを我慢するだけの値打ちはあった。ぼくは歩いてなんかいなかった。空中を泳いでいた。

大股で家に帰ろうとすると、茂みで誰かがくすくす笑う声がした。草がかさかさ揺れた。迷ったけれど、暗がりをこっそり歩いていくと、地面で寝転がっているふたりがいた。水びたしのシューズが音を立てなければ、こっそり見られただろう。

「ハナ、あんたなの?」と言う女の子の声がした。あわててブラウスで体を隠そうとしたけれど、ぼくはその夜ふたつめの胸を見た。今度は姉さんの胸だった。

＊

自分の部屋で頭まで毛布をかぶって横になり、目にしたものを頭のなかで整理しようとしていると、誰かが入ってきた。

「ハナ？　寝てるの？」

姉さんはベッドに座って、ぼくの胸に片手を置いた。

「ねえ、起きてるんでしょ」

「何だよ？」とぼくは言って、毛布を投げ飛ばした。暗くて姉さんの顔は見えなかったけれど、刺すような視線を感じた。家は静まり返っていた。父さんが、もうひとつの部屋でいびきをかいている音がするだけだった。

「親に言う気なの？」と姉さんは言った。

「言わない。好きにすればいいだろ」

姉さんは屈みこんで、ぼくの額にキスした。

「タバコみたいな臭いがする」とぼくは言った。

「おやすみ、ハナ」

姉さんは出ていこうと立ち上がったけれど、ぼくはつかまえてまた座らせた。

「エリツァ、何を恥ずかしがってるんだい？　言ってみろよ」

「親はわかってくれない。ボバンはセルブスコの人だもの」

「だから？」

ぼくは体を起こして、姉さんの冷たい手を握った。

「じゃあどうするんだ?」とぼくは訊いた。姉さんは肩をすくめた。

「彼と駆け落ちしたい」と姉さんは言った。急に静かで落ち着いた声になったけれど、話す内容にぼくは心底怖くなった。「ふたりで西へ行く。結婚して、子どもも作るわ。わたし、ミュンヘンで美容師になりたい。ボバンのいとこがそこにいるのよ。美容師をしているか、犬を洗ってるか何かしているの」。姉さんはぼくの髪を撫でた。「もう、どうしたらいいのか教えてよ」

*

ぼくは何も教えてやれなかった。だから姉さんは不幸せな暮らしをつづけ、ボバンに会いたいと昼も夜も思いながらも、ほんのときたま、こっそり会えるだけだった。「生きてるって思えるのは彼といるときだけよ」と姉さんは言っていた。それからふたりの計画について話した――ミュンヘンまでヒッチハイクして、ボバンのいとこの家に居候して髪をカットする手伝いをする。「絶対うまくいく話よ、ハナ」と姉さんは言い、ぼくもそれを信じた。

一九八〇年の春、ヨシップ・ティトーが死んだ。ぼくですら、ユーゴスラヴィアに変化の波が押し寄せてきているのがわかった。村の老人たちはひそひそ話し合った。ユーゴスラヴィアの大統領がついに墓に入ったからには、ブルガリアの西隣の国は分裂するだろう。ぼくは映画で観た異形の人間を思い浮かべた。いろんな人の脚や腕や胴体を縫い合わせて作った怪物。誰かが、その体をひとつに結んでいる糸を引っ張り、ほどいていくと、そのうちに脚や腕や胴体はばらばらになる。じゃあ、わしらだって指の一本くらいかっさらって――川向こうの土地のことだ――こっちの土地にくっつけてしまえるんじゃないかね。村の老人たちはそんな話をしながら、酒場でラキヤを飲んでいた。若者たちは新しい仕事を求めて都市に去っていった。もう村に学校を置いておけるだけの数の子どもはいなかったから、ぼくらは別の村まで行って、ほかの子どもたちと一緒に勉強した。母さんは職を失った。おじいさんは肺炎になったけれど、おばあさんから一か月間薬草をもらったら治った。完治はしなかったけれど。父さんは仕事をふたつかけ持ちして、さらに週末には干し草を積んだ。ぼくはもう畑を耕しに連れていってはもらえなかった。

でも、ヴェラとはよく会っていた。月に二回会うこともあった。あの兵士のことを訊ねる勇気は出なかった。夜になると、ぼくらは沈んだ教会に泳いでいって、十字架のまわりでビーバーのように静かに戯れた。そして、十字架のそばで、ぼくらは初めて本当のキスをした。そのときぼくが感じたのは喜びだっただろうか。それとも悲しみだっただろうか。彼女を抱きしめて、息や唇を味わい、指を一本、首、肩、そして背中へと滑らせていく。手のひらを彼女の胸に当て、そして知る。別の男が無理やり同じことをしているときに、ぼくは何も言えずにそれを見ていた。彼女の顔は月の光を浴びて銀色になり、黒い髪は水を暗く滴らせていた。

「わたしのこと愛してる?」とヴェラは訊いた。

「愛してるよ。本当に」とぼくは言った。「もう川から出たくないくらいだ」

「バカね」と彼女は言うと、またぼくにキスをした。「人間は川じゃ生きられないわよ」

＊

その年の六月、次のスボールまであと二か月というとき、両親はボバンのことを知った。ある日の夕方、晩ご飯を食べに帰ると、家族が庭にあるブドウの格子棚の下に無言で勢ぞろいしていた。村の司祭もいた。村の医者も。エリツァは涙を流していて、顔は真っ赤だった。司祭は姉さんに鉄の十字架にキスをさせて、ばかでかい銅製の器から聖水を振りかけていた。医者が鞄の締め金を留めて持ち上げると、なかでガラスが当たる音がした。医者はぼくに目配せをすると、門に向かった。出ていくとき、司祭はツゲの葉でぼくの額をさっと払った。

「何だよこれ？」聖水をぽたぽた顔から滴らせながら、ぼくは言った。

おじいさんは首を振った。母さんは片手を姉さんの手に置いた。「もう泣くだけ泣いたでしょう」と言った。

「父さん」とぼくは言った。「どうしてお医者さんは目配せしてきたんだ？　それに司祭があんなばかでかい器を持ってきたのはどうして？」

父さんは怒り狂った様子でぼくを見た。「おまえの姉さんのせいだ。ハナ、こいつを清めるにはオリンピック用のプールが必要だ」

「つまり？」

「つまりな、おまえの姉さんは妊娠してるんだ。つまり、結婚させないといかん」

全員が正装して、ぼくの家族は川に行った。向こう岸では、ボバンの家族がもうぼくらを待っていた。ぼくのシャツの襟が崩れてしまわないように、母さんが砂糖水で襟を洗っていたから、いまや汗だらけでシロップ状になった砂糖が背中を伝っているみたいな感じだった。かゆくなって掻こうとしたけれど、もぞもぞせずに男らしくしろ、とおじいさんに言われた。背中はもっとかゆくなった。

向こう岸から、ボバンの父が叫んだ。「あんたの娘をうちにもらいたい！」

父さんは平たい酒瓶を出してラキヤを飲むと、みんなに回した。ひどい味で、ぼくの喉は焼けるような感じだった。むせると、おじいさんはぼくの背中を叩いて首を振った。父さんはぼくの手から瓶を取り、死者たちのためにラキヤを地面に振りかけた。向こう岸にいる一家も同じようにした。

「娘をやろう！」と父さんは叫んだ。「スボールのときに式を挙げよう」

＊

エリツァの結婚式がスボールの山場になるはずだったから、みんなでその準備をした。ヴェラが教えてくれたところでは、ミハラキーが特別に許可をもらって七頭の子牛を川の反対側に運んでいて、そのうち二頭はもう殺されて干し肉にされたという話だった。ぼくらふたりは沈んだ教会でときどきこっそり会っていた。

ある夜、晩ご飯のあと、ぼくの家族はブドウの格子棚の下に集まった。大人たちはタバコを吸って、結婚式の話をした。姉さんとぼくはそれを聞いて、目を合わせるたびに笑みを交わした。

「エリツァや」とおばあさんは言うと、分厚い包みをテーブルに置いた。「これはもうおまえのものだよ」

姉さんは包みをほどいて、中身が何かわかると目を潤ませた。おばあさんのとっておきの晴れ着が、結婚式のためにあつらえ直してあった。ふたりはその衣裳をひとつひとつ広げていった。白い麻のブラウス、まだら模様の前掛け、亜麻布のガウン、コインで作った花綱、細かな装飾の銀のイヤリング。エリツァはガウンを持ち上げて、亜麻布を指で撫でると、身に着け始めた。

「あら、もう」と母さんが言った。「ジーンズを脱ぎなさい」

家族同士だから特に恥ずかしがることもなく、エリツァはジーンズを脱いでたたむと、輝くガウンにそっと脚を入れた。母さんに手伝ってもらってブラウスを着た。おじいさんが前掛けの紐を結び、父さんは、震える指で優しく、姉さんの耳に銀のイヤリングをつけた。

*

真夜中にぼくは目を覚ました。犬の吠え声が聞こえたからだ。明かりをつけて起き上がり、静まり返るなか、汗びっしょりだった。水を飲もうと思って台所に行くと、ちょうどエリツァがこっそり出かけようとしていた。

「何してるんだ?」

「静かにしてよ。すぐ戻るから」

「会いに行くのかい?」

「これを見せたいの」。姉さんは手に持っていたイヤリングをぶらぶらさせた。

「捕まったら?」

姉さんは指を一本唇に当てると、くるりと背を向けた。ジーンズが軽く軋む音を立てて、暗闇に消えた。父さんを起こそうかと思ったけれど、こと愛に関しては、他人があれこれ言えるものではない。姉さんにはちゃんと分別があるはずだ。

それからずっとぼくは眠れず、夢で吠えていた犬のことを思い出していた。すると、川のほうから、機関銃の音がした。番犬たちが吠え始め、村の犬たちがそれに応えた。ぼくは茫然としたまま横になり、誰かが門をドンドン叩いても動かなかった。

姉さんはセルビア側まで泳いでいったことはなかった。いつもボバンが泳いで会いに来て、ぼくらの側の土手で会っていた。でもどういうわけか、その夜のふたりは結婚式の前にもう一度だけ、セルブスコの側で会うことにしていた。訓練中の兵士が、川から上がってくる姉さんを目にした。止まれ、と兵士はふたりに言った。逃げようとしたエリツァの背中を、二発の銃弾が貫いた。

人生で二度と思い出したくない瞬間――
煙と轟音のなか、ミハラキーが川を上がってくる。彼のボートには姉さんが横たわっている。

＊

＊

その年、スボールは開かれなかった。その代わり、ふたつの葬式があった。ぼくらはエリツァに結婚式の衣装を着せて、その美しい体をぞっとする棺に横たえた。銀のイヤリングは一緒ではなかった。村じゅうの人たちが、川のこちら側に集まっていた。向こう岸では、あちらの村が若者を葬っていた。彼らの掘った墓が見えた。同じ土だったし、深さも同じだった。

おばあさんは共産主義の無神論をかたくなに拒んだので、ぼくらの側には三人の司祭がいた。ぼくらはロウソクを一本ずつ持ち、向こう岸の人たちもロウソクを持っていた。両岸が、炎で生き生きとなった。ひとつには結ばれない、火のふたつの手。そのあいだには、川がある。

ひとりめの司祭が歌い始めると、両岸の人々が耳を傾けた。ぼくはエリツァを見つめた。姉さんと離れたくなかったし、あれやこれやと思い出して頭がぼうっとなった。

「ひとつの時代は去り、次の時代が来る。しかし大地はいつまでも変わらない」と司祭は歌っているようだった。「日は昇り、日は沈み、またその昇るところに帰っていく。風は西へ、セルビアに向かって吹き、川はすべて西欧の東へ流れていく。かつてあったことは、これからもあり、かつて起ったことは、これからも起こる。太陽の下、新しいものは何ひとつない」

その司祭の声が静まると、向こう岸の司祭が歌った。その言葉が、石のようにぼくの心に積み重なっていった。川のようになれたら、と心から願った。川には記憶などないのだから。そして、大地のようには絶対になりたくないと思った。大地は決して忘れることができないのだから。

＊

母さんは工場を辞めて、家に閉じこもってしまった。両手が娘の血で燃えていると言っていた。父さんは村の端にある生活協同組合の酒の蒸留所に足繁く通うようになった。最初は、プラムやモモやブドウを大鍋に入れる手伝いをして頭を空っぽにしておきたいんだと言っていたけれど、そのうち、管から滴ってくる最初のラキヤを試飲して、もっといい味になるように煮立てるアドバイスをしているだけだと言い出した。

じきに父さんはどちらの仕事も失ったので、家族を養う責任はぼくが負うことになった。ぼくは炭坑で働き始めた。給料がよかったから、それと、ぼくらの足元にある大地のはらわたをつるはしでえぐってやりたかったからだ。

国境警備は強化された。両国とも土手沿いにフェンスを張り、村人たちが呼びかけ合っていた、川幅の狭まる緩衝地帯は封鎖されてしまった。スボールは中止になった。ヴェラとはもう会えなくなったけれど、おたがいの姿が遠くの点のように見えるふたつの小高い丘をぼくらは見つけた。でもそこは遠すぎたから、あまりしょっちゅうは行けなかった。

ほとんど毎晩、ぼくはエリツァの夢を見た。

「出ていくすぐ前に会ったんだ」とぼくはよく母さんに言った。「姉さんを止められたのに」

「じゃあどうして止めなかったの？」と母さんは決まって訊いた。

ときどき、ぼくは川まで行ってフェンスの向こうに石を投げ、ふたつの銀のイヤリングが泥だらけの川底に沈んでいるところを想像した。

「イヤリングを返せよ」とぼくは叫んだ。「この意気地なしのドロドロ泥棒！」

＊

炭坑で人の二倍働いて、何がしかの金を貯めることができた。寝たきりになった母さんの世話をし、ときたま蒸留所にいる父さんのところにパンとチーズを持っていった。「母さんの具合が悪いんだ」と言っても、父さんは聞こえないふりをしていた。「もっと加熱しろ」と声をかけて、管の口のところに膝をついてパルヴァクを試飲していた。

ヴェラとはしばらくのあいだ文通していたけれど、手紙と手紙の間隔はどんどん長くなっていった。

一九九〇年の夏のある日、ぼくは短い手紙を受け取った。

親愛なるハナ。今度結婚するの。式に出てちょうだい。今はベオグラードに住んでる。お金を送るから。来てね。

もちろん、封筒にお金はなかった。途中で誰かに抜き取られていた。

ぼくは毎日その手紙を読み返した。細くきれいな字でそうした言葉を書くヴェラの姿、彼女が恋に落ちた相手のことを考えた。十字架のそばで、川でぼくを愛したのと同じくらい、ヴェラはその男を愛しているんだろうか。ぼくはパスポートを取る計画を立てた。

*

結婚式の二週間前、母さんが死んだ。何が死因だったのか、医者にもわからなかった。悲しみのせいだわ、と嘆き悲しむ女性たちは言い、灰でも撒くような仕草で黒いハンカチを頭にかぶった。がらんとした家で、父さんはやましそうに酒を飲むようになった。ある日、ぼくにラキヤを一杯注ぎ、ひと息に飲ませた。ふたりで瓶を一本空けた。それから父さんはぼくの目を見て、手をつかんだ。哀れにも、自分では強く握っていると思っていた。

「息子よ」と父さんは言った。「畑が見たい」

ぼくらは二本目を空けながら、よろよろと村から出た。畑にたどり着くと、ふたりで腰を下ろして無言で眺めた。共産主義が崩壊してから、多くの地域で集団農業は途絶えてしまい、いまや棘のある低木とイラクサがそこらじゅうで伸び放題になっていた。

「ハナ、どうしてこんなことになった？」と父さんは言った。「おれたちはあいつをしっかり両手で押さえてるとおれは思ってた。おまえに教えたことを覚えてるか？　しっかり握って、あいつの首根っこをつかんでいれば万事大丈夫だと？　なあハナ、おれがまちがっていた」

そして父さんは向かい風に唾を吐き、自分の顔に食らった。

＊

三年が過ぎて、またヴェラからの手紙が来た。

ハナ、息子が生まれたわ。写真を送るわね。ヴラディスラフっていう名前よ。誰にあやかったかわかる？　会いに来て。お金はあるから、心配しないで。ゴランはコソヴォでの任務から戻ったばかりよ。来れる？

写真を見せてくれ、と父さんは言った。長いこと見つめて、目に涙を浮かべていた。

「何てことだ、ハナ」と父さんは言った。「何も見えない。ついに目が見えなくなってしまったか」

「お医者さんを呼ぼうか？」

「そうだな。だがおまえが診てもらえ。炭坑を辞めろ。でなきゃその咳でやられてしまうぞ」

「じゃあぼくたちどうやって稼ぐんだよ？」

「おれの葬式代くらいはあるだろう。そのあとは、ここから出ていけ」

ぼくはそばに座って、父さんの額に手を当てた。「すごい熱だ。お医者さんを呼ぶよ」

「ハナ」と父さんは言った。「ようやく合点がいった。これは父親としてのアドバイスだ――よそへ行け。ここにおまえの人生はない。姉さんのことも母さんのことも、おれのことも忘れろ。西へ行け。スペインかドイツか、どこかで仕事を見つけろ。一からやり直すんだ。鎖をすべて断ち切れ。この土地は厄介だし、厄介なものからはろくなものは期待できん」

父さんはぼくの手を取ってキスした。

「司祭を呼んでこい」と父さんは言った。

＊

ぼくは炭坑での仕事をつづけた。やがて一九九五年の春、東にある大都市から来た上司が、残業させてほしいと言うぼくに対して、今何と言った、と三回つづけて訊き返してきた。ぼくが三回繰り返すと、上司はお手上げだという仕草をした。「なあ、おまえの方言はさっぱりわからないぞ」と言った。「セルビア人っぽすぎる」。そこでぼくは上司を散々殴り、クビになった。

それからは村の酒場で日々を過ごし、ときどき目の前に手をかざしては、まだ目が見えているかどうか確かめていた。一族の最後の人間になるというのはつらい定めだ。ばかばかしく思えた父さんのアドバイスや、西へ行こうとしていた姉さんの計画、死に向かって泳いでいこうとした姉さんを止めようとしなかったことを、ぼくは考えた。

ほとんど毎晩、同じ夢を見た。沈んだ教会のところで水に潜っていき、教会の窓越しに覗いてみると、壁はもう聖人や殉教者の壁画で覆われてはいない。その代わりに、姉さんや母さん、父さん、おじいさんやおばあさん、ヴェラ、ぼくらの村や国境を挟んだ村の人たちが壁に描かれていて、動かずにぼくを見つめている。そしていつも、水面に上がろうとすると、ぼくの両手は格子の向こう側に固定されている。

叫び声を上げて目を覚ますと、姉さんの声が部屋にこだましている。

ちょっと疑問っていうか、怪しいと思うんだけど、と姉さんは言う。このイヤリング、ほんとは銀じゃないのかも。

＊

一九九九年の春、アメリカがセルビアを攻撃した。何世紀も前にはセルビア領で、トルコに奪われていたコソヴォの地が、また戦場となった。三回か四回、轟音とともに村の上空を通過していくアメリカ軍の飛行機が見えた。どうやら、セルビアは超音速で機動作戦を展開するには狭すぎたようだ。アメリカ軍は近道するためにぼくらの国の上空を通って、ぼくらの隣人に爆弾を落としていった。ヴ

ェラの夫が戦死したという知らせは驚きではなかった。彼女からの手紙はこう締めくくられていた

――ハナ、わたしには息子とあなたしかいないわ。お願いだから来て。ほかには誰もいないの。

その手紙を受け取った日、ぼくは靴も服も脱がずに、沈んだ教会まで泳いでいった。十字架にしがみついて、ずっと震えていて、それから水中に飛びこんで、ごつごつした川底まで潜った。教会の門の閂《かんぬき》をぎゅっとつかみ、酸素の分子をひとつ残らず搾り取る自分の肺の叫び声を聞いた。自分の人生の糸が一本ずつ目の前でほどけていくのが見えた、と言えたらどんなにいいか――幸せな瞬間と悲しい瞬間が交互に現われたとか、輝かしい光に包まれた姉さんが教会から出てきて、溺れかけているぼくの片手を取ったとか。でも、あるのは暗闇と、水が、血が轟々と流れる音だけだった。

そうとも、ぼくは腰抜けだ。鼻は不細工だし、ネズミの心臓だし、溺れるといってもラキヤの瓶に溺れるくらいが関の山だ。ぼくは水から上がり、土手で大の字になった。そして新たな渇望感とともに息をしていると、轟音が空気を揺さぶり、セルビア側から飛んでくる銀色の飛行機が見えた。頭上を轟くように通過していくその姿を目で追っていると、ミサイルが一発、かなりの速度で落ちてきた。ヒューッと音を立て、ミサイルは川に突き刺さり、錆びついた十字架と、その下にある教会を貫いた。大きな、泥まみれの指が空で震えた。

ぼくはすぐにヴェラに手紙を書いた。

姉さんが死んだとき、自分の世界は半分終わったんだとぼくは思った。両親が死んだときは、もう半分が終わったんだと。みんなが死んだことは、何かの罰をぼくに与えるためなんだって思

っていた。ぼくはこの村に縛りつけられていて、下にあるすべての骨に引っ張られて、逃げることなんかできなかった。でも今はわかる。みんなが死んだことは、ぼくを自由にして、旅立たせてくれるためだったんだ。鎖の輪がひとつひとつ切れていくみたいに。あの教会が煉瓦の土台を断ち切れるなら、ぼくにだってできるはずだ。ぼくはようやく自由になったよ、だから待っていて。お金を貯めたらすぐに行くから。

＊

まもなく、あるギリシャ企業が村に養鶏場を開いた。悪い卵が箱に入らないようにするのがぼくの仕事だった。いくらかお金を貯めて、飲酒は控えた。家の掃除までした。地下にある栗の木の埃っぽい箱のなかに、革のシューズがあった。古くなったまま忘れられた花が。つま先の革を切り取ってはいてみると、足は軽やかにすいすい動いて、本当にいい気分だった。不運で哀れな兄弟たち。靴紐はないし、堂々巡りをして歩いたせいで、底がすり減っている。ぼくをどこに連れていってくれるんだい？

庭に埋めておいた小銭の瓶を二本掘り出して、町に行くバスに乗った。米ドルに交換するのは簡単だった。村に戻ると、墓にカーネーションの花を供え、死者たちに赦しを乞うた。そして川に行った。所持金のほとんどと、ヴラディスラフの写真をビニール袋に入れて、それを賄賂用のお金と一緒にポケットに突っこむと、目を閉じて、セルブスコに向かって泳いでいった。

冷たい水、急流、塊になって渦を巻く茶色い落ち葉。太い枝がそばを流れていく。樹皮ははげ落ちて、つるつるで、朽ちている。人を土地や水に縛りつけるものは何なのだろう?

セルビア側の土手に上がると、警備兵がふたり、もう銃の照準をぼくに合わせていた。

「二百」とぼくは言うと、水びたしの札束を出した。

「こっちはおまえを殺したっていいんだ」

「それか、ぼくにキスするか。ケツを撫でるとか?」

ふたりは笑い出した。ぼくらの国のいいところ、ぼくらを崩壊させつづけている心強いところは、お金で何かが買えなくても、もっとお金を積めば買えるということだ。ぼくはもう二百ドル積んだ。

ふたりはぼくを道路まで送ってくれた。そこにある国境の駅で、用意していた最後の百ドルを払った。トルコ人の国際輸送トラック運転手が、ぼくをベオグラードまで乗せていってくれることになった。ぼくは街でタクシーをつかまえて、ヴェラから送られてきた封筒を見せた。

「ここに行きたいんだ」

「あんたブルガリア人か?」とタクシーの運転手は言った。

「何か問題でも?」

「問題でも、だと? 大ありだ。あんたがセルビア人ならいいさ。だがブルガリア野郎だってんなら、そりゃ大問題だ。アルバニア人やクロアチア人でもな。それにムスリムだってんなら、それも大問題だな」

「いいからこの住所に行ってくれよ」

運転手は振り向くと、青い目でぼくを見据えた。

「いいか、もう一度だけ訊く。あんたブルガリア人なのか、セルビア人なのか？」

「ぼくにはわからないよ」

「おやそうかい」と彼は言った。「じゃあおれの車からとっとと下りて、よーく考えるんだな。不細工な鼻のブルガリア野郎。アメリカに基地を引き渡して、おれたちを爆撃させやがって。何がスラヴの兄弟だ！」

そして、下りようとするぼくに唾を吐きかけた。

*

こうして、話の始めに戻ってきたわけだ。ぼくはヴェラのアパートの表に立っていて、片手には花束、もう片方の手にはミルカのチョコレートバーを持っている。あの質問を練習している。どうやって彼女に挨拶しよう。何て言えばいいんだろう。彼女の息子はぼくを気に入ってくれるだろうか？彼女は？　一緒に子育てをさせてくれるだろうか？　結婚して、ぼくらの子どもを作れるだろうか？なぜって、ぼくはようやく準備ができたのだから。

鉄製の安全格子がドアを守っている。ベルを鳴らすと、ドアの向こうで小さな足がぱたぱた走ってくる。

「だあれ？」か細い声が訊ねてくる。

「ハナだよ」

「のぞき穴のとこに来て」

ぼくは前に屈む。

「ちがうよ、低いほうの穴だよ」。ぼくは屈んで、男の子の背丈に合わせて開けられた穴からでも見えるようにする。

「顔を近づけて」と男の子は言う。しばらく、無言のまま見ている。「ママがやったの？」

「大したことじゃないよ」

男の子はドアの鍵を開けるけれど、鉄格子はそのままにしている。

「悪いけど、かなり大したことに見えるな」。真剣そのものの口調だ。

「入ってもいいかな？」

「ぼくひとりなんだ。でも、帰ってくるまでそこに座っててもいいよ。ぼくが相手してあげるから」

ぼくらは格子を挟んで座る。小さな男の子で、ヴェラにそっくりだ。彼女の目、彼女の顎、利発そうな色白の顔。それもすべて、時とともに変わっていくのだろう。

「もうずっとミルカ食べてなかったんだ」。ぼくが格子越しにチョコレートを渡すと、男の子はそう言う。「ありがと、おじさん」

「知らない人にもらったものを食べちゃだめだよ」

「おじさんは知らない人じゃないよ。ハナだもん」

男の子は幼稚園の話をしてくれる。いつも乱暴してくる男の子のこと。真剣な顔つきだ。小さな友よ、今はそんなことが大問題に思えるんだね。

「でも、ぼくは兵士なんだ」と言う。「パパみたいに。あきらめたりしないよ。戦うんだ」

それから無言になる。チョコレートをもぐもぐ食べている。ひとかけらくれようとするけれど、ぼくは断る。

「お父さんがいなくてさびしいかい？」とぼくは言う。

男の子は頷く。「でも今はダダンがいるから、ママは幸せだよ」

「ダダンって？」ぼくの喉はからからになる。

「ダダンだよ。ふたりめのお父さん」

「ふたりめの父さんか」とぼくは言うと、ひんやりした鉄格子に頭を預ける。

「優しくしてくれるんだ」と男の子は言う。「とっても」

男の子は可愛い声で話していて、ぼくはどす黒い気持ちをどうにか抑えようとする。

ガタガタという音を立てて、エレベーターが着く。ドアが横に開くと、まぶしい光があふれ出す。

背が高くてハンサムなダダンが、買い物用の手提げ袋を持って出てくる——ジャガイモ、ヨーグルト、葉タマネギ、食パン。ぼくを見て彼は頷き、戸惑っている。

そして、ヴェラが出てくる。そばかすのある明るい顔、しっかりしてぷりっとした唇。

「何てこと」と彼女は言う。唇の上のあのほくろが赤くなって、彼女はぼくの首にしがみつく。

ぼくは力が抜けて、足元から地面がなくなってしまったように感じる。そのときすべてが終わってしまったように。彼女は自分を愛してくれる別の誰かを見つけていて、新しく築いた人生にぼくの入る余地はない。少しすれば、ぼくは礼儀正しい笑顔を浮かべて、ふたりについてアパートに入るだろう。夕食に出されたムサカを食べて、ヨーグルトスープを飲むだろう。ヴラディスラフが歌って、詩を暗唱するのを聞く。そのあと、ヴェラが息子を寝かしつけているあいだ、ぼくはダダンに話しかけ――いや、彼のほうからぼくに話すだろう、どれほど彼女を愛しているかとか、ふたりの将来の計画について――ぼくは耳を傾けて頷く。ようやく彼が寝に行くと、台所の薄明かりのなか、ヴェラとぼくは夜更けまで話をするだろう。夕食のときにダダンとふたりで飲んでいたワインを彼女は飲み干して、片手をぼくの手に置く。「愛しいハナ」とか、そんなようなことを言う。でも、そのときでさえ、ぼくは自分の気持ちを打ち明ける勇気が出ない。打ちひしがれて、一睡もできずに朝早く起き上がり、またもや腰抜けみたいにアパートをこっそり抜け出して、ヒッチハイクをして故郷に戻るだろう。

「愛しいハナ」とヴェラは言って、本当にアパートのなかにぼくを連れていく。「旅で疲れてボロボロになってるのね」。彼女は「ボロボロ」と言う。すると、ヘビの頭を鍬で打つように、その言葉がぼくを打つ。今、最後の鎖の輪が外れていく。ヴェラとダダンがぼくを自由にしてくれる。ふたりとともに、過去との最後のつながりが消えてなくなるんだ。

人を土地や水に縛りつけるもの――それはその人自身じゃないのか?

「こんなにいい気分だったことはないよ」とぼくは言い、本心からそう言って、暗い廊下を進んでいく彼女を後ろから見つめる。ぼくは川ではないけれど、土くれでできてはいない。

レーニン買います

僕がアメリカに留学すると知ると、祖父はお別れの手紙をくれた。「この資本主義者の腐れ豚め」と、そこには書いてあった。「無事な空の旅を祈るよ。愛をこめて、祖父より」。一九九一年の総選挙のときの、折り目つきの赤い投票用紙に書かれていた。祖父の共産主義時代の投票用紙コレクションのなかでも特別に大事なものだったし、レニングラード村全員の署名もついていた。そんな栄誉にあずかって、僕は感動した。そこで椅子に座り、一ドル札を取り出すと、こう返事を書いた。「この共産主義者のカモめ、手紙をありがとう。明日には出発するから、着いたら超スピードでアメリカ人女性と結婚してみせるよ。アメリカ人の子どもをたくさん作ってみせるさ。愛をこめて、孫より」

＊

アメリカにいるべき理由なんて、別になかった。故郷での僕は、少なくとも腹ぺこで死にそうだったわけじゃない。戦争で故国を追われたとか、異国の岸に置き去りにされたわけでもない。ただ、チャンスがあったから国を出ただけだ。僕の体には西側の狂犬病の血が流れていたんだ。高校時代、同級生の多くが酒を飲んだり、タバコを吸ったり、セックスしたり、サイコロでギャンブルをしたり、親に嘘をついたり、海までヒッチハイクしたり、サッカーの試合のためにお金を偽造したり爆弾を作ったりするのに忙しくしているのをよそに、僕は英語を勉強していた。単語や文法を暗記して、東欧の人向けに作られた発音矯正練習をした。**リメンバー・ザ・マネー**。通りを歩いているときも、シャワーを浴びているときも、寝ているときも、それを繰り返した。**リメンバーザマネー、リメンバーザマネー、リメンバーザマネー**。この手のフレーズで発音の癖が直るということだった。

こんなに勉強熱心な息子がいて、両親はさぞかし誇らしかっただろう。でも、どんなに僕の成績がよくても、祖父は一度もうれしそうな顔をしなかった。西側の道徳的堕落と価値観の欠如を軽蔑していたからだ。子どものころの僕は、祖父が「適切」だと思う本しか読ませてもらえなかった。『党のひみつ』は適切で、『宝島』は不適切だった。英語なんてのは狂犬病の犬だ、と祖父は言って譲らなかった。一度嚙まれたら最後、脳にまで毒が回って、つぶしたクラブアップルになってしまいかねない。「脳があるはずのところにつぶしたクラブアップルだぞ」と、祖父に言われたことがある。「孫《シンコ》よ、どんな感じになるかわかるか？」僕は悔しい気持ちで首を振った。「英語の本を読んでみるといい。そうすればわかる」

祖母が死んでからの数年間、祖父は生まれ育った村に残り、お墓を守っていた。でも、軽い脳卒中を起こしてからは、父に説得されてソフィアに戻ってきた。僕らの家の玄関にやってきた祖父は、鞄をふたつ持ってきていた――ひとつは靴下やズボンやズボン下、もうひとつは埃まみれの本でいっぱいだった。「教育的な贈り物だ」と言うと、本の入った鞄を僕の肩に掛け、僕の髪をくしゃくしゃにした。子ども扱いだった。

それから数か月、祖父は毎週ちがう本を僕に渡した。パルチザンの話、王政《ツァーリ》に対する陰謀の話。

「おじいちゃん、もうやめてくれよ」と僕はそのたびに言った。「勉強しないと」

「おまえはまず本の趣味を身につけんとな」。祖父は本を渡すと出ていくが、それから一分後には、適当な口実をつけて僕の部屋にずかずかと戻ってきた。今呼んだか？　文章が難しいなら手伝ってやろうか？

「おじいちゃん、こんなの子ども向けの本じゃないか」

「まずは子どもの本、それからレーニンの著作だ」。祖父は僕のベッドの足のほうに腰を下ろすと、そのまま読書をつづけるように合図してくる。

下校途中に通りで野良犬に追いかけられて、怯えて帰ってきても、祖父はため息をつくだけだった。羊飼いのカリトコが小犬を怖がるなんて想像できるか？　いじめっ子たちのことで文句を言うと、祖父は首を振った。「ミトコ・パラウゾフが泣き言を言うところを想像してみろ」

「ミトコ・パラウゾフは穴ぐらで殺されたじゃないか」

「勇気あふれる少年だった」と祖父は言うと、鼻をつまんで涙を止めようとした。

そんなわけで、ある日、僕は本をまとめて祖父の部屋に置くと、「トイレットペーパー用にリサイクルしろよ」とメモを添えた。次に顔を合わせたとき、僕は『野性の呼び声』を読んでいた。

それからというもの、祖父はしょっちゅうラジオを聴き、共産主義系の『デュマ』紙と、敬愛するレーニン全集を読むようになった。バルコニーでフィルターなしのタバコを吸って、全集第十二巻の文章を、テレビアンテナに並ぶスズメ相手に暗唱していた。僕の両親は心配していた。僕は心底面白がっていた。「おじいちゃん、聞いたことあるかな」と訊ねたことがある。「空を飛べるキリンがいるんだって」

「キリンは空を飛ばん」と祖父は言った。『デュマ』に載っていたんだ、しかも一面記事だったよ、と僕が言うと、祖父はあごをこすった。口ひげを引っ張った。「一、二メートルなら飛べるのか?」

「おじいちゃん、聞いたことあるかな」。僕は調子に乗ってつづけた。「昨日の晩モスクワで、エリツィンがレーニンの遺体にウォッカを飲ませたんだって。ふたりで一本空けて、手をつないで広場をふらふら歩いてたってさ」

祖父をからかうと、どこか気分が明るくなった。恥ずかしいことだという気持ちもあったけど、それとは裏腹に……もちろん、調子に乗りすぎてしまい、杖で叩かれそうになったこともあった。「五歳のおまえが相手だったらな」と祖父はいつも言っていた。「おまえの耳をロバみたいに長くしてやるんだが」

祖父が故郷の村に舞い戻ったのは、そうした軽口のせいではなく、僕が縮約版の『オックスフォード英語辞典』にかじりついている姿を見たせいだった。父さんから理由を訊かれても、祖父は本当のことは言えずじまいだった。「壁ばかり見ているのに飽きた」と祖父は代わりに言った。「スズメが糞をするのも見飽きた。わしに必要なのは、あのバルカンの山並みと川だ。おまえの母さんの墓をきれいにしておかないとな」。別れ際、僕らは一言も交わさなかった。ただ握手した。

祖父からの邪魔もなくなり、僕は勉強に集中した。そのころ、アメリカの大学進学適性試験《SAT》を受けて外国で運試しをするのが若者のあいだで流行っていた。一九九九年の初春、僕はアーカンソー大学への入学を認められた。テストの成績がよかったので、奨学金を全額支給してもらえたし、寮の部屋と食事、飛行機のチケットまでついていた。

両親は僕を車に乗せ、村にいる祖父の家までそのニュースを直接知らせに行った。大事な知らせに電話なんて使うべきじゃない、というのが両親の信念だった。

「アメリカか」と、僕の話を聞いた祖父は言った。その言葉が祖父の胃酸過多ぎみの胃からせり上がっていき、喉にひっかかって、ついには中庭のタイルに吐き出されるのが僕には見えた。祖父は僕を見つめて、口ひげを引っ張った。

「わしの孫が、よりによって資本主義者だとは」と祖父は言った。「わしがあれだけの思いをしたというのに」

*

祖父がどれだけの思いをしたのか、ざっとまとめるとこうなる。

一九四四年のことだった。祖父は二十代半ば、タフだがハンサムな顔だった。鼻筋もすっとしていた。その黒い瞳には、新しく、偉大で、世界を根底から変える何かの光が宿っていた。祖父は貧しかった。「パンとクラブアップルが朝飯だった」と、よく僕に言っていた。「パンとクラブアップルが昼飯で、そしてクラブアップルが晩飯だった。夜にはもうパンはなかったからな」

そんなわけで、共産主義者たちが村にやってきて食べ物を盗んでいったとき、祖父は仲間に加わった。彼らはみんな森に逃げていって、穴ぐらを掘り、そこで何週間も暮らしていた。昼も夜も、その穴ぐらにいたわけだ。外ではファシストたちがあたりを嗅ぎまわり、ジャーマンシェパードや銃や爆弾やミサイルで彼らを狩り出そうとしていた。「墓が狭すぎるというなら、穴ぐらを作ってみるといい」と、祖父はあるとき僕に言った。「いや、ちがうな。穴ぐらを掘ってそこに十五人の仲間を連れてきて、一週間暮らしてみればいい。それから身重の女もふたり入れる。そして腹ぺこの山羊も一頭だ。そうすれば、この世に墓ほど狭いものはないと言って回れるぞ」

「おじいちゃん、墓ほど狭いものはないなんて言ったことないよ」

「だが、頭のなかではそう思っていただろう」

そうして、ついに空腹に耐えられなくなった祖父は穴ぐらを出て、猟銃を担ぎ、食べ物を探しに村に行くことにした。着いてみると、すべてが変わっていた。教会の塔には赤い旗がはためいていた。教会は閉鎖されて集会所になっていた。蜂起があったんだ、と農夫が教えてくれた。革命が起きて、旧政権が打倒された。祖父が穴ぐらに隠れているあいだに、共産主義は芳しい花を咲かせていた。今では誰もが自由の身で、人々の黒い瞳には、新しく、偉大で、世界を根底から変える何かの光が宿っていた。祖父は膝をついて涙を流し、祖国の土に口づけした。そして、ただちに党の一員になった。ただちに、穴ぐらで耐え抜いたパルチザンの英雄として、〈祖国戦線〉で高い地位を与えられた。ただちに出世して街に移り、何とかという省の何とかという役職についた。アパートを手に入れて、祖母と結婚した。その一年後には、僕の父が生まれた。

＊

一九九九年八月十一日、僕はアーカンソーに到着した。空港に迎えに来てくれた若い男ふたりと女の子ひとりは、みんなスーツ姿だった。留学生を何かとケアしてくれる何かの組織に入っているらしい。

「アメリカにようこそ」と、三人は温かく親しげな声をそろえて言い、誠実な顔が満面の笑みになった。車に乗ると、僕は聖書を渡された。

「これが何かわかりますか?」ゆっくりと迫力ある声で、女の子は言った。

「いいえ」と僕は言った。女の子は心底うれしそうだった。

「これは我らが救世主の言行録です。我らが主の福音です」

「ああ、レーニン全集のことだね」と僕は言った。「第何巻?」

＊

アメリカでの第一週は、「留学生オリエンテーション」というスローガンで始まった。僕はブルガリアよりも小さな国から来た人たちと知り合いになった。黒人の学生たちと握手した。僕のように英語が第二言語の学生たちは、「雨脚が近づいている《フィクシン・トゥ・レイン》」と言われたときに何を予想すべきかを教わった。「あっちのほう《ヨンダー》」とは何のことか、そして「雨脚が近づいている」のに傘もなしで「あっちのほう」にいるのは「とんま《バマー》」だということを。

僕が知っていた英単語はどれも、祖父が〈祖国戦線〉で買ってきた数々のノートに十回は繰り返し書いたものだった。どのノートも断崖の壁みたいなもので、僕はその崖に向かって叫んでいた。言葉は僕に跳ね返ってくると、また崖にぶつかって、ものすごい速さで戻ってきた。高校を卒業するころには、僕はそのこだまで次々にノートを埋め尽くし、机の両側にはノートの山がそびえていた。

でも、いざアメリカに来てみると、知らない言葉が待ち構えていた。ひとつひとつは知っている単語なのに、組み合わさるとまったく意味がわからない。「ホットポケット」って何だろう？　廊下の向こうにいるふたりの女の子が「メイクアウト」しているのを見て、ルームメイトが興奮しているのはなぜだろう？　ふたりは何を理解《メイクアウト》しようとしているのだろう？　仲間外れになった気分で、しょっちゅう頭がこんがらがってしまったが、そのうち慣れてくると、目や耳や舌を通して周囲の世界が体にしみこんできた。そしてついに、言葉は解放されて舞い上がった。僕は恍惚として、語彙に酔いしれた。あまりにしゃべりまくったせいで、ルームメイトは部屋からいなくなって、僕が寝てからようやく戻ってくるようになった。僕は手当たり次第に教授を選んでオフィスアワーに押しかけ、回りくどく答えるほかない質問を浴びせた。街角で、見知らぬ人たちに話しかけた。変人扱いされることはわかっていたけど、それでも自分を止められなかった。耳が鳴り、舌は膨れ上がった。そんな調子が何か月もつづいたところで、ある日、僕が何を言ってもまわりの人たちにはまったく無意味だということに思い当たった。僕がどこの出身かなんて誰も知らなかったし、知りたいとも思っていなかった。僕が世界に対して言うべきことなんて何もなかった。

僕は寮に閉じこもった——独房のような狭い部屋には、ルームメイトの電子レンジと冷蔵庫、パソコン、スピーカーと超低音スピーカー、テレビ、ニンテンドーのゲーム機がごちゃごちゃと置いてあった。僕は『マリード・ウィズ・チルドレン』や『ハワード・スターン』をテレビで観た。電話料金が高かったから、両親と話をするのはごくたまに、短い時間だけだった。僕は受話器を抱くように持ち、一万マイルも伸びて海を越えていく電話線という名のか細いへその緒をそっと撫でた。母さんの声を聞いていると、もうちょっとでつながりそうな気がした。でも、その通話が切れてしまえば、僕はまたひとりきりだった。

＊

三十歳で、何とか省の何とかという役職についていたとき、祖父は心から愛する人に出会った。いかにもお約束の共産主義的ラブストーリーだった。ある夕べ、党の集会でふたりは出会った。雨に濡れてやってきた祖母は集会に遅刻し、ひとつだけ空いていた席、つまり祖父の隣に座ると、その肩に頭を預けて居眠りを始めた。党の現状に対する無関心さは気に食わなかったが、その香りに、首筋に当たる息に、祖父はその場で恋に落ちた。祖母が目を覚ますと、ふたりは話しこんだ。純粋な理想や輝かしい未来について、西欧の資本主義という悪やソ連という育みの親について、そして何よりも、レーニンについて。おたがいがレーニンという光り輝く先導者についていく情熱を分かち合っていることを祖父は知ると、祖母を民政局に連れていって結婚した。

祖母が乳癌で死んだのは一九八九年、ブルガリアが共産主義を放棄してからほんの一か月後のことだった。そのとき僕は八歳だったから、一部始終を覚えている。祖母は村に葬られた。開いた棺を荷車に載せて、その荷車をトラクターにつないで引いていってもらうと、僕らはみんなその後ろを歩いた。祖父は棺のそばに座り、祖母の亡骸の片手を握っていた。その日、雨は降らなかったはずだけど、僕の記憶のなかには、風と雲、そして雨が見える。心から愛する人を亡くしたときに降る、静かで冷たい雨。祖父は涙を流さなかった。荷車に座り、僕の記憶のなかにある雨を浴びていた。禿げた頭に、棺の上に、祖母の閉じた目に、雨が降り注いだ。そのまわりを、音楽が流れていく。オーボエとトランペットとドラムの、深く悲しい調べ。共産主義者の葬儀に司祭はいない。祖父は一冊の本、レーニン全集第十二巻の一節を朗読した。その言葉は空に昇っていき、雨に叩き落されて地面に落ちた。

「いい墓だ」と、すべてが済んだあとに祖父は言っていた。「穴ぐらほど狭くはないから、いい場所だ。そうだろう？　狭すぎることはないな？　あそこならおばあさんは大丈夫だ。きっと大丈夫だよ」

その葬儀の様子や、空に昇り、泥のなかに落ちていく祖父の言葉が、大学二年生の僕の夢に出てくるようになった。いまやどの教授の言葉にも蕁麻疹《じんましん》のように苦しめられるせいで、授業には真面目に出なくなっていたけど、部屋ではかなり読書をしていた。さしたる理由もなく心理学を専攻していたから、フロイトとユングの本を大量に貪り読んでいた。「このふたりの言葉は、イースト菌みたいに脳を活性化してくれるんだ」と、数か月後に僕が言うと、祖父はこう返してくる。「わかってるじゃないか。おまえの脳はパン生地だ。いや、つぶしたクラブアップルだと言ったほうがいいか」

人の見る夢には、個人の無意識だけでなく、集合的な無意識も反映されているのだと知って、僕は夢中になった。集合的無意識だなんて、そんなものがあるのか。もしあるのなら、そこに入れてもらいたかった。その一部になってみんなとつながって、ほかの人たちの夢を見たい、ほかの人たちにも僕の夢を見てほしいと願った。鮮やかで超越的な象徴を夢に見ることを望みつつ、眠りについた。

僕は小さな日記帳にこう書いた。**今日はソファに座っている父さんの夢を見た。ヒマワリの種の殻をむいていて、半分脱げた靴下がロバの耳みたいになっていた。**

母さんが瓶に入ったヨーグルトをすくっている夢を見た。

祖父が僕を杖で転ばせようと廊下で待ち構えている夢を見た。

その夢を見たあと、二年間祖父の声を聞いていなかった僕は、ついにアメリカ独立記念日の前夜に受話器を手に取り、番号をダイヤルした。

祖父が庭に出て、夕暮れの光のなかで目を細めて読書している姿を、僕は思い描こうとした。電話が鳴る音を耳にすると、痛む体を動かして、ゆっくりと家に入っていく。祖父の顔を思い浮かべようとしたけど、すっかり年老いて怖い顔だったので、僕は想像のあごひげをつけて年齢を隠した。あごひげはきっと白い。いや、ニコチンのせいで黄ばんでいる。怒り狂うライオンのたてがみのような毛が顔を覆っている。そこからのぞく、炎のようなふたつの目は、レーニンの言葉に燃えている。**電化**

＋ソヴィエトの権力＝共産主義である。八歳の子を我々に与えてみよ。そうすれば永遠のボリシェヴィキにしてみせよう。僕は固まったまま、祖父の声に焼き焦がされて灰になり、硫黄の息で風のように吹き散らされるのを待っていた。

「おじいちゃん」と僕は言った。

「おまえか《シンコ》」

僕が激しく身震いしたせいで、僕らをつなぐ回線はパチパチと音を立てた。もう電話を切られてしまったのかと心配になった。

「おじいちゃん、そこにいるの？」

「ここにいるとも」

「いるんだね」と僕は言った。「おじいちゃん、僕らのあいだにはすごく大きな海がある。本当に離れ離れになってしまったよ」

「そうだな」と祖父は言った。「だが願わくば、血は海原よりも濃いものだ」

＊

祖母の葬儀が終わっても、祖父は村を離れようとはしなかった。一年のうちに、男が失いうるものをすべて失ってしまったのだ。心から愛する人も、生涯をかけた愛、つまりは党も。

「街にわしの居場所などない」と祖父が父さんに言ったのを覚えている。「あの裏切り者どもに仕える気などない。いたいけな女たちを殺したあんな連中など、資本主義が腐敗させてしまえばいい」

共産主義の崩壊が祖母の命を奪ったのだ、と祖父は信じきっていた。「あいつの癌は、純粋で理想に燃える心が深く失望した結果だった」とよく語っていた。「自分の夢が目の前で踏みにじられるのは見るに忍びなかったから、誠実な女が取りうるただひとつの道として、死を選んだのだ」

祖母のそばにいられるようにと、祖父は村に家を買い、毎日、午後三時になるとお墓参りをして、墓石のそばに腰を下ろし、レーニン全集第十二巻を開いて読み上げた。夏だろうと冬だろうと、お墓で朗読した。一日足りとも欠かしたことはなく、ある考えが閃いたのも、祖母のお墓の前だった。「何も失われてはおらん」と、祖父はある土曜日に訪ねていった僕と両親に言った。「共産主義はこの国の全土で死に絶えたかもしれんが、理想が死ぬことはない。すべてをここ、この村に持ってこよう。一から作り上げてみせるぞ」

一九九三年十月二十五日、静かに、ひそかに、大きな騒動もなく偉大なる十月の村革命が勃発した。その当時、六十歳以下の人たちはみんな村を出て街で暮らしていたので、村に残っていたのは、純粋で心が強く、理想が今でも息づいている人たちばかりで、その黒い瞳には、新しく、偉大で、世界を根底から変える何かの光が宿っていた。公式には、その村はまだブルガリアの一部で、国の政府やら何やらに対応する村長もいた。でも、その裏でこっそりと村の運命を決めていたのは、村の新しい共産党だった。村の名前はヴァルチドルからレニングラードに変えられた。祖父は満場一致で書記長に選ばれた。

毎晩、かつての村役場で党集会が開かれた。祖父の隣の席はいつも空席で、外のホースから窓にかかる水が架空の雨を作り出していた。

「共産主義の花は、湿気があるとより美しく咲く」と、ほかの党員たちから不審がられた祖父は説明した。実のところ、祖母のことや、初めてふたりが出会ったときに降っていた雨のことを考えていた。そして実際、共産主義はレニングラードで花開いた。

祖父と村人たちは、ブルガリアに残っている共産主義時代のあらゆる品々を救い出し、レニングラードに、共産主義思想の生きた博物館にすべて運びこむことにした。赤い理想のもとで刻まれた記念碑は、国中で破壊されつつあった。何十年も前に建てられ、誇り高い言葉を刻まれ、栄光を讃え、未来を約束していた像は、いまやどれも引き倒されて溶かされ、くず鉄にされようとしていた。かつては激賞された詩人たちはもはや忘れ去られていた。その紙の体には埃が積もっていた。彼らのインクの血は、雨に流された。

二年間の沈黙を破る電話のあと、祖父は僕に手紙をくれるようになった。祖父がレニングラードに戻っていて、まだ理想を捨ててはいないことに僕は目を見張ったが、意外ではなかった。そうした手紙のひとつに、村人たちがジプシーの一団を丸めこんで物品回収をさせた話が書いてあった。「ハッサン同志とその妻、十三人のジプシーの子どもたちは、輝かしい共産主義の理想に見るからに心打たれ、我々が与えた報酬と二頭の豚にもそれなりにではあるが励まされ、我らが哀れな祖国の各地に彼らが見つけた最良の『赤い』遺物を村に届けると約束してくれた。今日、ジプシーの同志たちが最初の贈り物を持ってきた。〈無名のロシア兵〉、トルコからの解放者の像だ。腰から下はわずかに変形していて、猟銃はなくなっているが、それ以外は申し分のない状態だ。その像は今では、アリョーシャ、セリョージャと〈ミンスクの無名の少女〉像と並んで胸を張っている」。

*

僕は月に二回、祖父と電話で話すことにした。最初は世間話をしていた。祖父は、共産主義時代の遺物コレクションを陳列し直していること、祖母のお墓で『現代女性』を読み上げたことなんかを話した。祖母は三十年間その雑誌を毎月購読していたから、今もその習慣をやめたくはないということだった。

「とは言っても」と、祖父はあるとき言った。「減量のための食事法とか男女関係の相談には少しばかり飽きてきてな。デートの三つの必勝法、細身になるための三つのステップ。なあ孫よ、今じゃ世の中は何でも三つの簡単なステップになっているな」

もうレーニンは読んでいないってことかい？　と僕は訊ねた。

「そんなことを訊かれるとはな」と祖父は言った。「いいか、考えていたことがある。わしから本を一冊推薦してやろうか？」

それはもう勘弁だよ、と僕は言った。

「わしはおまえをだめにしてしまった」と祖父は言った。「わしへの意趣返しのためだけに出ていったんじゃないかと思うこともある」

それとはまったくちがうし、おじいちゃんが世界の中心なわけじゃないよ、と僕は言った。アメリカ人の友人たちとはうまくやっているし、僕はここになじんでいるから、と。

「何を言っとる」と祖父は言った。「そこがいやでたまらないくせに」

不毛の地に上がる蒸気のように、僕の心に孤独感が湧き上がった。怒りで喉がつかえた。自分が口にした「友人たち」が実は存在しないなんてことは、祖父にはわかるはずもない。もう何日も部屋から出ていないなんてことも。

「おじいちゃんは意地っ張りだね」と僕は高らかに言った。「もうあきらめなよ。遺物のコレクションも本も燃やしてしまえばいい。過去はもう死んだんだ」

「理想は決して死にはしない」

「でも人は死ぬじゃないか。それとも、自分は永遠に生きられると思ってるとか?」

そんなことを言うべきじゃないとはわかっていたが、僕は祖父を傷つけたかった。そして、電話の向こうから笑い声が聞こえたとき、僕は祖父を傷つけたんだとわかった。

「羨ましいんだろう」と祖父は言った。「村の祭りを控えた片脚の乙女くらいにな。自分のじいさんが幸せなのに自分は不幸だなんてと思うと耐えられないってわけだ」

「自分のじいさんが狂ってるなんて思うと耐えられないね。人生をガラクタで埋め尽くしてきたなんてね」

「まっとうな仕事がガラクタか? 愛する妻が? 息子を大学にやったことが? すべてガラクタだというのか?」

僕はかなり長いこと黙っていたにちがいない。ついに、祖父のほうが口を開いた。「なあ、パレードを覚えているか？　わしはよく思い出す。おまえは本当に小さくて、わしが肩車してみんなと一緒に行進したな。赤い風船と紙でできた国旗を買ってやった。おまえは党のスローガンを叫んで歌を歌っていた。全部そらで覚えていた」

「覚えてるよ」と僕は言った。でも、そのとき考えていたのはそのパレードのことじゃなかった。

＊

まだ小さかったころ、僕はその村に行って、祖父母のところで夏を過ごした。冬になるとふたりはソフィアに来て、僕らのアパートから二ブロック離れたところで暮らしていた。でも寒さが和らぐと、荷物をまとめて村に帰っていった。

夏には少なくとも一度、満月の夜になると、祖父は僕をザリガニ釣りに連れていってくれた。僕らは日中はほとんど庭で過ごし、大きな袋の底をテープで補強したり、前回できた穴をふさいだりしていた。ようやくその作業が終わると、僕らはポーチに座って、バルカン山脈の向こうに沈んでいく太陽を眺めた。祖父はタバコに火をつけて、ポケットナイフを取り出すと、ザリガニを捕まえるために用意した栗の木の棒に模様を刻みつけた。月が出るまで待っていると、祖母がそばに来て歌ってくれることもあり、祖父が森で共産主義者の同志たちと穴ぐらに隠れていたときの話を聞かせてくれることもあった。

ようやく月が昇って煌々と輝くと、祖父は立ち上がって脚を伸ばす。「草地に出てきてるぞ」と祖父はいつも言った。「捕まえに行こうか」

祖母が夜食にパテのサンドイッチを作ってくれて、それはいつも剝がしづらい紙ナプキンに包んであった。たくさん釣れるといいわねと言ってもらうと、僕らは家を出て村を離れ、ぬかるんだ小道を歩いて森を抜けていった。祖父が袋と棒を持って運び、僕はついていく。頭上では月が明るく輝き、行く手を照らしてくれた。風が僕らの顔にそっと吹きつける。どこか近くで、川の轟く音がしていた。

僕らが森から出て牧草地に入ると、頭上には夜空が広がっていき、そして目の前に、川とザリガニが見えてくる。川はいつも暗く、低い音を立てていて、ザリガニは草の上をゆっくりと動き、V字形のはさみで草をむしっている。

僕らは草の上に座り、サンドイッチを取り出して食べる。鋭く射しこむ月光のなか、濡れたザリガニの体は燃える石炭のように光っていた。燃えさしと、暗がりを通して僕らを見る何百という小さな目が、土手を覆っているように思えた。サンドイッチを食べ終えると、ザリガニ釣りが始まる。

祖父から棒と袋を渡される。足元では、何百匹というザリガニがもぞもぞ動いている。そのはさみを棒でつついてやると、ザリガニは全力で挟んでくる。僕はザリガニを持ち上げて袋のなかで振り落とすコツを覚えた。一匹また一匹と集めていく。

「ちょろい獲物だ」と、祖父はよく言った。「一匹捕まえても、まわりのザリガニは逃げもしない。自分が捕まるまで、人間がそこにいることも知らないし、捕まっても何事なのかわかっとらん」

一時間、二時間、三時間。月は疲れてきて、地平線に向かって泳いでいく。東の空が燃えるように赤くなってくる。するとザリガニたちは示し合わせたようにくるりと向きを変え、ゆっくりと、静かに、川に向かっていく。川はザリガニたちを取り戻し、新しい一日が熟していくなかであやし、眠らせる。僕らは獲物でいっぱいになった袋を持って、草の上に腰を下ろす。僕は祖父の肩に頭を預けて眠る。祖父は村まで僕を運んでいってくれる。でもその前に、祖父はザリガニをすべて逃がしてやる。

*

自分が祖父の人生を羨んでいるのかと思うと、僕はどうにも落ち着かなかった。夜に枕を抱いて、祖母がナイトスタンドに置いていたポートレート写真をぼんやりと思い出しながら、自分と同い年だったころの祖父を思い描こうとした――整った顔立ち、共産主義の理想に燃える目。笑みを描く唇のカーブは、革命的な収穫を刈り取ろうと準備万端で、世界を変えるほど鋭い鎌の形をしている。じゃあ、僕自身の目や唇はどうなんだろう。

今までずっと祖父に反抗してきたのは、まちがっていたんだろうか。でも、ついにうとうとしかけたそのとき、熱を出して寝こんでいたときのように祖母がベッドのそばに現われて、額をそっと撫でてくれる。「おじいさんはもう長くはないの」と祖母は言った。「じきにこっちに来るから。でもね、お願いだから、次にあの人と話をするときには、わたしの墓前でレーニンを読み上げるのはもうやめてと伝えてちょうだい」

＊

「おじいちゃんをテーマに卒業論文を書いてるんだ」。大学最後の年のある日、僕は祖父に言った。回線の向こうで何かが落ちて、耳をつんざくような大きな音がした。祖父の声は、部屋の反対側から、そしてもっと近くから聞こえるような気がした。

「受話器を落としてしまってな」。申し訳なさそうに祖父は言った。「おまえの話があんまり退屈なので眠ってしまった」

「その退屈だっていうのは」と僕は訂正した。「心理学では否認って呼ばれてる。そのことも論文では触れてるし、なぜおじいちゃんがあれやこれやを信じているのかも分析してるよ。聞いてみたい？」

「断じて聞きたくないな」

僕は咳払いをした。「〈レーニン・コンプレックス〉とは、個人があるイデオロギーへの盲従を軸として人生を組み立てようとする圧倒的な欲求の現われであり、そのイデオロギーの理想が正当なものであるかどうかは問われない。あるいは、個人がある集団の一員になりたいという熱烈な欲求のことでもある。その欲求と必要性のどちらも、孤独か、否認されることか、あるいはその両方への非合理的な恐怖に突き動かされている」

僕は押し黙ることで、自分の言葉を引き立たせた。

「初めて知ったな」とお祖父さんは言った。「わしの孫がここまで狂っているか、嫌味な男か、あるいはその両方だったとはな」

*

僕は最優秀で学部を卒業した。アメリカ人なら何かと口にしたがるような偉業だということはわかった。それでも、次にどうすればいいのかわからなかった。大学院に願書を出して、合格した。国に帰る飛行機のチケット代を貯めておこうとしたけど、大学院は別の州にあって、引っ越し代で貯金はすべて消えてしまった。新しい土地なら心機一転、気持ちも晴れるかと思った。ところが、人と話をするのがますますつらくなってしまった。ほとんど外出もせず、かつてないくらいブルガリアを懐かしく思っていて、どういうわけか今ではアーカンソーも懐かしがるようになっていた。

「おじいちゃん」。僕はときどき電話越しに訊ねた。「今は何を食べてる?」

「スイカとチーズだ」

「おいしい?」

「レーニンは美味いと思っていた。お気に入りのおやつだった」

「僕も腹いっぱい食べられたらな」

「果物とチーズを一緒に食べるのは昔から大嫌いだったろう」

「おじいちゃん、何を飲んでるんだい?」

「ヨーグルトだ」

「おいしい?」

「こんなに美味いのは初めてさ」

「おじいちゃん、今この瞬間、何が見える?」

「家の上の山麓だな。菩提樹が白く見える。雨が降ってくる前に、風で木の葉の色が変わった」

からかわれていること、傷に塩を塗られていることはわかっていたけど、それでもあれこれ訊かずにはいられなかった。一瞬でいいから、祖父の目を借りられたなら、その舌を盗めたなら——僕はパンとチーズを頬張って、家の井戸からヒョウタン六杯分の水をがぶ飲みし、山麓や野原や川で目を満たすだろう。

受話器を握りしめてこう言ったことがある。「おじいちゃん、考えてたんだけどさ。僕に本を勧めるなんてどうかな?」

「本だと? わしの本は毛嫌いしていると思っていたがな」

もうその話はなしにしてくれ、と僕は言った。

「放蕩孫息子が悔い改めようとしているのか?」

「もう切るよ」

でも、僕は電話を切らなかった。僕らはしばらく黙っていた。祖父が慎重に言葉を選ぼうとしているのがわかった。そして、ついに言った。「本よりもいいものを勧めてやろう。三つの簡単なステップだ」

＊

「まずは」と祖父は僕に言った。「レーニンが実際にはどんな人間だったのかを知らねばならん。レーニン全集第三十七巻を手に入れろ」

「『親族への手紙』だね」。僕はその大著を手に入れると副題を繰り返した。

「最良の書簡集だ。妹への手紙を読んでみろ。いや」、祖父は思い直した。「母親への手紙を先に読むといい」

親愛なる母さん、とレーニンは書いていた。お金を使ってしまったので、いくらか送ってください。ある手紙ではミュンヘン、別の手紙ではプラハにいた。ある手紙では、馬が引くそりに乗って建設途中の橋を渡り、別の手紙では粘膜が腫れたので医者にかかりたいと言っている。僕と同じように、レーニンも青年時代を外国で、流浪の身で過ごしていた。絶えず空腹や寒さのことばかり書いていた。シープスキンのコートやフェルトのブーツ、毛皮帽を夢見ていた。親愛なる母さん、と彼はオーストリアの鉄道駅から不満たらたらの手紙を書いている。ドイツ人はまったく理解できません。何と言っているのかよくわからなかったから、車掌に何度も同じ質問をしたら、しまいには憤然と去っていってしまいました。

親愛なる母さん、故郷からの手紙がないと惨めな気分です。宛先がわかるのを待たずに手紙を送ってください。

いつもどおりの生活です。町外れの図書館までぶらぶら歩いていき、近所をぶらぶら歩き、二日分ぐっすり眠っています……。

なかなかいい手紙ばかりだった。僕は祖父にそう言った。「親愛なるおじいちゃん、レーニンと僕はそっくりだよ」

祖父はくすくすと笑った。

「どういう意味？」

わからない、と祖父は言った。迷いが出てきた、と。

「ようやく孫が思いどおりのことをしてるのに、今になって拗ねてるってこと？」

「拗ねているのとはちがう」と祖父は言った。「だが、このところ考えこんでいてな。若かったころ、わしは穴ぐらに隠れていた。本は読んでいなかった」

「じゃあ地面に穴を掘ればいいのかい？　それがふたつめのステップなのか？」

「おいおい。口が悪いな」

僕が生まれてからずっと、あのイデオロギー的なたわごとを孫に押しつけようとしてきたのに、今やっと僕が興味を持ち始めたというときになって、迷いが出てきたとは。「愛しのレーニンを僕に奪われるのが怖いとか？」

「もう切るぞ」と祖父は言った。

「それはこっちのセリフだよ」と僕は言い、受話器を叩きつけた。

僕は読みつづけた。『帝国主義論覚え書』、『農業問題に関する覚え書』。でも、ページをめくるごとに、手紙を読んだときに感じた絆は弱まっていく一方だった。祖父の言ったとおりだった――この手の著作を読んでも、八方ふさがりになるだけだ。

「おまえは二十五歳だ」と、祖父に言われたことがある。「おまえの血はヨーグルトではなく、シャンパンになるべきだ。外に出ろ。生きている人々と交わって、死者のことは忘れろ」

あんなふうに電話を切ってしまったことで、僕は落ちこんだ。埋め合わせをしようと、イーベイでちょっとしたものを買って祖父へのプレゼントにしようと思った――バッジとかピンとか、コレクションに加えてもらえそうな安い切手セットとか。まさか、レーニンの遺体のオークションに出くわすとは思っていなかった。**ソヴィエト社会主義共和国連邦創設者レーニン。**新品同様、と書いてあった。**ウラジーミル・イリイチ・レーニンの遺体に入札できます。遺体は非常に保存状態がよく、アメリカとヨーロッパどちらの電圧にも対応した冷蔵装置付きの棺に入っています。**「今すぐ購入」ボタンは、五ドルちょうどを表示していた。海外への発送には五ドルの追加料金がかかる。売り手はモスクワ在住と書かれていた。

もちろん、詐欺商品だった。でも、詐欺じゃないものなんてあるだろうか。僕は「今すぐ購入」をクリックして、注文を確定した。**共産主義者のカモ一九四四さん、おめでとうございます、**と確認メッセージが出てきた。あなたはレーニンを購入しました。

＊

翌日、僕は祖父に電話をかけて自分のしたことを説明した。レーニンを買ったことは三つのステップのふたつめだと思ってほしい、と。理解してもらえたのかは、よくわからない。

「わしももう齢だ」と祖父は言った。「腕も脚もひきつる感じがする。まちがいなく、次の脳卒中が近い。そこで考えていてな。おまえはいい子だが、わしがだめにしてしまった。わしをからかう権利は十分にある」

前はからかって楽しんでいたけど、もうちがうよ、と僕は言った。「三つめのステップを教えてくれよ。知りたいんだ」

「三つめのステップか」。しばらく考えてから、祖父は言った。「帰ってこい」

＊

その夜、僕は眠れなかった。つづく二週間もよく眠れなかった。頭のなかは淀んでいて、つぶしたクラブアップル、つまりは僕の脳みそにうなだれて沈みこんだ。

祖父に電話をかけて、正直に伝えた。アメリカでは不幸せだ、と。ここに来たのは祖父へのあてつけではなく、何か新しいことを試したかったからだ。「さあ、仕返ししていいよ」と僕は言った。「今度は僕がからかわれる番だ」

「孫《シンコ》よ」と祖父は言った。子どもだった僕が癇癪を起こしたり膝を擦りむいたときによく聞いたような言い方だった。「ちょっと待て。わしの話を聞け。今日、おまえから電話がかかってくるちょっと前に、赤い大型トラックがわしらの家の前に停まった。トラックには巨大な木箱が積まれていた。そのなかに、レーニンが横たわっていた。諸国の指導者が、今はおまえの部屋で眠っている。輝かしく、冷却されて、子羊のように安らかにな」

ばかげていて、虚しい、意味のない言葉だとはわかっていたが、それでも僕はうっとりと目を閉じて耳を傾けた。「覚えているか」と祖父は言っていた。「昔よく話してやった、十五人の男とふたりの身重の女と腹ぺこの山羊と一緒に穴ぐらで暮らしていたときのことを。もう追い詰められて空腹に耐えかねて、ようやくわしが勇気を出して村に降りていった話だ。実はな、わしは追い詰められたわけでも、腹ぺこで死にそうだったわけでもない。ただ、それ以上我慢できなかっただけだ。男たちはトランプでいかさまをした。女たちは噂話ばかりだ。山羊はわしの雨靴のなかに糞をした。三年後、森のその場所を訪ねてみたよ。自由になった目で、あの穴ぐらをもう一度見てみたかった。目印にしていたねじれた樫の木から二十歩数えて、入口を見つけてはしごを降りていった。連中はまだそこにいたよ。全員、ミイラになっていた。戦争が終わったことを誰も彼らに教えてやらなかった。もう出てきてもいいとは誰も言わなかった。自分から出てくる勇気もなかったから、飢え死にしてしまったわけだ。わしはクソみたいな気分だった。地面を掘って掘って、全員を埋葬したよ。そして自分にこう言った。人も山羊も、何の意味もなく穴ぐらで死んでしまうとは、いったいどういう世界なのか？　と。だから、わしは理想が真に大事なことであるかのように生きた。そして、最後には本当にそうなった」

　僕は受話器を持って、子どものころの僕の部屋に冷却されたレーニンが横たわっている光景を思い浮かべた。すると、ひどい感覚に襲われた。強烈な恐怖に。祖父に約束してほしかった。庭に出て、格子棚から下がる黒いブドウの実の下で僕を待っている、と。でもそう言う代わりに、僕は笑い出した。腹はよじれ、こめかみは裂けそうだった。止められなかった。笑っていると、それが祖父にも伝染し、そのうち、僕らの笑い声は回線を伝って混じり合い、ひとつの声のように響いた。

手紙

あのイギリス人夫婦から盗んでこいなんて、おばあちゃんは言ってるわけじゃない。でも、あたしがどうしても盗んでしまうことは知ってる。だから、格子棚の下をあたしが歩いていくと、おばあちゃんは新聞から顔を上げてこう言う。「マリア、今日の奥さまは新しいイヤリングをつけて店に来たそうだよ。本物の真珠さ」

緩くなったブドウの蔓の端をしっかり縛り直すように言われて、あたしがそうしてると、おばあちゃんは言う。「別に何か言いたいわけじゃないよ。でも、山分けしたっていいわけだしね」

あたしは例の顔をしてみせる。すると「六・四かい?」とおばあちゃんは言って、また新聞を読み始める。一ページめくって、指を舐めてまた次のページをめくる仕草は、指にインクじゃなくてハチミツがついてるみたいだ。

おばあちゃんにお金が要るわけは知ってる。お札をきっちり畳んで、養豚だか何だかの古い記事にしっかり包んで、二本のテープできっちり封をする。その封筒をあたしの母さんに送って、二か月は電話がかかってこないようにする。

　あたしはニワトリに餌をやりに行って、イヤリングのことを頭から追い出そうとするけど、目の前には真珠しか見えない。卵を四つ集める。ふたつはしっかりした大きさだから、エプロンできれいに拭いてかごに入れる。奥さまが好きな白いダリアもいくつか摘んで、かごに入れる。それから、地下にあるおじいちゃんのラキヤを小さな瓶に百グラム注いで、それも奥さまのためにかごに入れる。

　奥さまは庭で日光浴をしてる。長くてつややかな脚は太陽の光を反射して、ジプシーが売る特上のスズでメッキしたみたいだ。「ハロー、メアリー、ごにょごにょごにょ」と奥さまは英語で言う。いつもみたいに退屈して落ちこんでるみたいだけど、サングラスを外すと目はきらめいてる。ロシアの犬みたいに、あたしを見るとよだれが出てしまう。あたしがいつもかごを持ってくるのを知ってるからだ。

　まずはお上品にひと口だけ飲むけど、おじいちゃんのラキヤはいいブドウと黒いオークの樽で作った上等のお酒だから、そのうち瓶を半分空けてしまう。三十三歳の女の人なのに、村でバスの運転手をしてるペショおじさんより酒飲みだ。

「ご主人はいます?」とあたしは訊く。奥さまは首を振る。イヤリングがいかにも高価そうな音を立てる。

「奥さま、真珠が太陽の光で輝いて、あたしは息が苦しくなる。

「奥さま、全部飲んじゃって」とあたしは言うと、ラウンジチェアの端にちょこんと座る。

　あたしが盗みをした相手のなかでも、奥さまくらい不幸せな女の人はいない。まず、あたしたちには「奥さま《ミセス》」って呼ばせてるけど、イギリス人じゃない。故郷の言葉は軽い北部訛りのブルガリア語だけど、しゃべるときには外国語の音があちこちに混ざってて、あたしたちのこの村では何の意味もない言葉になる。舗装していない道を歩くときには日傘を持ってるけど一度も開かないし、パンの配達トラックが町から来るのを待つあいだに鼻におしろいをはたいてる。英語の名前がついたお酒をバーテンダーに注文して、ミントとマスティカを注がれると呆れた目つきになる。それでもちゃんと飲む。網の袋にパンを入れて、ハイヒールをこつこつ鳴らして奥さまがパブから出ていくとき、そのふくらはぎを見て村の酔っ払いたちはみんなよだれを垂らしてるし、そのお洒落な姿に農家の女たちはみんなよだれを垂らす。確かに、奥さまはすごく美人だ。あたしからすればちょっと首が長すぎるけど(宝石を見せびらかすように生まれたのさっておばあちゃんは言う)。でもあたしは、人の真似をしないほうが奥さまはきれいなのにって思う。奥さまが角を曲がったところで、誰にも見られてないと思って、パンの耳にかじりついてもそもそ食べてるのを見たことがある。道で水牛のおしっこを踏んでしまって、粋な悪態をついてるのも見たことがある。そういうときの奥さまのほうが、あたしは好きだ。沈んだ顔をしてるのはただの見せかけじゃないかって思うこともある。最後に町に行って帰ってきたときから、ため息が三倍長くなってるし。と言っても、獣皮商人が車であたしたちの村の道を通りかかって、「売り物の革はあるかな、革を買うよ」と大声で言いながら、ご主人がいないときは奥さまの家にこっそり入っていくのも見たことがある。そして三十分後に出てくる。いつもそうだ。あたしは時間を測ってたからわかる。それに、見せかけだけでは獣皮商人と一緒に寝てもいいことにはならない。少なくとも、悲しみは本物らしい。

「ねえ、奥さま」とあたしは言うと、ラウンジチェアをほんの少し動かす。「宝石を着けたまま日光浴する人なんていないでしょう？」

彼女は作り笑いを浮かべて、唇をきっと結ぶ。いい人だけど、まさに今あたしの頭にあるのは、酔っぱらった人の耳から真珠のイヤリングを一組盗むなんてちょろいってことだ。

＊

あたしたちがイギリス人夫婦って呼んでるふたりは、二年前に村にやってきた。あたしが十四歳のときだ。まず、誰かがお向かいの家を買ったっていう話を聞いた。それから、工事の人たちがやってきて、家のはらわたを抜いた。つまり、椅子やテーブルや本棚を引きずり出してダンプカーに放りこんだ。家の正面を石灰で白く塗って、新しいアルミのサッシを入れて、新しいドアと門をつけた。熊手で庭をならした。種を植えた。ツゲの茂みとサクランボの木を植えた。サクラの花が咲くころに、イギリス人の夫婦がやってきた。ご主人と奥さまだ。

ご主人は奥さまより百歳くらい年上で、きちんとしたブルガリア語を話す。顔は皺だらけだけど、目は青い。白いスーツと、子犬の毛皮で作った帽子をかぶっている。子犬の毛皮だってあたしは思った。だって、いっぺん縁のところを触らせてもらったとき、それくらいふわふわしてたから。あの人はスパイなんだって言う人もいて、噂ではご主人は長年ソフィアに住んでて大使館で働いてたらしい。たいていの人には「００７」って呼ばれてて、それを聞くと笑って完璧な歯並びを見せるけど、あたしは「ご主人」って呼んでる。「００」なんてトイレ用語みたいで、ぜんぜん貴族っぽくない。

「おまえが貴族の何を知ってるっていうんだい？」とおばあちゃんには言われるけど、おばあちゃんはちゃんとわかってる。あたしは農家の娘なんかじゃない、街で生まれたんだ。共産主義が倒れたあとの冬に生まれた。べつに共産主義が倒れようがどうだっていいけど、おばあちゃんからは、自分の歴史は知っておくべきだって言われて、そうしたことを勉強させられる。どの口が言うんだかって思う。あたしに隠し事ばっかりしてるくせに。隠してるのはたいてい自分の過去だ。でもおばあちゃんは、今すぐ知っておかないとこの世の終わりだっていう調子で、ベルリンの壁がいつ崩壊したか、そもそもどうして作られたかってことを教えてくる。

おばあちゃんによると、あたしが生まれた冬は、オオカミたちが通りをうろついて赤ん坊をさらっていったそうだ。お金はトイレットペーパー同然で、配給券が新しいお金になったから、何日も列に並んで配給券をもらわなきゃいけなかった。配給券三百枚で、パンが一斤買えた。五百枚でチーズ。おまえの父さんはオオカミにさらわれて、おちんちんを嚙みちぎられてしまったんだよ、とおばあちゃんは言う。そうして、おちんちんのない男になって家に帰ってきたんだよって。

パパは今イギリスで働いてる。ちゃんと会ったことはないけど、会いたいとは思う。手紙を送って、あたしたちがこの村でどうしてるか教えてあげたい。もうこの国の言葉なんて忘れてしまってるだろうけど、ときどき奥さまのところに行って、こう言いそうになる。ねえ、奥さま、もしよかったら……

でも、やっぱりやめておく。あたしは母さんの子、つまりは悪い女だ。嘘をつくし、盗みもする。自分ではどうしようもない。物を盗らないと、肺のなかが接着剤でいっぱいになってしまうみたいな感じになる。業務用のボンドで。そして息ができなくなる。それに、人に対してわけもなく意地悪になってしまう。いつもってわけじゃない。大事なときだけ。「マリア、もうおよし」とおばあちゃんは言う。「聖母みたいになりますようにと思って名前をつけたのに」。でも、いつもあたしを利用する。あのイヤリングをごらん、あの財布をごらん。そうして売って稼いだお金を母さんに送る。だからあたしは言う。「バカ言わないでよ、おばあちゃん。あたしにこの名前をつけたのは想像力がないからでしょ。だって、母さんにも同じ名前をつけたのに、結局どうなったと思う？　一年のうち三百六十日はどっかに行ってて、あとの五日はお金をせびりに来るなんて」。そして言う。「おばあちゃん、聖母は飼い葉桶にイエスさまを置き去りにしたりするの？　おばあちゃんに拾ってもらって救世主になるように育ててもらう？　それにさ、どうしてわたしは拾って、妹は孤児にしてしまったの？」

＊

夏のあいだの火曜日と土曜日。バスは朝に一本、午後に一本ある。学校があるときは土曜日だけ。学校をサボって乗ることもあるけど、知識を拒んじゃだめだっておばあちゃんにしっかり見張られてるから、たまにしか乗れない。勉強せずに生きていけるのは男だけなんだそうだ。「女は頭をしっかり発達させなきゃ」と言う。「そうなの？」とあたしは言う。「じゃあ、マグダはどうなの？　頭は発達なんてしてないけど、いつもいいものを食べさせてもらって、いい服を着ていい布団で寝てるじゃない。プラズマテレビを観てるし」。するとおばあちゃんは「もうおよし」と言う。「いい子だから」

バスステーションで、運転手のペショおじさんに運賃を払うと、「ようマリア、銀行強盗でもしてきたのか？」と言われる。あたしはお金をポケットにねじこむ。三十レヴァ。あとの二十レヴァは、イヤリングを売ったあと、おばあちゃんの取り分になった。そして、行きと帰りのバスで二レヴァが消える。バスには誰も乗ってなくて、朝早いからものすごく寒い。「おじさん、暖房つけてくれない？」と言ったら、おじさんは振り返ってあたしのブラウスをじっと見る。「寒いのは見ればわかる。それがいい」。そして笑いながらエンジンをかけて発車する。

ペショおじさんはいい人だし、あたしとはもう十年来の知り合いだ。あたしがバスに乗るようになったのは七年前。マグダに会いに行くようになったころだ。その前は妹のことなんか知らなかった。九年間も。昼も夜も、夏も冬も。あたしは夜になると寝て、朝になったら起きて、川で泳いで畑仕事をして、学校に行って、妹のことなんか何も知らなかった。それからおばあちゃんに教えてもらったときは、まるでずっと知ってたみたいな気がした。知らなかったけど、なんとなくわ、か、っ、て、たみたいな。年寄りの人たちが、膝頭がしくしくするからもうすぐ雨になるぞって言う、あの感じ。あたしの場合は、雨のあとにしくしくしたわけだけど。その気持ちが顔に出てたらしく、ある日おばあちゃんは言った。「わかった。わかったよ。連れてったげるから、もうおやめ」

マグダはちっちゃな子だった。あたしより頭ひとつ分背が低くて、顔は、なんていうか、歪んでた。舌は腫れてた。どうしても、垂れた舌と、口元から垂れるよだれに目がいってしまった。おばあちゃんは手馴れたふうにハンカチでよだれを拭いてあげた。あとで「いつからなの？」と訊いてみると、「ときどきだよ。月に一回で、もう三年になるね」という答えだった。

「三年ってどうして?」

「寝ずにずっとやってくなんて無理だったよ。できると思ったけどね、無理だった」

初めて会ったとき、マグダはあたしの顔じゅうを手で触ってきた。べとっとした手が頬や耳に当たって、鼻に指を突っこまれた。「やめてよ!」

「まあ、まあ」とおばあちゃんは言った。「そうやっておまえを知ろうとしてるのさ」

鼻に指を突っこんだって、その人のことがわかるわけじゃない。でも、指を突っこまれた側は、相手のことが少しわかる。必要条件ってやつだ。数学で勉強した。

マグダにもちょっとは教えてあげようとしてる。だって、あたしたちは男じゃないから。教科書を持っていって、牛乳とシナモンで煮たお米の匂いのするきれいな部屋の隅に妹を座らせて、あれこれ教えてやる。算数はまあまあだ。掛け算はわかる。最初は1×1、1×2みたいな感じだけど、2より大きな数になるとできなくて、何をやっても答えが2になってしまった。5×7も9×8も、みんな2だった。でも、今はできる。歴史はわかる。マグダはもっと簡単なことが好きで、お話とか詩なんかは好きだけど、言葉は全然だめだ。自分の命を救うための文字も書けない。とくに、どうしても書けない字がひとつある。Жだ。

Жになると、マグダはどうしてもだめだ。「もう十六歳なのに、死んだカエルみたいなЖしか書けないね」とあたしが言うと、彼女は笑う。少なくとも笑う。もにょもにょしゃべることしかできないし、ほんとバカみたいなときもあるけど、笑い声はマツユキソウの花みたいだし、ぜんぜんバカみたいな笑いじゃない。

今、バスに乗ってると、ペショおじさんが声をかけてくる。「ようマリア、俺の膝に乗るか？　こいつを運転してみるか？」あたしが小さいころはよくやった。おじさんの膝に乗せてもらって、ハンドルを握って運転してた。だから、「じゃあやってみる」とあたしは言う。こんな考え事ばっかりしてしまうときは、ちょっと気分転換したほうがいい。

膝に座ってバスを走らせてると、おじさんの手が上がってくる。あたしの乳首をつまんで笑うから、「このヘンタイ《ペデラスタ》、降ろしてよ」とあたしは言う。それでも笑いつづけてるから、立ち上がって膝を蹴りつけると、バスは道路から外れる。あたしがサイドブレーキを手で引くと、車体の下でナットやボルトが大暴れして、煙が出る。バスは停まる。あたしはボタンを叩いて、ドアから出る。坂をふたつ越えたら着くところにいる。

それから、少し泣く。いいから黙りなって自分に言って顔を叩く。涙が出てるときは、自分の顔を叩くといい。アメリカの映画で女の人がそうしてるのを見た。おばあちゃんとあたしは、テレビでやってる映画は全部観てる。そうやって涙が消えかけたときに、車が一台近づいてくる。停まって、ウィンドウが下りる。「メアリー、きみかい？」

ご主人が開けた車のドアに、あたしは何も言わずに飛び乗る。

「孤児院に行くのかな？」とご主人は言う。マグダみたいな言い方だ。言葉はどれも合ってるけど、どれもちょっとずれてて不完全だ。

「はい」とあたしが言うと、「送っていくよ」とご主人は言う。

おばあちゃんはご主人にひそかに恋してる。そして奥さまを腹の底から嫌ってる。『その男ゾルバ』

って映画を観たとき、おばあちゃんはこう言った。「あの年寄りの売女みたいに奥さまも死んでくれりゃね。そうしたら私たちで、あの家の花瓶から宝石から、まだぬくもりのある寝巻まで盗めるよ。獣皮商人と一緒に裸でそいつの毛皮にくるまってるところを農家の人たちに見つかって、この映画みたいに不貞のかどで喉を搔っ切られればいいのさ」。奥さまの話はそれっきりで、あとはご主人の話ばっかりだった。白い肌に青い目。柔らかい髪。ご主人は映画に出てくる上品な作家によく似てる。もちろん年上だけど、年齢を重ねてるからもっと男前だ。白いスーツとふわふわの帽子があるから。青い目だから。

あたしはギアをシフトするご主人の手の上に自分の手を置く。「大変だったね」とご主人は言って、あたしの手が冷たいとかなんとか言うけど、もう耳には入らない。

「いい車ですね」。ご主人の手は温かくて、指の関節と筋肉の動きが伝わってくる。

「妹さんは元気かな?」とご主人は訊いてくる。マグダのことは全部知ってる。お金をシャベルですくって捨てるみたいに、孤児院につぎこんでるからだ。まったくの親切心だとあたしは思うけど、税金とかその手の絡みなんだとおばあちゃんに言われたことがある。「かわいそうな子だね」とご主人は言う。

「今ではそんなにかわいそうな身でもないですよ」とあたしは言う。新しいベッドもカーテンも買ってもらえたんですから、と言うつもりで。電子レンジまで買ってもらえたんですから! もちろん、そんなことは言わない。ただご主人の手に自分の手を重ねて、坂がけっこう急でくねくねしててよかったって思う。だって、そのせいでご主人はギアをあちこち動かすことになって、指関節が動くから。

「あの子がおねしょするって知ってます?」あたしはとりあえず言う。「もう十六歳なのに」

「きみとは双子なんだろう?」

「誰にもわかりません。あの子にもわからないと思うし。あの子の顔はあんなだし、あたしのほうは……」ミラーに映った自分の顔を見てみる。ひどい顔! あたしは横に隠れて、ポケットにティッシュがないか探す。

「ほら」とご主人は言って、ハンカチを渡してくれる。

「どうして言ってくれなかったんですか」。あたしがマスカラを拭き取ると、「ちょっとだけじゃないか」とご主人は言う。

顔が火照って、車を止めて下ろしてくださいって言いかける。でも、ご主人はタバコを一本取り出してライターで火をつけると、ライターを元のスロットに戻す。ダビドフだ。それに、ライターはあたしの息が詰まるくらいピカピカだ。

「すみませんでした」とあたしは言う。「気にしないよ。妹さんのことを話すときには冷静ではいられないだろう」とご主人は言う。

そして車が到着すると、ご主人はドアを開けようと手を伸ばす。ご主人は松ぼっくりみたいな匂いがする。

「このドアは開けづらくてね」と言うと、押して開けてくれる。

「ありがとうございます」。ご主人がウィンドウからタバコの灰を落としている隙に、あたしはライターをくすねてポケットに隠す。「ハンカチを持っててもいいですか」と訊くと、「いいとも。おばあさんによろしく」とご主人は言う。そして、さらりと満面の笑みを見せる。

＊

今日は、前に習ったところから小テストを妹に出す。隅のところにふたりで座ると、妹はいつもみたいにそわそわして、椅子に座ったまま体を前後に揺らして、目は窓の外を見ている。「マグダ、ブルガリアの建国は何年？」と問題を出すと、「六八一年」とマグダは言う。唇を鳴らして、膨らんだ舌が丸まる。よだれが垂れる。あたしは言う。「二〇〇七年にブルガリアは終わる。おばあちゃんがそう言ってた。EUに加盟したら、ブルガリアは終わりだって。EUって何か知ってる？」すると、「EU、EU」とマグダが繰り返すから、「やめなよ。言葉が不自由だって思われるから」とあたしは言う。「EU」と妹は言って笑い出す。「ちょっといい？」と、あたしはあごのよだれを拭いてやる。あ、やっちゃった。マグダ、これってご主人のハンカチじゃん。ご主人のハンカチを汚しちゃった。

書き取りの練習もする。マグダは舌を嚙んで一生懸命書いてて、まわりでは子どもたちが走り回って遊んでるから、テレビの音量を下げてってあたしは言う。みんな孤児だけど、ほかの点ではふつうの子たちだ。でもマグダは、ほかにいられる場所がないからここにいる。少なくとも、あたしたちの村には居場所がない。

母さんはあたしたちをふたりともここに置いていった。そのころの建物はひどく汚くて、テレビもカーテンもなかった。通りをうろついてたオオカミたちのせいだ。そいつらに娘ふたりをさらわれたらどうしようと母さんは怖くなって、安全のためにあたしたちをここに連れてきた。おばあちゃんがそう言って涙ぐむもんだから、そんなのありえないってあたしはいつも思ってしまう。そして今、マグダが舌を嚙んで小さな文字を書いてるのを見ると、心のなかでこう思う。もし、あの教師に殴られたのがあたしだったら？　あのときのあたしたちは同じで、二歳だった。そうなったら、マグダはあたしに会いに来て、いろいろ教えてくれるのかな。すてきな部屋、シナモンの匂い、柔らかい枕。今日、あたしが入ってきたときは、ちょうどハムチーズサンドを食べてるところだった。ご主人が莫大な寄付をしたとき、マグダは彼の膝に座って、髪と頰を撫でてもらった。それがあたしだったら、悪くはないかもしれない。

　書き取りが終わって、マグダは顔を上げる。くすくす笑って、あたしを手招きして、顔に唾を飛ばしながらしゃべる。

「おなかのなかに生きてるものがあるの」と言う。

＊

　あたしたちのパパはフリストっていう名前なんだそうだ。パパが逃げたことをあれこれ言ったりなんかしない。たぶんなじるべきなんだろうけど、そうは言っても、種をまいて逃げて、また種をばらまきに行くのは本能なんだろうし。でも、母親が自分の子を捨てるなんて、血のつながりを裏切るなんて、そんなの最低だ。そんなわけで、あたしの憎しみは全部母さんに向いてる。ほかの人はどうでもいい。少なくとも、パパは一度も電話してこない。うちの美人さんは元気かな？　なんて訊いてこない。あたしはいつも、自分の舌を噛んでるよって答えることにしてる。何が悲しいって、母さんにはあたしが言いたいことがまるで伝わらないってことだ。母さんはマグダに会ったことがないから――つまり、あの子を置いていってからは。そんなわけで、電話してくるときの母さんは、わたしと一分間おしゃべりをする。時間を測ってたからわかる。正確には「うまくいってる？」って言ってくる。うまくいってるって……そんなバカみたいな質問なんて聞いたためしがない。うまく「いってる」んじゃない。うまく「やってる」の。

そして、受話器はおばあちゃんに渡される。五分。それで終わり。電話が終わると、おばあちゃんは古い新聞記事を探して、母さんに頼まれたものを包む。

でも、古い記事ならなんでもいいわけじゃない。おばあちゃんは新聞を一枚も捨てずに取っておく。そして古い新聞を読む。たいていはおじいちゃんが書いた記事だ。それを庭で何度も読み返す。ときどきあたしを呼んでこう言う。「いいかい。『書記長が子どもの日のために十分間、赤い風船作りを手伝う』。おじいさんのこの書きっぷりはすてきだろう？」たしかに、おじいちゃんはすてきな記事を書けたんだろうと思う。でも、どうしてその記事をいつまでもあちこちに保管しなきゃならないんだろう。

パパがイギリスで働いてるって最初に言ったとき、どこの町かとご主人に訊かれたから、「もちろんロンドンです」ってあたしは言った。訊かれてムッとした。パパはどこで働いてたっていいわけじゃないって口調で。あたしはご主人に言った。パパは工事現場の監督をしてて、あの大きな観覧車、テムズ川沿いにあるやつの現場監督をしたんですって。ご主人は目玉が飛び出そうだった。「そりゃすごい。きみのパパはすごい人だな」と言ったから、あたしはまたムッとした感じで言った。「あたりまえでしょ?」

パパに手紙を書いてあげるようにってご主人は言った。「別にいいんです」とあたしは言った。「パパにはきっと、もう別の奥さんと子どもたちがいるから」。そしたら、「それは悲しくはないの?」とご主人が言うから、「いえ、別にいいんです」とあたしは言った。でも心のなかでは、あたりまえでしょ? って感じだった。

パパのことはときどき考える。それに、そのバカみたいな観覧車のことも、一度嘘をついてしまったら頭から離れない。パパがその観覧車のそばで、新しい子どもたちと新しい奥さんと一緒にいる姿が思い浮かぶ。いつも暗い時間で、観覧車はネオンをつけて回ってる。テムズ川はスイカみたいな臭いがする。もちろん妹もあたしと一緒にいて、ハムチーズサンドの売店の陰にふたりで隠れてる。パパは子どもをひとり肩車して、もうひとりを抱き上げて、ラキヤの細口の大瓶みたいなシルエットになってて、ゴンドラに子どもたちを連れていく。奥さんが笑い声を上げる。本物で、首が長くて、真珠のイヤリングをしてる。行くぞってパパは英語で言う。さあお楽しみだよって意味だ。すると妹があたしを向いて言う。「マリア、もうこんなのやめて。あんたの空想なんだからさ。もっとマシなのにしてよ」。その言葉と同時に、あたしたちは観覧車の上にワープして地上百メートルのところにいて、金属の骨組みを渡って歩いていき、電球をひとつずつ外していく。落っこちる心配はない。重力なんてないから。あたしたちのあいだで引き合う力だけだ。そして、ポケットに入れても電球はまだ光ってて、あたしたちのポケットは盗んだ百万個の電球でいっぱいになる。どれも光ってて、まばゆいホタルの光くらいになって、あたしたちを翅に乗せてくれる。そしてあたしと妹は空を飛んでいく。光に照らされて、テムズ川の上空で手をつないでる。するとマグダは言う。「そう、夢はこうでなくっちゃ」

＊

保険証番号の違反、段落番号の違反、ポイント数の違反……孤児院の院長はそのことをボソボソ話してる。あたしは院長室に座ってて、デスクにあるペンをかすめ取る隙をうかがってる。青いキャップに歯型のついた、オレンジのビックのペンだ。要するに、孤児院はマグダを放り出そうとしてるってことだ。

「妹には行くあてなんかないんです」とあたしが言うと、院長は微笑む。「もちろんあるわよ」

家に帰るバスで、考えるのはそのことばかりだ。もし、赤ちゃんもマグダと同じだったら。腫れた舌でごにょごにょ言ってたら。生まれつきそうだったわけじゃないのは知ってるけど、もし、マグダの血とかお乳のせいで、あの腫れが赤ちゃんにもうつってしまったら？　そんなの不公平だ。それを知ったら、おばあちゃんはどうなるだろう。卒中を起こすとか？　心臓発作とか？　赤ちゃんには、静かにさせるための食べ物とか、ベビー服とかベビーベッドが要る。マグダやおばあちゃんやあたしなんかでは面倒を見きれない。

村に戻ると、あたしはご主人を探す。彼ほどのスパイならソフィアに知り合いがいるだろうから、どうすればいいか知ってるはずだ。でも、またもやご主人はいなくて、奥さまが日光浴をしてる。

「ハロー、メアリー」と嘘っぽい声で言う。

「奥さま、大変なんです。助けてください」

気がつけば、そう口走ってる。自分の手も、髪も、爪もどうすればいいのかわからない。奥さまに家のなかに連れていかれ、大きなオークのテーブルのところに座らせてもらう。斜めにテーブルに射す日光のせいで、自分の歪んだ顔の形がテーブルに落ちてるのがわかる。それが自分の顔だってわかると、あたしは皺でも伸ばすみたいに両手を頬に走らせる。奥さまはカウンターのほうに滑るように歩いてく。「カクテルでもどう?」

話を早くするために、あたしは獣皮商人が家を出入りしてるのを見たことがあると言って、もし助けてもらえるならご主人には何も言わないって約束する。奥さまは一気にしーんとする。口をへの字にして、誰かの首を絞めるみたいにシェーカーを握る。ふたつの細長いグラスにお酒をバシャッと入れると、あたしのほうにはオリーヴをいくつか足す。「知りたがりのヘビね」と言う。「そういう子は好きよ」

あたしたちはお酒を飲み干す。

喉が熱くて、息をしようとするあたしを尻目に、奥さまは「お酒で解決できないものはないわ」と言う。「で、あんたは何がお望みなの?」

あたしは自分の話をする。

奥さまは舌打ちすると、グラスの縁を指でなぞり、突然生き生きしてくる。けだるい感じが消え失せて、頬に赤みがさして目がきらめく。「もっと教えて。父親は誰？　いつ、どこで？　全部教えて……」

「父親は誰だかわからないんです。あたしがほかに知ってることはありません」

奥さまは下唇を突き出す。「つまんないわね。一日中、壁を相手に話を聞いてて、やっと面白い話が出てきたと思ったのに。何もわからないだなんて……ちゃんと突き止めなきゃだめよ……」

「ご主人に話しましょうか」

「あら、それはごめんよ！」と言って奥さまはグラスを舐める。それから、はっとひらめく。「赤ん坊も彼女みたいになると思う？　ほら……だとしたらかわいそうね。そうならないようにしないと」

「そんなことできますか？」

奥さまはしばらくネックレスをいじる。真珠と真珠が当たる音が聞こえる。「堕ろすのよ」と言う。

「それでうまくいくはず」

奥さまはカウンターに戻る。「わたしも一回か二回やった」と言う。「それで相当助かったわ」。自分で作ったお酒をぐいと飲み干すと、もう一杯テーブルに持ってくる。「すごくいい医者を知ってるわ。すごく男前の。それに、ソフィアまで行かなくたっていい。町に行きさえすれば。でも千ドルかかる」

「千ドルなんて一生かかっても無理です」とあたしは言う。でもそのとき、マグダの笑い声くらいはっきりと、ある案がひらめく。「パパに手紙を出すくらいしか」

奥さまは少し考え込む。手を叩く。「そうね。あんたのパパへの手紙ね」。そして、食べ物と、真剣な話だとパパにわかってもらうための高級な紙を取りに行く。あたしはオレンジ色のビックのペンを取り出す。

「あんたのパパがこの国の言葉を忘れていたら困るから、英語で書きましょう」

「その横にブルガリア語で書きます」とあたしは言う。「パパがバカで、あっちの言葉を覚えずじまいだったら困るから」

それで、こんな手紙になる。*Татко, Магда забременя. Гонят я от пансиона. Молим те за помощ. Абортът струва скъпо. Прати пари в плик до баба. Желаем ти много здраве. Мария и Магда.* 奥さまがそれを翻訳する。あんたが書き写さなきゃだめ、それがきちんとした手紙になるからって言う。

学校で習ったけど英語は書けない。でも、書き写すのに苦労はしない。少なくとも、紙の上では言葉は言葉だ。**パパ、マグダが妊娠しちゃった。ホームから追い出されるの。お願いだから助けて。中絶にはかなりのお金がかかる。おばあちゃん宛てに封筒で送って。元気でね。マリアとマグダより。**

あたしが書き終えると、奥さまが字を確かめる。「まちがってる」と言って、一文字書きまちがえたところを教えてくれる。「もう一回」

あたしがもう一回書き写すと、奥さまは「まちがってる」と言って、何度も新しい紙を持ってくる。でも、そのたびにまちがってしまう。またまちがってしまう。五杯目のカクテルを飲みながら、奥さまは泣き出す。「まったくもう」と言って、代わりに笑おうとする。

それから黙りこむけど、話したがってるのはわかる。

「奥さま」とあたしは言う。すると奥さまは話し出す。「昔々、すごく可愛い女の子がいた。語学学校に通う、きちんとした生徒だった。バルカン観光ホテルで外国人にカクテルを出してお金を稼いでいた。ある夜、ひとりのイギリス人のジジイがその子に『死体復活』を作ってくれと頼んだ。彼女には何のことだかわからなかった」

奥さまはグラスを揺らす。「そんなに悪くはないわ。実際のところ、簡単な施術よ。何も感じやしない」。そして、自分の顔を平手打ちしたみたいに、奥さまはあっさり気を取り直す。「さあつづけて、手紙を書き上げなさい」

あたしはあと何回か書き写すけど、ちょっとしたまちがいをしてしまってるみたいだ。自分ではどこがまちがってるのかわからないから変な感じがする。でも、まちがってるって奥さまは言う。ついにこう言う。「ペンを貸して、手を伸ばして」。あたしの指に何度もペンをバシッと当てる。「こうやって英語を学ぶのよ。こうやってご主人さまと結婚してお金持ちの暮らしをするわけ。なに？　あんたがわたしから物を盗んでたって気づいていなかったとでも思う？　靴も、イヤリングも、ネックレスも。あんたは小さな盗っ人のあばずれよ。そうでしょ？」

手が痛い。でも、指を引っこめたらおしまいだ。叩かせておこう。一度くらいは、叩かれる側になってもいい。やりなよ、奥さま。こんなのどうってことない。

気がすむまで叩くと、奥さまは落ち着く。しばらく何かを考えてるみたいだ。こわばった背中をぴんと伸ばして部屋から出ていくと、札束を持って戻ってくる。「手紙はもういいわ」と言って、前にあるテーブルの上に札束を置く。「わたしのためにひとつやってくれたら、これをあげる」

奥さまの目がどんよりしてきて、いやな予感がする。

「キスして」と彼女は言う。

一回キスするだけで、千ドル。「わかりました」とあたしは言って、やってもらおうと身を乗り出す。すると奥さまはくすくす笑って、目を閉じて自分も前のめりになる。全身をかすかに揺らして、涙が筋になった顔で、上唇には汗の粒が浮いてる。香水とラキヤの匂いがする。唇が触れ合う。見るのが怖くてまぶたをきつく閉じてると、奥さまが「うわ、ニンニク！　気持ち悪い！」と金切り声を上げてあたしを押しのける。そして笑い出す。「こんなの無理よ！」小さな翼みたいに手をヒラヒラさせる。「持ってきなさい。あんたのものよ……」ってどうにか言うと、あとはずっと笑いつづけてる。

＊

そこから全速力でバスに向かって走って、頭のなかは空っぽにしておこうとする。「おじさん、また膝に座ってほしい？　もうちょっとつまみたい？」

「なあマリア」とおじさんは言う。「そういうつもりじゃなかったんだ。頼むよ、許してくれ」

「お願いを聞いてくれたら許したげる」と言うと、「おまえのためならいつだってやるよ」とおじさんは言う。

おじさんが運転するあいだ、あたしは後ろの席ですすり泣く。手に持った札束は泥みたいだ。ぎゅっと握るほど、汚いしずくが袖を伝っていく。

孤児院に着くと、マグダはベッドに座って、体を軽く揺らしてる。体の下でベッドのスプリングが軋む音は、村の人たちがその日最後のお葬式に出てるみたいだ。マグダの髪は短くなってて、おでこにも頬にも首にも髪の毛がちらほらくっついてる。薄手の鮮やかな青のワンピースを着てる。ご主人のお金で施設が買った服なんだろう。

「ね、マグダちゃん」とあたしは言う。「おばあちゃんと一緒なら、そんなワンピースはないから」。あたしは妹の服を全部毛布に包む。ジーンズが一本、ブラウスが三着、パンツが六枚、ブラが六枚、不揃いな靴下が六足。片手にその包みを持って、もう片手でマグダを抱えてホームから出ていく。大丈夫だからね、とあたしは言う。「旅に出るのよ」

「わかった」。マグダはどうにか言う。

ふたりで後ろに座って、おじさんが運転する。町のどこに行けばいいのか詳しく教えてくれっておじさんは言う。

「駅で降ろして待っててくれたらいいから」とあたしは言う。お金を数える。千ドル。ランゲロフ医師という名前。黄色い共同住宅の二階。表に菩提樹の木があって、落雷で黒焦げになっているのが目印だ。奥さまに言われて来たって言って、お金を数えてもらえばいい。あとは簡単な施術だ。そうなったら何も感じはしない。

午後の早い時間だけど、車から見える空は暗い。道路は黒くて、雲も黒くて、丘は観覧車みたいにまるい。「あれ、観覧車みたい」とあたしが言うと、マグダは窓じゅうぺたぺた触って、カーテンを引っ張って、紐を噛む。

あたしは切った髪を一本ずつ、首や汗ばんだおでこからそっと取ってやる。不公平になるから、って思う。脳が腫れた赤ちゃんを産んで、おばあちゃんが母親代わりになるなんて。あたしが伯母さんだなんて。「じっとしてて」とあたしは言う。

ついに町に入る。運転手はバスのことをつべこべ言う。六時には発着所に戻らないとだめなんだそうだ。ちょっと考えさせててってあたしは言う。「外でタバコでも吸ってて。コーヒーを飲むとか」と言って、小さな髪の毛をつまみつづける。「マグダ、そんなの不公平じゃない?」

「わかった」とマグダは言う。

「だからこんなとこにいるのよ。あんたがそれしか言わないから」

「わかった」

あたしたちは吹き出す。それから、あたしは妹の姿を思い描く。Жみたいに手足を広げてて、赤ちゃんはいなくなってる。それとも、赤ちゃんの姿を。昼も夜も、お腹を空かせて泣きっぱなしで、そのうち大きくなると息ができなくなってる。あたしみたいに、盗みたい気持ちを抱えてるからだ。そして、あたしはいつもそのそばにいて、赤ちゃんの小さな頭にせっせと技を詰めこんでる。ペンやネックレスやライターをくすねるやり方を教えてる……**ささっとやるの。そう、そしたら誰にも見つからないから。**

千ドルが手のなかにある。今、出ていけば、誰にも見つからない。千ドルあれば、こんなメチャクチャな暮らしから逃れて、自分の頭でも追いつけないくらい一瞬で遠くに行ける。あたしは言う。

「マグダ、ここで待ってて。すぐ戻るから。毛布をしっかり持っててね。そう、離しちゃだめよ。すぐ戻るからね」。彼女は毛布をぎゅっとつかむ。あたしはマグダの唇にさっとキスする。唾で濡れた軽いキスを。

母さんの血は争えない。だから、雨のなかを思いっきり走っていく。息が切れても走りつづける。もし立ち止まったら、足が勝手に戻っちゃうんじゃないかって気がするから。

ついに、町の反対側にいる。泥だらけでびしょ濡れで、美容院の前にいる。ガラスの向こう側では、女の人たちが並んだ椅子に陣取ってるのが見える。首が長くて、優雅で、貴族みたいで、ドライヤーのヘルメットをかぶってる人もいれば、足の指に綿の玉をはさんでる人もいる。ガラスにはあたしの姿も映ってる。幽霊みたいにやつれてげっそりしてる。今までずっと、髪を切ってくれたのはおばあちゃんだったたし、使ってたハサミはおばあちゃんのそのまたおばあちゃんが使ってたものだった。もうやだ、とあたしは思う。

二十ドル払ったあと、あたしは席につく。

「短くしてほしい」と言って、鏡で見ていると、濡れた髪の塊が次々に落ちていく。もう今ごろ、バスは村に戻っているだろう。ペショおじさんは、死ぬほど心配してるおばあちゃんのところにマグダを連れていってるはずだ。ついに、鏡の女の子は別人になる——前より軽やかで、もっときれいなあたしがいる。すっかり別人だ。

髪を切ると、今度は濡れてない服がほしくなる。ワンピースがいい。緑、赤、黄、青。高くて新品なら何だっていい。新しい靴もほしい。水たまりをコツコツ蹴散らすハイヒールが。もちろん、そこから向かう先はホテル。バルカン観光ホテルだ。

ウェイターはあたしのことを「マドモワゼル」と呼んで、テーブルに案内してくれる。太ももにワンピースがさらさら当たって、ヒールはピカピカの床をつついていく。ウェイターがキャンドルをともす。白いテーブルクロス、大小のフォーク。あたしはハムチーズサンドを注文して食べる。横のほうでは老人がピアノを弾いてて、禿げた頭の輝きは、それ自体がロウソクの火みたいだ。あたしは鶏肉のフリカッセと魚、デザートにはフランを頼み、クレームブリュレとシナモンと牛乳のライスプディングを頼み、ほとんど手もつけないけど、それでも次々に頼んでいく。

そこから、一気にホテルのバーに上がる。今夜は恒例のバラエティーショーです、とポスターには書いてある。あたしは隅に座って、アーモンドと、オレンジとパイナップルのジュースを頼む。バーには半分くらいしか人がいなくて、年寄りの男たちがあちこちで二人組になってお酒をちびちび飲んでる——みんないい服を着てて、ほとんどは外国人に見える。ステージでは、百万個もある色とりどりのライトに照らされて、キラキラした女の子たちが踊ってる。長い脚で、ミニスカートで、あたしみたいな髪型の子たちが、バカみたいな満面の笑みを浮かべてる。バラエティショーっていうか、サーカスみたいだ。きっといい稼ぎになるんだろう。あたしもそんな子になれるはずだ。町に部屋を借りて、夜は働いて昼間は寝て、夢も見ないくらい深く眠ってたら、ある日、子犬の毛でできた帽子と真っ白なスーツのイギリス人の男の人が一杯おごってくれるんだろう。

パパ、マグダが妊娠しちゃった。ホームから追い出されるの。

例の手紙を読み返してみる。ステージできらめく照明のせいでほとんど読めないけど、言葉は言葉だ。おばあちゃんのこと、それからマグダのことを考える。きっと今ごろは、あたしのベッドで眠ってるんだろう。

どれも夢なんかじゃない。それはわかるけど、もうこんなのやめてほしい。

ステージで光ってる照明をポケットに詰めこみたくて息が詰まる。そうしないと、きっと溺れ死んでしまう。座ったまま、電球が爆発して、濃い炎みたいに群がるのを眺めるけど、動いたらおしまいだ。

プログラムが終わると、小銭がちょっとだけしか残ってない。ロビーから電話をかけると、すぐにおばあちゃんが出る。話す隙を与えずに、あたしはまくしたてる。

「うまくいってる?」とあたしは言う。「ねえ、家に帰る切符代が要るの」

ユキとの写真

病院の診療予約の三週間前に、ぼくとユキはブルガリアに到着した。時差ぼけを治すのに十分な時間がほしかったというのが主な理由だが、本格的な夏の暑さが始まる前に行けば、ハイシーズンの航空券を買わずにすんだからでもある。まず、ソフィアにいるぼくの両親のところに一週間泊まって、事情を考えればびっくりするくらい和やかに過ごした。でも、ぼくの故郷の水は妻には合わなかった。ぼくらがやってくると聞いた両親は、ぼくの昔の部屋に新しいベッドとエアコンを入れた。ところがそのエアコンは欠陥品で、交換用の部品が届くにはあと一か月かかるという。夜になると、暑くて寝苦しいとユキは文句を言って、ぼくが窓を開けると、今度は下の大通りで吠える野良犬とか、バス停を酒盛りの場にする酔っ払いたちがうるさいと言った。

何日もつづけて、ユキは眠れなかった。ベッドに座って、何度もエアコンのリモコンを押したけど、エアコンからはカタカタという音がするだけで、冷えた空気は出てこなかった。

「ちょっと神経過敏になってるだけだよ」とぼくは言った。ついこのあいだ、オヘア空港の外で吸ったのを最後にタバコをやめたせいだと言ってみた。彼女はそれに答えて、ついこのあいだソフィアの空港で自分のスーツケースが出てこなかったせいだと言った。ようやく届いたと思ったら、自分の歯ブラシも、青いスタータ一のスニーカーも、ニコレットガムの箱もなくなっていたからだと。

「よくあることだから」とぼくは慰めた。「それに、ブルガリアのガムを買ってやったろ。味は同じくらいか、もっといいかもしれない」

彼女はひとつ口に放りこむと、しばらく憤然と噛んでいた。ほかの指の爪でひっかいたせいでぎざぎざになった親指の爪をリモコンに突き立てた。「ブルガリア製のゴミよ」とユキは言った。「ろくに動かない。ここじゃ何もうまくいかない」

彼女は泣き出した。それはちがうよ、とぼくは言った。確かにうまくいかないことはいくつかあるけど、すべてがそうだというわけじゃない。うまくいくはずのこともあるから、と言った。ぼくらには運が巡ってくるはずさ。だってぼくらはいい人間なんだし、いい人間にはそのうちいいことがあるものだろ。しばらくそんな調子で意味のない話をしていると、「意味のない話はやめて」と彼女に言われた。あなたは何もわかってない、とユキは言った。ちゃんとわかってれば、そもそもわたしなんかと結婚しなかったはずだし。

そのとき、ぼくの母がドアをノックした。母が厚かましい人でよかった。午前四時にぼくらの部屋をノックするなんて、なかなかできることじゃない。

「リンデンのお茶を持ってくるからってユキに言いなさい」と母は命じると、薄暗い部屋をすいすい歩いていって、ナイトスタンドにトレーを置いた。「リポフ・チャイ、ユキ」とブルガリア語で言った。「これで眠れるから。そう言ってやって。アカシアの蜂蜜を入れてね。そう言ってやりなさい」

ぼくがユキにそう言ってやると、毛布に隠れていたユキはそっと顔を出して、お礼代わりに頷いた。

「もしかしてわたし……」と母は言うと片方の眉を吊り上げた。「もしかして、あんた――」

そんなことはないとぼくは言った。

「だと思った」と母は言うと、ユキがお茶を飲むのを待った。「だって、あんたたちがこんな状態なんじゃ、意味ないものね」

翌朝、ぼくは父に頼んで古いモスクヴィッチの車を借りた。日が暮れるころには、二百キロ北にある村の祖父母の古い家に着いていた。

＊

ぼくらがソフィアでの体外受精プログラムのことを知ったのは、去年、母のある友人を通じてだった。四十代の教師であるその友人は、何年も子どもができなかったのが、ついに双子の母になったのだ。ラザールとレオポルドだったたか、その手の変な名前だった。

そのころ、ぼくとユキは結婚してから一年半も子どもができずにいた。オヘア空港の友人たちに勧められて、シカゴにいるブルガリア人医師のところに通っていた。すると、ユキの卵管に問題があることがわかった。現状では妊娠するのはかなり難しいでしょうが、とにかく努力はつづけることです、とその医師は言った。ほかの手段を試してみるほうが簡単ですが、もちろんそれには相当な費用がかかります、と。ぼくはオヘア空港の手荷物運搬係だった。ユキは〈スシ・トーキョー〉という独創的な名前の二流寿司店でウェイトレスをしていて、副業として、日本語で話しかけられたら子どもたちにも何らかの好影響があると考える親たちからベビーシッターの仕事をもらっていた。相当な費用なんて捻出できっこない。

日本に電話してみたら、さらに厳しい見通しだとわかり、ぼくは自分の親に相談してみるしかなかった。そのころ、母はまだぼくと口をきいてくれなかったから、電話に出たのが母だったら、父に代わってくれるのを待つしかなかった。そのせいで高額の通話カードの一分近くが無駄になった。父が「今シカゴは何時なんだ?」と訊き、「天気はどうだ?」とつづけるから、さらに一分が無駄になった。アメリカに来て七年になるのに、親はいつも同じことを訊いてくるし、ぼくもいつも同じことを答えている。八時間遅れだよ、風が強い。

「ユキのことで相談があるんだ」とぼくは言った。異次元から来た幽霊のように、部屋の反対側にいる母の声が何を言えばいいかを父に指示し、ぼくが言っていることを父に伝えてもらうのを待っていた。

「電話に出るように母さんに言ってくれよ」とぼくは言った。

「次は結婚式に招待するようにって言って」と母の声が聞こえた。

「次なんかないよ」とぼくは言い、高い通話料を刻々と取られていくのを見つめた。

「あるかもしれんぞ」と父は言った。もう一回言ってくれと母に言うと、その内容をぼくに伝えてきた。

ぼくは目下抱えている問題を伝えた。

「こうなると思った」と母が言い、父が口を開く前にぼくは電話を切った。

ユキの問題は——少なくとも、ブルガリア人のいい女の子ではないという以上にぼくの両親を怒らせているのは——彼女の年齢だった。ぼくより四歳年上だということで、ぼくの両親は天地がひっくり返ったように思っているらしい。

「彼女が悪いわけじゃないだろ」と、電話をかけ直すとすぐぼくは言った。

「あんたが悪いのよ」と母は言った。「おまえの選ぶ目がないせいだな」と父が付け足した。

ぼくはまた電話を切った。また通話カードを無駄にしてしまった。そんな茶番を何度も繰り返してようやく、調べてみるという母の約束を取りつけた。

「養子をもらうことも考えてるから」とぼくは言った。今度は、父は指示を待たなかった。「バカ言うな。我々の血が絶えてしまう。聞いてるか?」

一週間後、母が自分から電話をかけてきて、ラザールとレオポルドの話をした。

「三千ドルかかるそうよ」

「三千ならなんとかできる」とぼくは言った。

「わたしたちが出す」と母は言った。「結婚のお祝いよ」

*

ぼくの祖父母はもうこの世にいなかったけど、ぼくらがブルガリアにやってくる前から、ふたりが休暇用に使っていた家をユキに見せに行くことになるだろうとわかっていた。五歳のときから毎年、ぼくは夏をそこで過ごしていた。部屋がふたつと台所があって、傾斜した屋根が低すぎてまっすぐ立てない屋根裏部屋と、外には庭代わりの一エーカーの果樹園があった。村には川が流れていて、その向こうには山がそびえている。最高の土地だった。

ぼくらは正面の扉に鞄を運んでいった。どうにか鍵を開けようとぼくが奮闘するあいだ、ユキはニコチンガムを嚙みながら、庭と屋外トイレの写真を撮った。ぼくが扉の鍵を相手に苦戦するところや、それから薄暗い玄関に鞄を運び入れるところも撮った。

「写真を撮るのはやめてくれよ」とぼくは言った。

ユキはカメラをケースに戻した。「大丈夫?」

ぼくは部屋を見て回り、窓を開けていった。屋根裏に上がって窓を開けて、地下室の窓も開けた。居間に戻ると、ぼくは祖母のベッドに、ユキは祖父のベッドに腰を下ろした。かなり長いあいだ、ふたりとも無言だった。ぼくは庭にあるサクラやモモ、リンゴやプラムの木々を眺めた。今ではどれも枯れていて、すっかり乾いているようだった。太陽は大きなクルミの木の向こうに沈もうとしていて、葉のない枝のなかでオレンジ色に輝いていた。家のなかの匂いがましになってきた。

「先週、うちの親がここに来てた」とぼくは言った。両親はこの家に立ち寄って掃除をして、きれいな毛布を運び入れていた。父は庭の草刈りをして、トイレまでの道を作っていた。

「すてきね」とユキは言った。「ほんといい感じの家」

ぼくはベッドカバーに片手を当て、円を描くように撫でた。

「これは祖母のベッドなんだ」と言った。「ぼくはここで寝てた」

それからユキに、隅にあるハンガーと、ウールのジャケットと青いズボンがかかった木製のスタンドを見せた。「祖父のズボンだよ」

＊

食べるものがなかったので、ぼくらは道を歩いていって、お隣同士で祖母と友達だった年寄りの女性のところに行った。その女性は涙を流して、ぼくの両頬にキスをした。ユキにもキスをしたがるんじゃないかとぼくは心配だった。日本人は、知らない人同士だと特に、ぼくらみたいにはキスを交わさない。

「びっくりだね」とその女性は言うと、両手を叩いた。「本当に小柄な子だ」。そして、ユキを頭からつま先まで舐めるように見た。ユキは顔を真っ赤にしながら微笑んでいた。

「あんまり黄色くないんだね」と、しばらくしてその女性はぼくに言った。

「何て言ったの?」とユキは訊ねた。

「何て言ったの?」とその女性は訊ねた。そうなると止めようもなく、彼女は驚くほど素早い動きでさっと前に出ると、ユキの両手をつかんだ。その手にキスをして、それからユキの両頬にもキスをした。ユキはされるがままだったけど、見られていない隙に顔を拭った。

すると、みんながユキを見に出てきた。ぼくには見覚えのない子どもや若い女性がたくさんいた。ぼくらは庭のブドウの格子棚の下にあるテーブルに座らされた。ブドウはちょうど緑のつぼみをつけていた。

「家族が増えたんですね」とぼくはさっきの女性に言った。みんな興奮して嬉しそうにユキを見つめていた。小さな女の子がユキににじり寄って、膝を触ると、くすくす笑って逃げていった。

「最低の気分」とユキは言った。

「何て言ったの?」と誰かが訊ねた。日本語で話したのか、と。

ぼくらは英語で話しているのだとは言わなかった。一家が夕食を運んできて、みんなでブドウ棚の下で食べた。空は暗くなりかけていて、丘陵のすぐ上のところに大きく見える月はまだ赤っぽかった。

「ユキ、これってカメラ?」と小さな男の子が訊ねた。彼女の名前を完璧に発音していた。ユキはその子に小さなカメラを見せて、写真を撮ってやった。みんなが集まって、液晶画面に映る写真を見ようとした。

「ユキ、みんなと一緒に写ってもいい?」と誰かが言った。別の誰かが言った。「ユキ、ブルガリアのラキヤは飲んでみた? おばあちゃん、ユキにラキヤを持ってきてあげてよ」

＊

ユキと出会ったのは、手荷物受取場の八番ターンテーブルでのことだ。成田空港で預けた手荷物が出てこなくて、彼女は今にも泣き出しそうだった。

「よくあることだから」とぼくは慰めた。勤務時間が終わったばかりだったけど、苦情を申し立てることができるように航空会社のオフィスに連れていって、列の先頭まで付き合ってやった。ブルガリア人の友達連中は、ユキのハイヒールが通路をコツコツと進んでいくなか、ぼくらの後ろから口笛で冷やかしてきた。コーヒーでも飲まないかとぼくが誘うと、今はとにかくタバコを一本吸って家に帰ってお風呂に入りたいと彼女は言った。ぼくは入浴中の彼女の姿を思い浮かべた。泡だらけのお湯からすべすべの肩が出ていて、長い髪はしっかり丸く結わえてある。

外で彼女がタバコを一服するあいだ、ぼくは話しかけ、勧められると自分でも一本もらった。四年前、美術を学ぶために初めてアメリカに来た、と彼女は言った。アニメーターになりたかったけど、日本ではコネがないとろくな仕事が回ってこないので嫌気がさしたのだという。もちろん、問題はあった。彼女が目指すアニメのたぐいを作るなら、アメリカではなく日本が一番だった。もう卒業が近いから、そろそろ進路を決めないと……

ぼくは咳きこんだ。ユキが近くにいるので気を取られて、うっかり煙を吸いこんでしまった。ぼくは足元にタバコを落とした。彼女は笑った。腰を折って片手で膝を叩いたくらい大笑いしていた。

「タバコ吸ったことないの?」

ぼくは首を振った。

「ほんとに? 一度も?」

「一度も」

「じゃあ、どうして吸ったの？」と彼女は訊いてきたけど、もう答えは知っていたはずだ。ずっと笑われていたのに、ぼくは全然気にならなかった。最後まで話してほしいと言ったけど、もう彼女の言葉は耳に入っていなかった。終わってしまったら、あっさりさよならを言われてしまうんじゃないか、話が終われば煙みたいに消えてしまうんじゃないかと思うと怖かった。「顔が真っ青」と彼女は言うと、吸い殻を捨てる場所を探した。「じゃああなたの番」と彼女は言った。「あなたはアメリカで何をしてるの？」

そこでぼくは彼女に話した。アメリカで他人の鞄を積みこんでいる。他人の鞄を下ろしている。小さなアパートで、ブルガリア人ふたりと同居していて、大学に行くためのお金を貯めている。アメリカに来たのは五年前、グリーンカードの抽選に当たったからだ。

グリーンカードが当たった日、ソフィアは嵐で、風が荒れ狂い、大洪水のような夏の豪雨に見舞われた。仕事からびしょ濡れになって帰宅してみると、胸に収まりきらないほど大きな心臓のように分厚い封筒が郵便受けに入っていた。**当選者の方へ**、と手紙の書き出しにはあった。

八階まで階段を駆け上がると、両親は居間の窓から雨を眺めていた。ぼくの話を聞くと、母は涙を流した。

「いつの間に応募してたの？」と母は訊ねた。「わたしたちに黙っていたなんて」

「抽選に当たるなんて思わなかったんだ」

「まあ落ち着こうじゃないか」と父は言った。「泣かなくてもいい。座ろう。きちんと話をしよう。おまえが出ていきたい理由は何だ？　ここにどんな不満がある？　不幸せなのか？　食うものには困らないだろう。いい部屋があって、パソコンはインターネットにつながってる。仕事だってある。しっかり話し合おう。ここの何が不満なんだ?」

「もう二十七歳なんだ。ずっと実家で暮らすなんて無理だよ。仕事は……」

「おまえの言うとおりだな」と父は言った。頷いて、あごをさすった。「ひとり暮らしのできる場所を見つけよう。部屋を貸したいという同僚がいる」

「父さん《タテ》」とぼくは言った。「父さんにやってもらいたいんじゃない。アメリカで自分の運を試してみたいんだよ。わかる?」

父は何も言わなかった。母の肩を抱いたまま、何も言わなかった。

*

お隣が持ってきてくれた朝食をすませると、ぼくはユキに村を案内しようと思い立った。交替でカメラのシャッターを押した。ぼくが子どものころによく遊んでいた家で、ユキはポーズを取った。今では廃屋になっていた。門にたくさん貼ってある訃報を見て、これは何なのとユキは訊ねてきた。ブルガリアでは、誰かが死ぬと、遺族は故人の名前と遺影、その下に短く悲しい詩をつけた「ネクロログ」という紙を作るんだよ、とぼくは言った。門とか街灯の柱とか、村や町のあちこちにその訃報を貼り出して、故人を知っていた人たちに知らせるんだ。

「日本にも似た習慣がある」とユキは言って、雨でインクが消えかけた老人の顔をじっと見つめた。

「でも、写真はつけない。死んだ人の家の玄関に、誰それが他界しました、葬儀の日時と場所は以下のとおりです、ってお知らせを出す。そうした家にはよく盗みが入る」と彼女は言って、ぼくの手からカメラを取った。古い菩提樹の木の下でぼくにポーズをつけた。「葬列が出ていくのを外でこっそり待っていて、それから盗みに入るの。伯父が死んだとき、伯母はみんながお葬式に出ているあいだ、近所の人に留守番を頼んでた」

ユキがどの写真でもしているように、ぼくはピースをして彼女をからかった。「その近所の人もお葬式に出たいと言ったら？」

「お葬式に出たい人なんていない」とユキは言った。ぼくらはもう何枚か写真を撮った。道を歩いていって広場に出た。ジプシーたちを大勢乗せた古いラーダの車が、ぼくらのそばを走り抜けて埃を巻き上げた。車はクラクションを鳴らしていた。「ここではほんとに気をつけて」とぼくはユキに言った。「車の音がしたら、絶対によけること。絶対だよ、いいね？」

ユキは頷いた。

「村にジプシーがいたなんて知らなかったな」とぼくは言った。

「ジプシー？　あの人たちジプシーなの？」彼女は鼻息が荒くなった。本物のジプシーを自分の目で見てみたいとずっと思っていたのだ。黒い瞳をした魅惑的な女たちが燃えさかる炎のまわりを裸足で踊ったり、バイオリン弾きたちが目にも止まらぬ速さで指板に指を走らせ、悪魔と取引したとしか思えないほどの超絶技巧を見せつけてきたりする。

「でもさ、ユキ、それはおとぎ話だよ」

彼女はめげなかった。どうしても見たい、何がなんでもジプシーに会って、一緒に写真を撮りたい、と言った。ぼくにはそんなことをするつもりはなかった。

「わかったよ」とぼくは言った。「あとで考えよう」

正午を少し過ぎたところで、みんな畑仕事から戻ってきていた。ユキは笑顔でみんなに挨拶をして、みんなも笑顔を返し、通り過ぎるぼくらの背中をずっと見つめていた。

「わかんないんだけど」とユキは言った。「わたしのどこがそんなに面白いの？」

ぼくらは広場や橋や、その下で涸れかけている川の写真を撮り、それから五か所から水をほとばしらせる噴水で記念撮影した。この村からパルチザンに参加して、一九四四年に戦死した五人を称えるものだ。

「一九四四年に何があったの？」とユキはぼくに訊ねた。「ブルガリアでってこと」

彼女は噴水のそばに立っていた。底が腐った葉でふさがって、水はあふれ出していた。五つの噴出口のうち二本は、何かで思い切りつぶされていて、水がどうにか滲み出ている程度だった。ぼくがカメラを構えると、ユキはピースした。

「四四年に共産主義のパルチザンが政権を握ったんだ」とぼくは言った。「でも、戦闘はつづいていた。たくさんの人が殺された」

「どうしてこの噴出口はつぶされてるの？」とユキは訊ねた。

「どうしてかな」とぼくは言った。「共産主義政権が倒れると、みんな大胆になった。誰かがこうやって共産党に反発してみせたんだろうな」

錆びついた鎖で噴水につながれているひしゃくを、ユキは指でつまんだ。ひしゃくは緑色だったけど、六十年にわたって乾いた唇が当たってきた縁のところだけは、造られたその日と変わらない金属の輝きを放っていた。ユキはひしゃくを鼻に近づけて、嗅いでから手を放し、ひしゃくはまた鎖からぶら下がった。

「石で叩きつぶされたみたい」とユキは言った。

ぼくはひしゃくを取って、山の冷たい水を飲んだ。「じゃあ、きみならどうやってつぶす?」

ぼくらは広場にある店で食料品を買った。それから道を歩いていくと、人々が門越しに声をかけてきて、トマトの入った袋をいくつもくれた。ビニールハウスで早摘みした、ほんのり赤いトマトで、夏のトマトほどいい味ではないにしても、アメリカで手に入るものより百万倍も甘かった。隣の家の人たちはチーズとパン、それから赤ワインを一本くれた。そのワインをふたりで少し飲んだ。

「ほんとにいいところね」とユキは言った。

「よかった」。ぼくは彼女を抱きしめて、頭のてっぺんにキスをした。彼女はぼくの腰に両腕を回して、ぼくらは庭でしばらく抱き合っていた。「いいかい」とぼくは言った。「いい人間にはいいことがあるものなんだ。そうだろ?　ぼくを見て」。すると彼女は顔を上げた。「そうだろ?」

*

お金をかけず、派手なことは何もせずに、ぼくとユキはすぐに結婚した。とは言っても、ちゃんとした式を挙げる夢を見なかったわけではない。東京でふたつめの式、ソフィアで三つめの式とか。でも、急がなければならなかったのは、お金の事情だけではなかった。大学を卒業すれば、ユキは学生ビザを失ってしまう。ぼくのグリーンカードがあれば、ここそ隠れずにシカゴにいられる。

ぼくは両親に電話をかけて、もうすぐ結婚すると伝えた。ユキがどんな人か、どれだけぼくに優しくしてくれるか、そしてぼくらがどれだけ愛し合っているかを話した。

「今になって言い出すとはどういうことだ」と父は言った。

「けちがつくのはいやだったから」とぼくは言った。それは本音だった。「ぼくの運の強さは知ってるだろ」

「彼女どこの出身だったっけ?」と母に訊かれて、ぼくはもう一度言った。

「少なくとも黒人じゃないわけね」と母は言った。

*

午後になると、ぼくはユキを川に連れていった。まだ冷たい水に足だけ入れて歩いて、それから岩に腰かけ、下流のほうの浅瀬で水遊びする村の子どもたちを眺めた。ゆうに二十人はいて、道の一か所に並べて停めてある自転車は日光できらめいていた。また車が一台、狂ったようなスピードで飛ばしていき、クラクションを鳴らすと、川にいた子どもたちは、車から見えていると思っているみたいに大声を上げて手を振った。

「一緒に飛びこんでくる」とぼくは言った。

「やめときなさいよ」

ぼくはシャツとズボンを脱いで淵まで歩いていき、飛びこんだ。水が冷たくて叫ぶと、ユキは笑い声を上げて、あの愛すべきピースを見せた。

「これは冷たいな」とぼくは子どもたちに言った。

「そんなことないよ、動いていれば大丈夫」とみんなは言った。ぼくらは水をかけ合った。泥だらけの足で肩によじ登られ、首や髪や耳をつかまれた。「耳がー！」と叫ぶと、上にいるユキはまた笑った。彼女が写真を撮ろうとしているのがわかった。彼女は崖の上に立って、前に屈んだ。

「やめろ！」とぼくは怒鳴った。淵から上がって駆け出すと岩を全速力でよじ登っていった。

「どうかした？」

「危ないじゃないか。あんなふうに前屈みになっちゃだめだ」

「大げさね」と言って、彼女はぼくにキスをした。ぼくは彼女のお腹にキスをした。岩についた足跡が乾いていくのをふたりで眺めて、ぼくが服を着ると歩いて家に戻った。歴史のあるものを見たくないかいとぼくはユキに言った。彼女を納屋に連れていって、隅のところにある乾ききった干し草をシャベルでのけた。干し草の下には古い木製の門があり、流れるような大きな字がペンキで書いてあった。

「何て書いてあるの？」とユキは訊ねた。

その門のことを教えてくれたのは父だった。祖父はそうしたことはひと言も口にしなかったからだ。

一九四四年九月九日の朝、何か月も森の穴ぐらに隠れていた、ひげもまだ生えていない少年たちの一団が、曾祖父の家の門を叩いた。曾祖父が飼っていた五十頭の牛も百頭の羊も、そして三千アールの土地もすべて、今では共産党の所有になって集団農場の一部となると彼らは告げた。今では共産党が政権を握り、ブルガリアを統治しているのだと。

　ちょっと失礼、と曾祖父は言うとそこを離れ、猟銃を持って戻ってきた。何がどうなったのか、ぼくも詳しいことは知らないが、曾祖父は少年をひとり撃ち殺してしまった。三日後に同志たちは戻ってきて人民法廷を招集し、曾祖父は人民の敵だと宣言すると、クルミの木の低い枝で絞首刑にした。そして、当時二十代だった祖父にそれを見物させ、自分の未来を決めさせた。同志たちは門にタールで〈ＫＵＬＡＫ《クラーク》〉と大きく書き、通りかかった人にぼくらの一家は階級の敵だとわかるようにした。

　十二歳になったとき、ぼくは父に納屋に連れていかれて、その門を見せられた。祖父が蝶番を外して、干し草の下に隠し持っていたのだ。その字を初めて見て、文字の下にタールが垂れて葉タマネギが根を生やしたみたいになっているのを目にしても、特に何も感じなかったのを覚えている。でも今、ユキがそばにいると、何か説明しようのない気持ちがこみ上げてきた。唐突に、その気持ちを彼女には伝えたくないと思った。

「何て書いてあるかはわからないんだ」とぼくはユキに言った。

「ほんと大げさなんだから」と彼女は言った。

＊

午後の余った時間に何をすればいいか、ぼくにはもう思いつかなかった。するとユキが、モスクヴィッチを運転してみてもいいかと言い出した。だめだという理由もなかった。車のそばにいる彼女の写真、それから、車に乗りこんで、半分開いたままもう動かないウィンドウから手を振る彼女の写真を撮った。

「ジプシーたちのところまで行けるかも」と彼女は言った。

その代わり、ぼくは村から出る道を教えた。ユキは最初はぎこちない動きでギアを変えて、そのたびに歯車を軋ませていたけど、じきにリズムをつかんだ。

「思ってたほど悪くない」とユキは言った。モスクヴィッチのエンジンはＢＭＷのパクリなんだ、だからぼくらが乗ってるのは実はＢＭＷなんだよとぼくは言った。

「どっちかっていうと『フリントストーン』に出てくる車みたい」

「フリントストーン？　ほんとに？　もうちょっとましな冗談はないのかい？」

道路は山をぐるりと回っていた。片側には松の木の深い森、眼下には川が流れる渓谷。子どもたちの自転車のそばを通るとき、ユキはクラクションを鳴らした。四キロほど走ると、車を停めるようにぼくは言った。道路が広くなるところで、巨大なコンクリートのパイプが一本突き出ていて、雨のときには丘から流れてくる水を谷間に排水するようになっていた。

ぼくらはボンネットに寄りかかって、四方を囲む松の木々、沈んでいく太陽で赤々と燃える山腹を眺めた。大雨のあとはいつも祖母に連れられてキノコ狩りに行ったことを思い出した。あるときは、大きな袋をふたついっぱいにした。家に持って帰るのも大変だったのに、冬に向けてどれだけの瓶に詰めておけるかという興奮だけで足が動いたんだろう。でも家に帰ってみると、キノコは青い汁が出てべとべとになっていた。隣で飼っている山羊でさえ食べようとしない、食用キノコそっくりの毒キノコだった。

その思い出をユキに話してあげたかった。でも、その食用キノコは英語で何というのかも、毒キノコのほうを何というのかもわからなかった。

「どうしてぼくらはアメリカに住んでるんだ?」と、代わりにぼくは言った。「どうしてなんだ。お金のためだって言っても、ぼくらは全然稼げてない。ほかのところに行ったっていい。ここに戻ってきたっていい」

「それはどうかな」とユキは言った。「ここに住んでる自分のイメージが湧かない。ここでわたしにやることなんてなさそう」

「子育てにはいいところだよ」

「かもね」

ぼくはユキを見つめた。「その気がないなら、生返事はしないでくれ」

「来月どうなるか様子を見ましょう」とユキは言った。「今はその話はなし。けちがつくのはいやだから」。彼女はニコチンガムをひとつ口に放りこむと、黙々と噛んだ。「これなしでいけそうな感じ。

なしでも全然平気だし」

「ほらユキ、いいことはあるだろ」。ぼくは改めて言った。車に乗りこむと、彼女の運転で村に戻った。ギアを変えるときは相変わらず軋んだ。

「下り坂はニュートラルで行くんだ。ブルガリア流だよ。ガソリンの節約になるから」

ユキがさっとニュートラルにギアを入れると、車はゴロゴロという音を立てずにスピードを上げた。ぼくは彼女の手をつかんだ。ふたりでこうしているのは本当にいい気分だった。「ふたりでこうしてるのはいい気分だね」とぼくは言った。

「そうね」とユキは言って、ぼくのほうを向いた。

その男の子も、まわりをよく見ずに自転車に乗っていたんだろう。でも、まだ距離があるところでユキはその子に気づいた。ハンドルを切って、めいっぱいブレーキを踏んだ。タイヤがロックされ、車は甲高い音を立てて横滑りし、道路を外れて溝に突っこんだ。岩にぶつかっただけで、ひどい衝突ではなかった。ユキは大丈夫、ぼくも大丈夫だった。ぼくらはおたがいを見て確かめた。ユキがエンジンを切ると、ふたりとも車から出た。

男の子は道路脇に倒れていて、自転車は一メートルくらい離れた草むらに転がっていた。黒髪で、肌も浅黒い、小柄な子だった。せいぜい十歳だ。

「どうしよう」とユキは言って泣き出した。でも、男の子は体を起こすと頭をさすった。

「平気だよ」とその子は言うと、まずぼくを、それからユキを見た。ユキは膝をつくと、男の子の両頬、額にキスをして、キスを雨あられと浴びせた。

「離れるんだ」とぼくは言った。「触っちゃだめだ」

「おねえさん、美人だね」と男の子は言った。頭をさすった。

そのままここにいるようにとぼくは男の子に言うと、ユキには車に戻るように言った。ユキはキスをするのはやめていたけど、そばを離れようとはしなかった。もう泣いてはいなかった。男の子を見つめていた。

「本当に平気なのか？」とぼくは言った。

「ほんとだよ、おにいさん《バテ》、平気だってば」

「頭を打ったりは？」

「打ったかも。でも痛くない」

「腕はどうだ？　どこか折れてないか？」

「大丈夫だよ」と男の子は言った。両腕を振った。自分の両脚を触って確かめた。ユキに笑顔を見せた。

「病院に連れていってあげなくちゃ」とユキは言った。

「名前は？」とぼくはその子に訊ねた。

「アセンチョ」

「アセンチョ、きみを病院に連れていくよ。お医者さんに頭を診てもらおう」

男の子はさっと立ち上がった。本当に大丈夫そうだった。ふらついたり、足を引きずったりはしていなかった。車ではねたわけではなかった。自分の自転車から落ちただけだ。ぼくも子どものころに乗っていたような、オレンジ色のバルカンチェの自転車だった。外れてしまったチェーンを戻そうと、男の子は草むらで手こずっていた。

「手伝うよ」とぼくは言った。男の子の横に膝をついて、自転車を横向きにした。チェーンの片方の端をぼくが、反対側の端を男の子が引っ張って、ギアに嚙み合わせようとした。それが終わるころには、ふたりとも指が油で黒くなっていた。

「よし」とぼくは言うと、草で指を拭いた。「自転車をトランクに入れて、家まで送っていくよ」

男の子は自転車を立てた。「ここにいたのが父さんにバレたら、生皮をはがれちゃうよ。森で兄さんの手伝いをしろって言われてたんだ。でも、早めに川に行ったって、みんなと一緒に泳がせてもらえない。みんながいなくなるのを待つんだ。そしたら川をひとり占めできるだろ。それに、夕方のほうが暖かいんだ。水も温かいし」

男の子は興奮した口調でしばらくしゃべりつづけた。

「何て言ってるの？」とユキは言った。彼女は道路のど真ん中に座っていたから、立ち上がって車に戻ってくれとぼくは言った。男の子は自転車にまたがった。

「アセンチョ、ちょっと待て」とぼくは言った。

「じゃあさよなら」と男の子は言った。ユキに手を振ると、自転車のベルを鳴らして、ペダルを漕いでいった。

ぼくらは草の上に腰を下ろし、ずっと無言だった。ぼくは指を拭こうとした。ユキはガムを取り出した。「じゃあ、はねてないのね？」とユキが訊ねてきたので、そうだよ、はねてないよとぼくは言った。

「どうやってわかるの？　ちゃんと確かめられる？」

「車はかなりのスピードだったろ。もしはねていたら、あんなのじゃすまないよ」

「病院に連れていってあげるべきだった。どうしてそのまま行かせたの？」

「自転車に飛び乗って行っちゃったんだよ。きみも見てただろ。大丈夫だよ。ふらついたりはしてなかった」

「そう、しっかりしてた」とユキは言った。両頬を拭った。ぼくが車に乗ってエンジンをかけると、車は問題なく動き出した。ぼくは溝から車を出した。フェンダーが岩にぶつかったところは曲がっていて、塗装も少しはがれていた。

「あの子、ジプシーだったの？」ぼくの運転で山を下っていくとき、ユキはそう言った。でも、本当にそう言ったのかどうかはわからない。

*

その夜、ぼくらは眠れなかった。ベッドで横になり、屋根裏にいるネズミたちの足音や、クルミの枝を揺らす風の音、山腹の松の木が立てる音に耳をすませていた。ぼくらはまんじりともせず、手もつながなかった。

「何か話しましょう」とユキは言って、ベッドで上体を起こした。ぼくらは少し話をした。トマトがほんとにおいしかったね。シカゴの友達は今ごろ何をしてるかな。

「やっぱりだめだ」とユキは言った。服を着て外に出た。ぼくはすぐにはあとを追わなかった。窓からクルミの木を眺めていると、月が雲に隠れたせいか、その雲の影の具合のせいか、どういうわけか曾祖父のことが頭に浮かんだ。それまでは考えたこともなかったのに、今になって初めて考えた。それから、指を鼻に近づけて、洗っても落ちなかった自転車のチェーンの油のかすかな匂いを嗅いだ。あの男の子がユキに笑顔を見せて、美人だねと言ったことを思い出した。それまでは、誰も彼女を美人だとは言わなかった。でも、ぼくは彼女が本当に美人だと思っていた。男の子が自転車にまたがる姿を思い出した。ふらつく様子はまったくなかったし、頭に傷はなかった。

「あの子は絶対に大丈夫だよ」。庭に出る敷居に座ってガムを噛んでいるユキに、ぼくはそう声をかけた。「明日になったら様子を訊いてみよう」

「死ぬほどタバコを一服したい」とユキは言った。

ぼくはそばに座った。彼女に触れたかったけど、触れなかった。

＊

朝食のときにお隣さんに訊ねるまでもなかった。彼はブフティと牛乳を持ってくると、食べるぼくらと一緒に座った。「事件があったんだよ」と彼は言った。「昨日の晩、ジプシーの男の子が家に帰って、父親に殴られたんだ。ほら、皮をなめすみたいに棒で散々ぶたれたのさ。そのあと、男の子はベッドに入って、横になって目を閉じた。それからどうやっても目を覚まさない。医者が来て、昏睡状態だとさ。よっぽどひどく殴られたんだな」

その日の午後にぼくらがどうしていたのか、よく思い出せない。家からは出なかったし、話もしなかった。「お願い、ちょっとタバコを買ってきて」と言うのがユキには精一杯だった。途中、ぼくは広場まで歩いていき、ようやく家から出られてほっとした。彼女のために何箱かタバコを買った。

「あの男の子の話は聞いた？」とレジの店員がぼくに訊いた。「ひどい話よ。それにあの父親ときたら……」と言って、彼女は首を振った。「川に入って溺れ死のうとしたって」

帰り道、家の前でモスクヴィッチをしげしげと見ている近所の人をひとり見かけた。

「やあ《ズドラスティ》、アメリカ人《アメリカネッツ》」とその近所の人は言った。大きなフライパンを両手で持っていた。「どこで車をぶつけた？」

ぼくはもごもご口にした。前からこんなでしたよ、うちの父がぶつけたんです。

「ユキの具合があまりよくないって聞いてな」と彼は言った。「朝ご飯のときに顔色が悪かったと。ほとんど食べなかったそうじゃないか。で、うちの妻が特製のバニツァを作った。卵とバターを多めに入れてある」

どうもありがとう、とぼくは言って、フライパンを受け取った。

「アメリカネッツよ、大丈夫か？」

「大丈夫ですよ」とぼくは言った。「ぼくらは大丈夫ですから。どうも」

ぼくもユキもほとんど食べず、眠らず、話もせずに三日経ち、男の子は死んだ。別の近所の人からそのことを聞いた。実際、それ以上の話はなかった。男の子が死んだのだ。

「彼女、あの子のことで何か言ってる?」近所の人が話しているそばでユキは訊ねてきた。

「そうだよ」

「何て言ってるの?」

「死んでしまったって。今朝亡くなったそうだ」

ユキは泣かなかった。茫然と立ち尽くしたままで、ぼくも立ち尽くしたまま、近所の人が帰っていくのを待った。

「わたしたち、どうすればいい?」とユキは言った。

「できることなんてないよ。もう死んでしまったんだ」

「わかってる。もう言わないで。そんなことわかってるから。でも、家族には話さなきゃ。話さなきゃだめでしょう?」

どうすればいいのか、ぼくらにはわからなかった。どっちつかずのまま、宙をふわふわ漂っていた。本当に怖かった。そんなに怖いと思ったのは生まれて初めてだった。

するとその日の午後早く、誰かが門を叩く音がして、窓の外を見てみると、ロバの引く荷馬車があった。そのそばに、ジプシーの男がいた。ユキはあっと声を上げた。剝げた爪をぼくの腕に食い込ませた。少しのあいだ、男が縁なしの帽子を大きな両手でぎゅっと握っている姿を眺めていた。靴はいていなかった。青い作業用ズボン、白と青のストライプが入った船員用Tシャツという格好だった。肌は日焼けしてかなり黒く、禿げた頭には汗が光っていた。少しのあいだ、ぼくらはただ男を眺めていた。いなくなるまで隠れたほうがいいのかも、とぼくは思った。

「門を開けて」とユキは言って、ぼくをひとりで行かせた。

ぼくは門を開けた。

「あんたが……」と男は言った。近づいてきた。「噂のアメリカ人です」

「そうです、そうですよ」とぼくは言った。

男は謝った。「邪魔してしまって申し訳ない」。その早口は、いったん話をやめたらもう口をきけないのではないかと恐れているかのようだった。「うちの倅《せがれ》が死んでしまって」と男は言った。「明日埋葬するんだが、写真がない。撮ってやったことがないから。家内は今じゃ俺を見ようともしないが、俺にここに来て頼んでもらいたがってたのは知ってる。前に誰かから話を聞いたことがあって、テニョだったか別の誰だったか、とにかくあんたたちが写真を撮ってると聞いた。あんたの奥さんが写真を撮ってたと。カメラを持ってると誰かから聞いたんだ。テニョだったたか？　テニョじゃなかったかもしれないな」。そして帽子を握りしめたまま、黙ってぼくを見つめた。

そこで待っていてくれとぼくは彼に言った。すぐに戻るからと。家の角を曲がったところで屈みこみ、地面に倒れこんだ。吐きたかったけど、吐けなかった。そのくらいひどい気分だった。家のなかに戻ると、男の用件をユキに話した。

「断るなんてできない」とユキは言った。「断る権利なんかない。でも、一緒には行けない。とてもじゃないけど耐えられない」

「いや、来るんだ」とぼくは言った。「ぼくひとりに任せるなんてだめだ。いいかい、ユキ。ふたりで行くんだ」。ぼくらはカメラの電源を入れた。バッテリーが充電済みだと確かめた。メモリーカードに空きがあって、ストラップが絡まっていないことも確かめた。

ジプシーの男は表でモスクヴィッチを見ていた。彼はぼくの妻に会釈した。彼女の手にキスをして、ぼくらにお礼を言った。そしてまた謝った。「すごくいい車だ」と、モスクヴィッチのほうを見て言った。男はフェンダーの凹んだ部分に手を滑らせた。「これくらいなら直せる。うちに持ってきてくれ。ちょっといじればいい」

ぼくらは荷馬車に乗っていけと言われた。運転せずにすんで、ぼくはほっとした。ユキは男に手を貸してもらって乗りこんだ。ぼくらが後ろに座ると、彼はロバに鞭を振るった。「ディー」と声をかけた。「ディー、マルコ。さあ行け」

荷車はゴトゴトと進み出した。ぼくらは村を抜けていった。通りかかるみんなが見つめてくる。まだ日は高く、風もなく、空気はむっとして耐えがたいほど暑い。ぼくはユキの肘に触れたけど、彼女は体を揺らしてよけてしまった。ユキの顔は青白く、唇は乾ききっていた。喉が渇いているように見えた。膝元にカメラを両手で持っている様子は、近所の家で生きたニワトリを押さえこんで、羽ばたかれるか引っかかれるのではないかと怖がっていたときと同じだった。

「この人に話さなきゃ」とユキは言った。ささやき声だった。

「きみが言っても通じないよ」

「ふたりで話さなきゃ」

ジプシーたちは、村の反対側の端に住んでいた。彼らは自分たちだけの小さな集落を作っていた。男の家は、想像していたよりもましだった。衛星放送のパラボラアンテナがあり、菜園には花が咲いていた。庭にはたくさんの人がいた。通りにずらりと並ぶ車は、どれも別の地方のナンバープレートだった。さらに人がやってきて、あたりには茹でたキャベツと排気ガスの匂いが立ちこめていた。

ジプシーの男は一度だけ口を開いた。ぼくらが降りる直前で、話しかけられているのかどうかもわからなかった。「なぜこんなことになった？」と男は言った。「なぜなんだ」

ぼくらが庭に入ると、そこにいた人たちは全員立ち上がって迎えてくれた。子どもも含めて全員が黒服だった。黒いショールに顔を隠してすすり泣いている女の人たちもいた。男たちはひとりずつ近づいてきて、ぼくらと握手した。

「どうしてこんなことするの？」とユキは訊いてきた。

「どうしてだろう」とぼくは言った。逃げ出したかった。回れ右をして逃げ出し、二度と振り返りたくなかった。ぼくらは家のなかに案内された。竹のビーズでできたカーテンを抜けた——糸にはハエが何匹もとまって、誰かの手が通してくれるのを待っていた。

「ハエが」と言う声があった。部屋に入ると、何匹かがさっと入りこむのが見えた。外でもしていたキャベツの匂いが家じゅうに充満していた。廊下にある大きな円形の鏡には白いシーツがかけられて、体から離れた男の子の魂が自分を見ずにすむようにしてある。台所には女の人たちがいて、サラダを作ったり鍋をかき混ぜたりしていた。誰かが洗っている魚の匂いもする。通りかかったぼくらを見かけて、彼女たちは頷いた。ユキはぼくの手をつかんだ。ぼくらは手を取り合って、男の子のいる部屋に案内された。

男の子は小さなベッドに横たえられていた。覚えていたとおりの姿だった。そばにある椅子に母親が座って、新聞紙でハエを追い払っていた。ぼくらのほうは見なかった。新聞紙をぱたぱた動かした。しばらくのあいだ、空いているほうの手で息子の襟を直していた。男の子は、黒いズボン、茶色いセーター、その下はワイシャツという服装をさせられていた。はいている黒い靴は、きれいに磨こうとした跡があった。髪の毛はていねいに片方に撫でつけられている。今にも起き上がって頭をさすり、笑顔を見せてくれそうに思えた。顔に打ち身はあるかと思って探してみたけど、ひとつもなかった。男の子は指を組んでいて、母親が洗っても落ちなかった油汚れが見えた。

ぼくは握りこぶしを作って、自分の指を隠した。ユキは泣き出した。女たちはそれを待っていたらしい。頭にかぶっていたスカーフをつかみ取ると放り投げ、雨のようにスカーフが落ちてくるなか、バグパイプのように泣き叫んだ。でも、母親が静かにさせた。「あんまり大騒ぎしないでおくれ。この子が怯えてしまうから。この子はわたしたちを見てるんだから、そんな大声を出したら怖がってしまうじゃないか」

「ユキ」と父親は言った。彼女の名前を知っていた。きれいな発音だった。「写真を撮るにはここがいいか？　それとも暗すぎるか？」

彼女は答えるどころではなかった。ぼくも話すのはつらかったけど、ここは暗すぎると言った。このカメラは安物だから、屋内だといい写真は撮れないのだと。フラッシュがうまくたけないんだ。もう口をつぐむべきだった。ぼくはどうにか口をつぐんだ。

ユキの手を引いて外に出た。深呼吸して、と彼女に言った。誰かが持ってきてくれた水を、ユキは飲んだ。お代わりを頼んで、少し自分の顔に振りかけた。ようやく、男の子が運び出されてきた。

みんなが両脇によけて身を寄せ合う様子は、まるで男の子もその人たちも磁石で、同じ極を向け合っているみたいだった。家族は椅子を一脚持ってくると、男の子をそこに座らせた。

何をしようとしているのか、ぼくにはわかった。

「そりゃないよ」とぼくは言った。そんなことをするなんて思っていなかった。

「ひどい」とユキは言った。「だってあの子は……」

でも、家族はクッションをいくつも持ってきて男の子の体の支えにした。兄弟姉妹はまわりに立って、彼の体をまっすぐに支えた。それから母親が子どもたちのいる側に入った。父親がもう片側に入ったが、ぼくにはわからない言葉で母親が何か言った。父親は何か言い返した。頼みこんでいたが、母親はだめだと言って譲らなかった。彼女は夫を写真に写らないところに追い払った。

油で汚れた指が見えてしまわないように、ぼくは液晶画面の内側にしっかりと指を入れた——その箱のなかで、彼らの二次元の画像は永遠にリンクされ、時間は存在せず、息をする必要もない。この箱のなかでは、生も死もない。完璧な静止状態があるだけだ。

「準備はできたよ」と、ついに母親が言った。「写真を撮って」

＊

夕食までいるようにとジプシーたちは言ってきかなかった。庭に長いテーブルを出して、食べ物を並べ始めた。地面に煉瓦を置いて長い木の板を渡し、みんなが座れるようにした。

「だめですよ」とぼくは言った。

「だめ《ネ》、だめ《ネ》、だめ《ネ》」とユキは言った。手を振った。

「そう言わずに」と父親は言った。「座ってくれ。だめとは言わせないよ」

ぼくらはテーブルの真ん中近くに座った。手をつないだ。人々が木の板にずらりと座っている様子は、電線に並んでとまるふっくらしたツバメの群れのようだった。

「好きなだけ食べていって」と母親はぼくらに言った。「これはとれたてのキャベツ。これはラム肉のスープ。これは川魚だから小骨に気をつけて。どれもおいしいよ」

誰も、何も言わなかった。スプーンが金属の皿に当たる音、指をしゃぶる音だけがしていた。誰かが骨の髄をしゃぶっていて、表の道路では自転車のベルが鳴った。

「アメリカはいいところか?」と訊いてきた男がいた。

「そうでもないですよ」とぼくは言った。

「日本はいいところか?」

「まだ行ったことがないんです。行ってみたいけど」

「行くことはあるさ」と別の男が言った。「まだ若いんだから。人生これからだ」

「ぼくらは子どもを作ろうとしていて」とぼくは言った。どうしてそんなことを言ったのか。言うべきではなかった。時と場所をわきまえていれば、黙っているべきだった。でも、黙っていられなかった。ユキが見つめていた。やめて、とその目は言っていた。「受精がうまくいかないんです」とぼくは話をつづけた。「ずいぶん努力したけど、うまくいかない。来週には病院に行きます。体外受精を試してみる。それって何かわかります？」

「わかるよ」とジプシーの男は言った。

そこに女の人が口を挟んできた。「薬草をあげようか。ラズベリーの葉、イラクサ、ダミアナ。きっとそれが効くから。いつだって効き目があるんだ」

「本当に？」とぼくは言った。「本当にもらっても？」

その女性は立ち上がった。「ちょっと待ってて」

「何をしてるの？」とユキはぼくに訊ねた。「お願い、もう帰りましょう。もう無理」

ぼくはユキを座らせた。「ちょっと待って」と言った。「少しだけだから。待ってくれ」

女の人は薬草を入れた小さな袋を持って戻ってきた。「お茶みたいにして煮出すんだよ。それを彼女に飲ませてあげて。あとは医者に任せればいい」

ありがとう、とぼくは言った。袋を持って、どういうことかユキに説明した。

女性はユキに微笑みかけた。「悩んでるの？」と言った。「ちょっといいかい？」ぼくが少しよけると、彼女はぼくらのあいだに座った。「別にかまわないだろ？」と言うと、ユキのお腹に手を当てた。

ユキは何も言わなかった。目を閉じた。顔はまったく動かなかった。女性が手のひらで円を描くようにしてユキのお腹を撫でると、皮膚にできたたこが引っかかって、ユキの服はわずかに動いた。それから、女性は手を止めた。「これでよし」と言った。「これで大丈夫だから」

*

そろそろ失礼しようとぼくらが立ち上がったときには、もう暗くなっていた。

「まだ行かないでくれ」と父親は言ったけれど、止めようとはしなかった。「明日も来るか？」

「来ますよ」とぼくは言った。「十時に墓地に。それからすぐに町に行って、写真を現像してきます」

「ありがとう」と父親は言った。ぼくの肘をつかんだ。「一緒になかに来てくれ」と言った。「奥さんは少し置いといて。大丈夫だから。ただしカメラは持ってきてくれ」。ぼくはユキを見た。独りにされたくないのはわかっていた。

「平気よ」とユキは言った。彼女がまたテーブルに着くと、誰かがレモネードと赤ワインを半分ずつ彼女のグラスに注いだ。

父親は息子の部屋にぼくを案内した。姉がふたり、ベッドのそばに座っていて、そのふたりを包む光を放つ小さなオイルランプの反射鏡にもハンカチがかかっていた。女の子たちがさっと離れると、その長い影が散り散りになって壁を動く様子は、刈り取られた丈の高い草が突風で吹き飛ばされたようだった。父親はベッドのそばに膝をつき、息子の肩に片手を置いた。

「家内に見つかる前に、急いで一枚撮ってもらえるか?」と彼は言った。

ぼくはふたりにカメラを向け、粗い画像を液晶画面で見た。男の子の顔は、明かりに近いほうの半分はまばゆい黄色で、光を放っているかとすら思えた。目が開いてしまわないように、ジプシーたちはまぶたに一枚ずつコインを置いていたから、明かりに近いほうのコインは猫の目のように光っている。もう一枚のコインは暗く、顔のそちら側は胸のあたりよりも暗くて、油に汚れた指をしっかり組んだ両手はさらに暗く、靴はオイルランプのあるところからかなり離れていたから、暗闇でほとんど見えなかった。

シャッターボタンを押すと、フラッシュがたかれ、写真のなかの父親と息子はまばゆい光のなかで輝いた。すべてが光を放った。

父親は小さなモニターを見つめた。「これはかすり傷か?」と言った。「どうしてここにかすり傷がある?」写真の息子の顔に、父親はぼくには見えない何かを見つけていた。「この子の顔に傷はないぞ」と父親は言った。「顔にかすり傷なんてない」

ぼくは液晶画面と、それから男の子をじっくり眺めた。

「まつ毛ですよ」とぼくは言った。

父親は自分の目で確かめに行った。指を一本舐めて、息子の顔からまつ毛を取った。その毛をどうすればいいのか、しばらく迷っていた。それから、空いた手でポケットのハンカチを取り出し、まつ毛を載せると包んだ。

それを見守りながら、ぼくは悟った。言うなら今だ。今を逃せば、二度とチャンスはない。それに、今言わなければ、千年経っても自分を許せないだろう。

父親は近寄ってきて、ぼくの両手にキスをした。油汚れには気がつかなかった。

＊

ぼくらの家の庭に戻ると、ユキはタバコを一本取り出した。でも、火はつけなかった。ぼくらは敷居に座って、彼女はライターをいじっていた。パチンと開けて、無言で炎を見つめ、そのうちに指が火傷してしまうと炎を消した。

「今晩のうちに写真を現像しないと」とユキは言うと、火をつけなかったタバコを足元に落とした。「ネクロログを作って、村に貼って回るから」

もう九時を過ぎてるよ、とぼくは言った。現像する店を町で見つけるのは無理じゃないかな、と。

「できるところはあるはずよ」とユキは言った。「インターネットカフェとか。どこかは開いてるはずだから」

「わかった」とぼくは言った。「行ってみようか」

「でも、明日のお葬式には行かない。写真を現像して、今晩持っていきましょう。明日は行かない」

ぼくも同じ気持ちだった。じゃあ行こうか、と言った。遠い道のりだから。でも、ユキは動かなかった。

「もうちょっとだけ」とユキは言った。ぼくに肩を抱いてもらって、額にキスしてもらうのを待っている。それはわかった。こう言ってもらいたいのだと。ユキ、いい人間にはいいことがあるものだろ。

でも、今はそんなことは口にできなかった。楽しい休暇の仕上げみたいにカメラを取り出して、乗りつぶした車のボンネットに立てて、最後の記念写真を撮るなんてことはできない。セルフタイマーをいじりながら、こんなことは言えない。もうちょっとだけ右に動いて、そう、そこだよユキ、そこならぼくがそばに立てるし、家も果樹園も納屋も背景に入るから。

ぼくはジプシーの父親の前では何も言わず、納屋の前の門の前でも何も言わなかった。そして今、敷居のところでも無言だった。しばらくして、ぼくは車のキーを取りに家に入り、ユキがぼくらの鞄を荷造りするあいだ、祖父のズボンに埃がつかないようにたたみ、引き出しにしまった。戸締まりをすべて確かめた。ぼくが扉の鍵を相手に苦戦しているのをよそに、ユキは車のなかで待っていた。ぼくは門の外に立って、庭とクルミの木をもう一度だけ見た。でも、子どものこと、ぼくらの子どものことや、この次、村に戻ってくるのは何年後の夏だろうということは考えなかった。

車に入ると、後部座席を見て、忘れ物をしていないことを確かめた。

「全部そろってるかな?」とぼくは言った。「鞄は?　きみのタバコは?」

「タバコはいらない」とユキは言った。「もう捨てたから」。ニコチンガムを嚙んでいた。

ぼくはエンジンをかけた。

「待って」と彼女は言った。後ろを向いて、荷物をごそごそ漁った。あれこれ取り出しては戻している。ついに、ジプシーの女性からもらった薬草の袋を出した。それを膝に置いた。「全部ある」とユキは言った。「じゃあ、行きましょう」

十字架泥棒

まな板みたいな胸の女の子がカフェに駆けこんできて、俺たちに言う。政府が倒れたって。今日は休校。彼女に扉を閉めさせようと、誰かがビール瓶を投げつける。外の気温はマイナス五度だが、校庭のカフェのなかはちょうどいい。俺たちは一晩じゅう起きていて、酒を飲んでカードゲーム《スヴァルカ》をして遊んでた。のっけから、金持ちのガキがエースのワンペアで腕時計とポケベルを賭けてきたのに対抗してゴゴは３３を出してみせたから、その夜はずっと、そいつの親から俺たちにメッセージが届くはめになった。息子よ《デチュコ》、どこにいるの？　息子よ、帰っておいで！

「俺が親からポケベルのメッセージもらうなんて想像できるか？」ゴゴは俺に言う。

「想像できるかって何が？　おまえがポケベル持ってることか、それとも親がおまえを『息子よ』って呼ぶことか？」

別にゴゴの親が冷たいってわけじゃない。でも、やつの兄貴は、親にとってはいつだって悩みの種だ。俺の親はどうかといえば、まあ、かれこれ四日は顔を見てない。親父のせいだってことにしておこう。

女の子は扉を閉めて、バーカウンターに行くとウォッカカクテル《ヴィク》を頼む。見た目はなかなかいい感じだけど、ちょっと短足かな。カクテルをぐいと飲み干して、服の袖で口元を拭う。それからコーラをちびちび飲む。

「コプチェ、あの犬《コプチェ》を見ろよ」とゴゴは言うと、彼女に向かって「ウー、ウー」と怒鳴る。今の俺たちは、おたがいボタンって呼び合ってる。その前は、調子どうよ、ケーブル《シュヌール》だった。その前は、ようシュプランゲルで、もう言葉でさえなかった。どうしてかって？　さあな、意味なんてないさ。俺たちは自分の名前なんて捨てたんだ。ラドスラフも、ゲオルギもやめだ。俺はじいさんから名前をもらったし、じいさんも自分のじいさんから名前をもらってた。だから何だってんだ。

「コプチェ、俺のチップを見といてくれ」と俺は言うと、小便しにカフェを出る。後ろでグラスが割れて、それを投げた誰かに店主のバイ・ペトコが悪態をつく。肌寒くて苦々しい朝で、学校のフェンスの向こうにはもう人がわんさかいて、汚い洪水になってる。その濁流が渦巻き、顔やら腕やら脚やらがごた混ぜになって、やかましい怒号の合唱が俺の脳天のヒューズを吹き飛ばす。**アカどもはくたばれ！　共産主義者のクズ《チェルヴェニ・ボクルーツィ》！**

一九九七年の一月、また政権が崩壊した。別に驚くことじゃない。最初に政権が倒れたとき、俺は七歳だった。一九八九年十一月。それは共産主義の終焉だった――ド派手な崩壊っぷり。俺たちが家でテレビに釘付けになってると、党の大物の誰だかがボソボソと、党首のトドル・ジフコフが退陣すると宣言した。ジフコフ本人は演壇の左側に座って、牛みたいにまばたきもせずに、自分にしか見えてない何かにぼんやりした目を向けていた。半開きの口によだれが光ってた。「何てこった。この連中に薬物を打たれてるぞ」と親父は言って、塩漬けの小魚の尾にかじりついた。「あいつはいつまでも政権を握るんだって思ってた」とおふくろは言った。

「ありがたいことにちがったな」と親父は言うと、ミイラの指みたいな魚を俺に向けた。「ラド、ちゃんと見てるか？　大事な瞬間だぞ。しっかり覚えとけ」。俺が何か忘れるとでもいうのかよ。

それから、群衆が通りを埋め尽くして大規模なデモになり、東欧全土で壁が崩壊した。ブルガリア初の民主的な選挙が行なわれて、それからは腐った梨の実みたいに政府がポンポン落ちた。一九九〇年、一九九二年、一九九四年。ハイパーインフレ、通貨の切り下げ。今の親父は月に一万五千レヴァ稼いでるのに、パン一斤が六百レヴァだ。そしてどんどん桁が増えていく。

もうこれ以上はひどくならないだろって思うときもある。まちがいなく、考えられるかぎりのどん底まで落ちてる。もう底を打って踏ん張って飛び上がり、泥沼から這い上がらないといけないころなんだ。

ゴゴが言うには、先週、やつの兄貴がおふくろさんを殴ったらしい。金をどこに隠したのか言おうとしないもんだから、兄貴は椅子を粉々にして、おふくろさんを散々蹴った。親父が帰ってきてみると、ゴゴの兄貴は隅っこで丸くなってて、体を震わせながら指を何本も嚙んでた。ゴゴの親父はそいつを表に引きずり出すと、売人を見つけてクスリを買ってやった。清潔な注射器を買ってやり、ベンチに置き去りにすると、家に戻ってかみさんを介抱した。

ひどい話だろ？　で、ゴゴは何か手助けをしたかって？　何日かして、やつはおふくろさんがイチジクの鉢に埋めて隠していた金を見つけて、兄貴が盗んだってことにした。もちろん、当の兄貴はことを否定できるような状態じゃなかった。でもまあ、それが友達ってもんだろ？　ちょこっと叱って、自分のためになるまともなアドバイスをくれたら、また仲直りだ。金を返せば、少しのあいだだけかもしれないが泥沼の底から這い上がれる。

俺たちはその金でウォッカを二本、パンを三斤買って、宝くじを買って、残りはスヴァルカの賭けに使った。宝くじを試そうってのは俺が言い出した。「ときどき思うけどさ」と俺はゴゴに言いながら、くじの番号マスにある十字マークを削り取っていった。「これより下はないって気がするんだ。抜け出そうぜ、コプチェ。まあ見てなって」

＊

ってことで、今、フェンスの向こうではデモ隊のシュプレヒコールが響いてる。俺が学校の壁に小便してると、警備員に見つかってしまう。そいつは学校の門を施錠して、もう閉まってるぞと見せつけてから、ぶつくさ言いつつ俺のほうに走ってくる。

「じいさん、落ち着けよ」と俺は言う。「ほら、星の形を描いてるところだからさ」

わざわざ学校の壁に小便するってのが俺の売りだ。一度なんか、文化宮殿から路面電車に乗ってはるばる学校まで行って、そのあいだずっと我慢してたもんだから、チンポが一時間も燃えてるみたいだった。親父からは、俺の小便からは粒子が出てて、たぶん腎臓に結石があると言われた。水をいっぱい飲んどけとさ。

「ラド、おまえのイチモツを切り取ってやる！」と警備員が怒鳴る。

「嚙みちぎりたいってのか？」

じいさんは膝に両手をついて息を整える。「〈驚異の少年ラド〉よ」と言う。その名前で呼ぶなって百万回は言ってるのにこれだ。白い息がくっきりした雲の形になって出てくる様子は、これから言おうとする言葉の魂みたいに見える。「まっすぐ小便することもできずに、ジグザグにラリってるのか」

「じいさん、俺はクスリはやらないよ」と俺は言う。「ドクターズ・ウォッカなら飲む。ビタミンC入りのやつな」

俺がチャックを上げると、じいさんはタバコを一本くれる。ふたりでふかしてると、朝の靄が薄くなっていき、ガキどもがやってきて校門が閉まってることに気がつく。じいさんは歳のわりにはいいやつだ。昔は軍隊にいて、UAZの軍用トラックの運転手をしてたが、ひもじい時期に戦車団から食料を盗んでるところを見つかり、ボコボコにされて放り出された。水牛の肉の缶を盗むこと半年ってとこで捕まったそうだ。三十年前の缶だったが、鶏肉よりプリプリしてた、と俺に言った。三十年ものの缶って、俺の年の倍じゃないかよ。

「今月は新しいショーはやらんのか？」とじいさんは言って、俺の脇腹をつついてくる。「〈驚異の少年ラド〉が俺たちおいぼれにまた才能を披露してくださるのか？」

「じいさん、もうやめろって」

「ちょっとしたおしゃべりだよ、ラド」とじいさんは言う。「友情の証だ」とポケットから石を取り出すと、俺に持たせる。「ここにどれだけの自由が詰まってるかわかるか?」と訊いてくる。

それから言うには、国際輸送トラックを運転して仕事でよくドイツに行く甥っ子が、こないだその石を持ってきてくれたんだそうだ。「壁のかけらだ」とじいさんは言う。「信じられるか? これを売れば、少なくとも一万レヴァにはなるぞ」

「いいや、じいさん」と俺は言う。「俺は信じないよ。こいつは粘板岩じゃないか。変成する石だ。あの壁は俺たちの団地みたいなコンクリートでできてたんだ。ソ連の兵士たちがずらっと壁板を並べてる写真を見たことないのかよ?」

「そんな暇はなくてな」とじいさんは言うと、石をポケットに戻す。「おまえは頭の切れる悪魔だよ。だが、間抜けな誰かが金を出すかもしれん」。そして屈みこんできて、俺にこう囁きかける。「悪魔と言えば、何か売るものはあるか? コインとか、銀のスプーンとか」

俺はじいさんを押しのける。「政府が倒れたって聞いたぞ」

待ってましたとばかりに、じいさんは食いついてくる。どれだけ政府が憎かったかとか、いつの日か兵舎にまた忍びこんでBTR装甲車を、いや戦車を盗み出して議会に突入してやるとかまくしたてる。「戦車のなかでつぶれているわしは絵になるだろうな」と言う。「栄光ある、英雄的な死がわしには似合う。ラド、もういい。戦車を奪いに行くぞ」。そして、一緒にデモに行くぞとしつこく誘ってくる。今日は百万人が通りに繰り出す日だ。ソフィアじゅうの人が。「ほかに誘う相手がいなくてな」とじいさんは言う。

「じいさん、あんた病気なんだろ」と俺は言うと、政治なんて何もかも茶番だと言ってやる。

「茶番なのはおまえのイチモツだ」とじいさんは言う。

カフェに戻ると、俺はゴゴを探す。ところがどこにもいなくて、俺は隅に積んであるジャケットと学校の鞄の上に横になって、少しだけ目を閉じる。

*

俺くらい頭のいい子どもはまずいないはずだ。まあ、その意味じゃ「驚異の」少年ってことになるんだろう。でも、別に科学の天才少年じゃないし、都会で生きる知恵があるとかいうわけでもない。何ひとつ忘れないだけだ。一度なんて新聞にも載った。「神童——驚異の記憶力が少年を生き字引に」っていう見出しだった。そのとき俺は六歳。ソフィアに引っ越す前に俺たちが住んでた小さな町のアパートに、記者がやってきた。着くとすぐに質問を浴びせてきた。

「一マイルは何メートル？　一メートルは何フィート？　私の娘は一九八〇年三月二十一日生まれだ。それは何曜日かな？　道路標識のB1の意味は？　周期表には元素がいくつある？　三十二番目の元素は？」

気に食わない質問ばかりだった。まず、娘が生まれた曜日を知らないなんて悲しかった。ラドは利発な男の子である、と記事には書いてあった。ひとつの組織に統合されているものすべてに興味を持っている。わずか二歳で、百十個の道路標識だけでなく、キリル文字とラテン文字をすべて覚えてしまった。父親によると、三歳になったときに世界地図を与えたところ、国名も首都も国旗もすべて記憶してみせたという。記者の目の前で、ラドはカメルーンの国旗を鉛筆で描き、どの縦縞が緑色でどれが赤色でどれが黄色なのかを説明してくれた。中央にある星も黄色なのだと。それから人間の手の図を描き、骨の名前をひとつずつ挙げていく。大きくなったら何になりたいかと訊ねると、ブルガリア人として初めて宇宙に行ったゲオルギ・イワノフのような宇宙飛行士になりたい、とラドは答えた。ソユーズ三十三号でバイコヌール宇宙基地から一九七九年四月十日午後五時三十四分に打ち上げられたと……小さな同志よ、君の未来は明るい……。

その翌年、俺を天才児が通う学校に入れようと、親はソフィアに引っ越した。ところが俺は入試に落ちた。そこで代わりに近所の学校に入学した。一年生になって二か月経ったところで、家賃が跳ね上がり、もっと安い地区に引っ越すはめになった。家賃が高いせいで、俺は十一回転校した。そうしてついに、親父は市の評議会に俺を連れていった。「この子には驚異的な記憶力があるんですが、住むところがないんです」と言って、その場で俺に芸をさせた。俺はどこかの事務員が置き忘れていった本『一般人のための会計の基礎』を読んで、そのページの全単語を後ろから暗唱した。それから親父が新聞記事の切り抜きを見せると、みんなは笑い出した。「子どもが十人いるなら、アパートをひとつ与えてやれるがね」と役人のひとりが言った。「だが現時点では、数え切れないくらいの子どもを抱えたジプシーたちが優先なんだよ」

「こんな子どもが十人も？」怒り狂った親父は言った。「そんなの願い下げだね」

俺たちは住む場所をもらえずに外に出た。一週間くらいして、親父の友達のひとりが、街外れにあって誰も住んでないというアパートを案内してくれた。そして俺たちはそこに移った。許可もなしでの早業だった。下の階には、２ＤＫのアパートに十三人のジプシーがいる。ひいじいさんにひいばあさんがいて、十四歳の女の子がふたりめの子どもに乳をやってるってところだが、少なくとも今は引っ越しの心配はない。見つかって退去させられるまでは。

小さな同志よ、君の未来は明るい……今まで、教師が俺のところに来てそんな文句を口にしたことはない。でも一度、ある教師に言われたことがある。「ラド、そりゃ円周率を五十桁まで言えるのは大したものだ。でも、それは計算機でできるわけだし、今はほら、インターネットの時代だしな」

＊

誰かが俺のブーツを蹴ってる。「コプチェ、起きろよ」

「起きてるって」

俺はゴゴの手をつかんで立ち上がらせてもらう。体じゅうの筋肉が痛いし、乳香酒の酔いがまだ残ってる。俺たちは校庭でタバコを吸って、沸き立つ通りや、俺たちの上で雪を降らせる気満々の白い空を眺める。

「じいさんがさ、今日は百万人出てくるってよ」

「そんな連中どうでもいい」とゴゴは言う。「コプチェ、兄貴が大変なことになってるんだ。俺たちをメチャクチャにしやがった。何もかも質に入れちまったんだ。俺の愛するソニーのテレビも、冷蔵庫もガスコンロも。俺のベッドまで質に入れたんだぜ。床で寝ろってのかよ」

俺は笑って、それから謝る。この国の政治家から学んだことってのは、およそ何を言おうが何をやろうが、あとで謝りさえすれば構いやしないってことだ。前もって謝っておくってのもよくある。

「すぐに現金が要る。今すぐだ」とゴゴは言う。「質屋のボケは家具を返そうとしねえ。兄貴が発作を起こしてるのに、俺たちにはブツを買ってやるだけの金もない。ラジエーターに鎖でつないでるんだぜ。バカみたいだろ。兄貴が一回でも配管を引っ張ったら、家じゅう水浸しになる」

「もうそのへんでやめてくれよ、コプチェ」と俺は言う。「おまえの兄貴の話は聞き飽きた。もうたくさんだ」

「マジな話なんだって。助けてやんなきゃ。こないだなんかはさ」とゴゴは話しつづける。「おふくろにあの教会まで引きずっていかれた。聖七使徒教会《スヴェティ・セドモチスレニツィ》だ。パンとワインを持ってって、司祭に祝福してもらった。金を払って、兄貴のシャツとズボン何着かに聖水を振りかけてもらったんだ。もしおふくろにできたなら、兄貴を引きずっていったろうさ。ほら、映画みたいに悪魔祓いをしてもらいにな。ロウソクを五千レヴァで買って、あと五千レヴァを木の箱に入れてきた。イコンの上に置いてこいって、俺にどっさりコインを渡した。コインがガラスにひっついたら、祈りが届くかもって言うんだ。きっと届く、とかじゃない。届くかもだとさ。兄貴のために祈って、いいことがあるように願えって言うんだ」

「で、何を願った?」

「教会なんかにいなくてすみますようにって願ったさ」

ゴゴは吸い終わったばかりのタバコでもう一本に火をつけて、俺のほうを見る。俺は鏡みたいなもんだ。煙で目が赤くなってて、寒さで顔色が黄色くなり、唇はひび割れてる。

通りの先で誰かが、共産主義者はみんなオカマだって怒鳴り声を上げる。

「俺の知らない話をしてくれよ」と言うと、ゴゴは言う。「よし、じゃあ言う。その教会の、木できた司教座の上に、十字架がひとつある。金の十字架だ。コプチェ、そいつを盗み出すのを手伝え」

*

ゴゴと俺は、盗みを人道的活動に変えていた。広い心を持って、いやいやながら、しかたなく物を盗む。もちろん、自分のために盗むなんて卑しいことはしない。ゴゴの兄貴のために盗む。ヘロインを買ってやり、保釈金を払ってやり、ゴゴの兄貴もまともな人間で健全な楽しみ方ができるんだって思えるようにサッカーの試合のチケットを買ってやる。どうしたことか、二回に一回はやつの兄貴に金を渡し忘れてたけどな。たとえば、実は保釈金は払いはしなかった。ちょっとお仕置きしてもらうのもいいかと思ったんだ。制服を着た泥棒どもに散々殴られて鼻を折られることになるなんて、俺たちにわかるわけないだろ?

ゴゴと俺はあれこれ盗んでは、たいていはじいさんに売りつける。生物学の教室に忍びこんで、先公が灰皿代わりにしてた頭蓋骨をかっぱらった。あとでじいさんは、一九四四年の共産党の蜂起のときの本物の頭蓋骨だと触れこんで闇市で売りさばいたって豪語してた。あれは本当はトシュコ・アフリカンスキ、ソフィア動物園のチンパンジーの頭蓋骨だったんだって俺が言ってもどこ吹く風だった。

「それじゃあいい値で売れる見込みはなかろう?」と言った。「いいか、ラド、ちゃんとした歴史の裏づけがなければ、片っぽだけの靴なんて何でもない。クソ以下だ。だが、そいつはフルシチョフがテーブルに叩きつけた靴だって言えば、とたんに値段は跳ね上がる。少なくとも一万にはなる。わしはそういう靴を五つ売ったし、そのうちふたつはスニーカーだった。たとえクソでも、ちゃんとした歴史があれば重要なものになるんだ」。そして盗んだものを俺の手に押しつけて、歴史と意味を授けてみせろって言う。

ゴゴと俺が化学の教室から盗んできたフラスコとピペットは、あとでじいさんがベルリン陥落後にブルガリアに持ちこまれたナチの備品として転売した(どうして俺たちの国に持ちこまれたかは、鉤十字の印が酸で消えてしまった理由と同じく謎だった)。物理の実験室から銅線のコイルを盗んだし(一九六八年の「プラハの春」でソ連軍が残していったもの)、バルカン戦争の地図をいただいてきたし(ビンテージの初版もの!)、地球儀も盗んだ(ソ連がまだ君臨していた)。今のブルガリアでは、何だって闇市で売れるみたいだ。

でも、ゴゴと俺は泥棒なんかじゃない。横領者ってことにはなるかもしれない。神話作りとか。でも、泥棒ってのは卑しすぎる。どこかで一線を引かなくちゃならないし、最近わかってきたんだが、線を引くってのは謝るのとよく似てる。ときには、あとから一線を引くことだってできる。

＊

「共産主義のクズ！」とゴゴは叫びつつ、俺たちは人の洪水に流されていく。サッカーの大事な試合に向かってるみたいに気分が盛り上がってくる。そんなことを連想するなんておかしなもんだ。なぜって、今になって気がついたんだが、シュプレヒコールのいくつかは、実際にサッカーの応援だからだ。といっても、敵のチームの名前を共産党の名前に変え、審判の名前の代わりに首相の名前を使ってるわけだが。まわりにいるのはほとんど若者だ。真ん前には、ピンクのパーカを着た小さな女の子が父親に文句を言ってる。「息ができない」と言う。父親に肩車してもらうと、そのポニーテールは大昔のハーンの時代の旗みたいに見える——槍先につけた馬の尻尾。「聞こえないぞ」と父親が言うと、女の子は「アカのクズ！　アカのクソ！」と叫び、まわりがどっと笑う。ゴゴがその子に教えてやると、女の子は「アカのマンコ野郎《チェルヴェニ・ブトキ》！」と怒鳴る。ますます大きな笑いが起きる。頭上に並ぶバルコニーに風が叩きつけ、紐に吊るした凍った洗濯物をはためかせると、女の子は寒いと文句を言う。父親に下ろしてもらって、人の波がふたりを遠くに運んでいったあとも、その小さな声が罵ってるのが聞こえる。

レフスキ記念碑のそばに来たところで、ゴゴが、腹が減った、何でもいいからとにかく食わなきゃ死ぬと言い出す。俺の腹もグルグル鳴ってる。まわりに詰めかけた人の熱気で頭がくらくらしてきたから、俺たちは人を押しのけて抜け出す。

角を曲がったところにパン屋がある。パンの匂いを嗅ぐと、俺の目の前を紫色の星が舞う。

「閉店だよ」とレジの女は言って、コートを安全ピンで留める。その後ろでは、スズの容器に入ったほかほかのパンが黄金の湯気を立ててるのが見える。

「おねえさん《ゴスポジョ》、一本でいいんだ」と俺は言う。「おねえさん」って言葉が、共産主義者を軽蔑する心をあったためてくれたらって期待してる。でも心のなかでは、その女が俺たちの同志《ドルガルカ》で、俺たちがガキだったころ、パン屋が国営でレジ係がパンをただで渡して損しようがなんだろうがお構いなしだったころみたいに、ただで食わせてくれないかと思ってる。

「ちょっとデモに行かなきゃいけないんだけど」と女は言う。「まあいいわ。千レヴァね」。それから首にマフラーを巻く。

「おねえさん」とゴゴは言う。「持ち合わせがあんまりないんだ。でも、こいつは天才児なんだよ。芸をするから一本くれよ」

「もう人生六回分は芸を見たよ」とおねえさんは言う。欲深そうな目つきで俺を品定めするように見る。「議会選挙で勝つのは誰？　え、ちょっと待って。宝くじの当たり番号は？」

俺は肩をすくめる。「そういう天才児じゃないんだ」と言う。おねえさんはカウンターから出てきて、扉に鍵をかけようとする。「そりゃそうよね。別の種類の天才児ね。今のブルガリアじゃ、みんな天才児なんだから」と言って、シッシッと俺たちを追い払う。

「一本かっぱらえばよかったじゃねえかよ」と俺が言うと、ゴゴは答える。「俺たちはそんな人間じゃない。俺たちの先祖はパンのために命を落としたんだぞ。パンを盗むわけにはいかない」

ゴゴからそんな言葉を聞くとは。でも、人が腹を空かせてるときってのは、そいつの本当の生きざまが、ほんの一瞬でもはっきり見えるものなんだ。とは言っても、ゴゴにも一理ある。俺たちの存在を超えるものもあるんだ。「必需品」もそのひとつだ。俺たちブルガリア人は、パンを必需品《ナサシュトニヤット》と呼ぶ。「パンより大事な人間などいない」。『諺と格言』第三十五巻一二四頁より。

「ゴゴ」。俺は自己流のことわざをひとつ付け加える。「パンをただでくれるやつはいないよ」

＊

まだ小さかったころ、よく居間にいる親父に呼び出された。親父とそのダチどもが何本目かわからないウォッカを飲んでるところで、いつも紐で結わえた塩漬けの干し魚があった。その日の新聞をみんなで取り上げて、しわがれた酔っ払いの声で、記事をまるごと、ときには何ページも読み上げられて、俺は同じく酔った感じのけだるい声になって、一言一句、記憶を頼りに繰り返してみせる。そんな朦朧とした状態でひらめいた誰かが、俺をソフィアにやって天才児のための学校で勉強させたらどうだって言い出したんだろう。

ソフィアにはそういう学校がある。少なくとも建て前としては、才能ある子どもたちが厳しい試験によって選り抜かれて、そのあと、科学や人文学や芸術の才能が花開き、甘く蜜のあふれる果実をつけることができる。

「もし、おまえのガキが本物の天才児だってわかれば――」そのダチがそう説明しかけたところで、親父は口を挟んだはずだ。「もしってのはどういう意味だ？　本物のってのはどういう意味だ？　見てみろ！　こいつは本物だ」

「とにかくだ、この子に才能があるってはっきりすれば、おまえら一家はソフィアに引っ越させてもらえる。アパートも買ってもらえるし、あんたもかみさんもいい仕事にありつける。この子は大事にしてもらえるぜ」

「やってみるか」と親父は言うと、拳を決然とテーブルに叩きつけたにちがいない。「でも、自分たちのためじゃない。同志よ、そこは勘ちがいしないでくれ。俺たちはそんなんじゃない。この子のためにやるんだ」

でも、俺は学校に出願するには幼なすぎたから、親父はその待ち時間を使って息子の名前を母国じゅうに広めようと考えた。歴史や化学や物理の古臭い教科書を掘り出してくると、町じゅうの学校を訪ねて回り、何人かの教師の授業にちょっとお邪魔させてもらった。親父は退屈そうな目の中学三年生の前に俺を座らせて、持ってきた教科書を回覧した。その重い本を持っていくのは、いつだって俺の役目だった。そうやって体を使って苦労すれば、知識に対する忍耐も養われるってのが親父の言い分だった。「本のどこでもいいから開いて、読み上げてくれ」と親父は生徒たちに言った。「そしたらうちの倅が奇跡のこだまみたいに繰り返してくれるぞ!」生徒たちは次々に読み上げていく。しばらく読ませてから、俺はそれを繰り返していく。言葉の意味は理解できないが、音は永遠に耳に焼きついてる。「ある惑星の周期の二乗は、その軌道の半径の三乗に直接比例する。原子価とは、ある元素の原子によって形成される化学結合の数の単位である。πはギリシア文字の十六番目のアルファベットである」

生徒たちからまばらな拍手をもらう。教師からは頭を撫でてもらう。「いいですか、怠け者のみなさん」と、その教師は生徒たちに言う。「五歳の子に歯が立たないなんて」。まるで、みんなの記憶もすべてを吸いこむスポンジのはずだって口調だった。そのあと、俺と親父は学校の食堂で昼飯にして、コートに隠し持ってきた瓶にムサカやギュヴェッチを詰めこんで夕飯にした。

「おまえがソフィアの学校に入ったら、同じ飯を二度食わなくてもよくなるぞ。やかましい酔っ払いのお隣もいない。政府が高級マンションの一室をくれるからな。ソフィアに行けば人生バラ色になる。見てろ」

町の新聞が俺のことを記事にすると、親父は何十部も買ってダチに配った。もう三十年も手紙をやりとりしてないロシアはエカテリンブルクの文通相手にまで一部送った。

俺が天才児のための学校の入試を受けたのは、一九八九年の春だった。二か月後、不合格通知が届いた。親父が例の新聞記事を持って校長室に直談判に行ってるあいだ、車のなかでおふくろと待ってたのを覚えてる。鉄条網が学校の敷地と外の世界を区切ってた。俺はそこまで歩いてって、支柱に顔をくっつけた。サッカー場と、反対側にテニスコートが見えた。「ここで勉強できたらいいのにな」と俺が言うと、おふくろは泣き出した。

学校からの帰り道、親父は何も言わなかった。タバコを次々に吸ったけど、雨が降ってたし、竹のビーズを紐でつないだ矯正用のシートを濡らしたくなかったからウィンドウは開けようとしなかった。「こいつの才能は特別じゃないってさ」と、親父はついにおふくろに言った。車は信号待ちをしてた。後ろを振り向くと、親父は煙越しに俺を見つめ、鼻からもっと煙を出しながら口を開いた。「そうなのか？」

何年も経って、実はその入試はインチキだったと知った。入るにはコネが必要だった。党のお偉いさんたちが子どもを送りこんで勉強させる学校だった。でも、当時の俺たちにはわかるはずもなかった。

「今ソフィアを出ていくわけにはいかない」と親父は言って、もう車は動き出してるのにまた振り返って俺を見た。「来年また試験を受けろ。自分は特別なんだって証明するんだ」

俺は頷いた。心底恥ずかしかった。

その年の十一月、ブルガリア共産党の第一書記を三十五年間務めたトドル・ジフコフが辞任した。壁にひびが入ったと思った人はけっこういたし、通りにはたくさんの群衆があふれた。それにつづく冬は寒くて暗かったが、親父は俺たちの生活が上向く気配を感じた。夜、ロウソクのまわりにみんなで集まって座り、電気が戻ってくるのを待ってるとき、親父はタバコをふかしながら、俺たちを待ち受ける輝かしい未来についてしゃべった。「この先すごいことになるぞ」とよく言った。「こいつには才能がある。絶対に人の目にとまるはずだ」

でも、次の年の春、俺は受験すらさせてもらえなかった。「一度不合格になると、二度目の出願はできません」と役人のひとりが親父に言った。「出願できるって聞いたぞ」と親父は食い下がったが、無駄だった。

俺はそれで大満足だった。ソフィアなんか大嫌いだった。故郷の小さな町に戻りたいって夢見てた。自分たちのアパートがあって、その上に何エーカーも広がる森にはシカやウサギがいて、三月に雪が解け始めると、おふくろと一緒にマツユキソウを摘んだあの町に戻りたかった。

「あきらめてたまるか」。ある晩、親父はそう言って、拳をテーブルに叩きつけた。「そんなの願い下げだ。立て直せばいいだけだ。ものにできるチャンスが目の前にあるんだ。ついに自由市場の時代が来た。おまえの才能を見るために、みんな金を出してくれる」。そしてロウソクの火にタバコをかざすと、しばらく無言でタバコを吸った。「どうしておまえは別の才能に恵まれなかったんだ?」と、親父はついに言った。そして話を変えた。「母さんのところに行って、泣くのをやめて晩飯を作れって言ってこい。それから戻ってきたら、おまえを観客にどう紹介したらいいか考えるのを手伝え。簡単な紹介がいいだろうな。『ご来場のみなさま、どうぞ〈驚異の少年ラド〉をステージにお迎えください……』」

＊

人の洪水は俺たちを国会議事堂まで引きずっていく。じいさんが戦車で特攻攻撃《カミカゼ》したがってた建物だ。警官どもが作る列が二重の螺旋になって建物の足元に絡みついてるが、ほとんどの警官は居眠りしかけてるみたいで、ぼんやりとけだるげに盾にもたれてる中学三年生って感じだ。もう四日もここに出ずっぱりだから、もうどうでもよさそうだ。ゴゴは連中に今どきの挨拶をする。「よう豚ども、泥棒ども、ウシェフども」。ところが、連中はそれにもお構いなしだ。今は何時かと訊いてきたやつがいた。自分の腕時計が止まってしまったんだと。

「俺がそんなこと気にするようなやつに見えるか?」と俺は言って、ゴゴにも同じ質問をした。

「いや、コプチェ、そんなの知るかってのがおまえだよな」

群衆は二手に分かれる。国会議事堂の正面に巨大な石の山があるからだ。マジで巨大な山だ。その頂上に、誰かが白と緑と赤の国旗を立てたが、洗濯紐にかかったボクサーパンツみたいに凍ってしまってる。

群衆がみんなひとつずつ石を持ってることに、今になって俺は気がつく。通り過ぎるときにみんなその石を捨てていくから、山は巨大で醜くなっていき、痛めつけられた死体の山みたいだ。古臭い喩えだとはわかってるが、そう見えるんだから仕方ない。頭や胴体の上に、手足がかぶさってる。

いったいどういうことなんだ、とゴゴに訊いてみる。「〈驚異の少年ラド〉が知らないとはな」と言うから、「はいはい、笑った」と俺は返す。ここ何日か家に帰ってないって言ったろ？　おまえはでかくて上等なソニーのトリニトロンテレビでも見てたんだろうけどさ。

「言ってくれるじゃねえか、コプチェ。俺は真っ先にあのテレビを買い戻すからな」。そして言うには、この石工の真似事はお上品な抗議の一環なんだそうだ。凶暴なケダモノみたいに石を投げるんじゃなくて、代わりに石を置いていこうと決まった。なかにいる政治家たちへのメッセージとして。

「コプチェ、俺たち石なんか持ってないぜ」と俺は言う。

すぐ横にいた女が鞄を開ける。「いくつか余分に持ってるわよ」。採石場みたいな鞄だ。ゴゴと一緒に石を置きながら、俺は思う。大したメッセージだよな。議会の先生方、俺たちは不満です。ポケットに入ってるのは金じゃなくて石なんです。この不正をどうにかしてください。俺たちはまだ礼儀正しくしてますが、腹が減ってもいるんです。俺たちの持ってる石を、ここで山にしていきます。

俺たちはすっかり骨抜きにされて、羊よりもおとなしくなってしまった。でもまあ、五百年もオスマン帝国に支配されてた国民ってのはそんなもんだろう。それに加えて四十五年間、共産主義に耐えてたわけだ。そんな思いに悩まされつつ、俺は石の山から遠ざかる。前の俺たちは、こんなんじゃなかった。猛々しい騎士だった。東方から炎のごとく襲来して、馬に乗ったまま後ろ向きに矢を放ち、ビザンツ人と同盟を結び、スラヴ人を征服した。その時代に生きてみたかったよ。同盟が破られれば戦いに出た。クルム・ハーンはニケフォロス一世の首を取った。珍しく戦闘で命を落とした東ローマ帝国皇帝の完全な頭蓋骨を杯にしてワインを飲んだ。ツァールとなったシメオン大帝は、〈哲学者〉と呼ばれたレオーン六世を撃破して、五千人の敵兵の鼻を切り落とした。ただレオーンを辱めるためだ。と言っても、俺たちは単に残虐な勢力だったわけじゃない。俺たちの文字を発明しようとした最初の使徒を大モラヴィア王国が幽閉したときは、使徒たちを救い出して手厚い庇護のもとで写本の転写に励んでもらった。キリル文字の七使徒。驚くべき修道士たち。それが今じゃどうだ。石の山かよ。石は頭蓋骨を砕くためにつくられたのに、俺たちはそれを花みたいに置いていく。

「コプチェ」とゴゴが言う。「おまえさ、誰かに小便ひっかけられたテンジクアオイみたいだぞ」

ありふれた言い回しだが、それでも俺は笑う。ふたりで歩いていくと、俺は思い出してくる。俺たちの団地では、鉢植えのイチジクやテンジクアオイを階段に出してる近所の人がいて、ときどきゴゴと俺はその鉢に小便した。結局、その近所の人はしなびた鉢植えをしまって、二度と階段に出そうとはしなかった。それから、はたと思い当たる。やったのはゴゴじゃなくて、名前も思い出せない別のガキで、それもずいぶん昔の、別の団地でのことだった。

「またやろうぜ、コプチェ」と俺は言う。

「やるって何を？」とゴゴは訊く。

＊

人生最高のギャグを言おう。言っても誰ひとり笑わないやつを。とあるサーカス。演し物も終わりかけてるところで、司会が言う。「それではみなさん、驚異の記憶力を持つ少年の登場です」。ドラムの連打する音。小さな男の子が舞台に歩いてきて、無愛想に最前列を十秒間睨みつける。しーんとしてる。すると司会が言う。「さて、驚異の記憶力を持つ少年が、前方二列に小便をします」。人々が逃げ出そうとすると、司会は言う。「みなさん、逃げても無駄です。逃げ道はありません。驚異の記憶力を持つ少年は、もうみなさん全員を覚えてしまいました」

＊

「親愛なる同志諸君《ドルガルキ・イ・ドルガリ》、〈驚異の少年ラド〉の登場です！」

親父はそうやって観客に俺を紹介する。過去七年間、最低でも週に一度。介護施設、近所の老人クラブ——退職した技師、退職した溶接工、退職したクレーン操作手。ってことで、俺はラベンダーの蒸留酒の匂いがする部屋にいて、二列に並ぶ車椅子や震えるあご、垂れ下がったチューブや尿バッグを前に記憶術を披露して、パーキンソン病ぎみの弱々しい拍手をもらう。そのあと、親父は空っぽの三リットル瓶を両手で持って列を回る。瓶のラベルはほとんど剝がれてたが、空白になったところに、親父は「驚異のラドの奨学金」と太い字で書いてた。でもよく見てみれば、もともとのラベルが角のところに残ってて、昔はカリフラワーのピクルスが入ってた瓶だってことがわかる。親父はみんなの前を回っていき、貧乏なばあさんたちには甘い言葉を囁き、貧乏なじいさんたちには媚びを売る。そうすると、ときには皺だらけのお札で瓶が半分埋まる週もある。

もう七年間も、俺たちはこの手の老人クラブのドサ回りをつづけてる。親父が昔、地下室で、紐で結わえた塩漬けの干し魚のそばで見つけたあの古い教科書を使ってる。歴史、化学、物理。俺は親父に言ってやった。「七年もやれば、サルだって周期表を暗記できるだろ」

「今のこの国には変化がありすぎる」と親父は言った。「俺たちはうまくいってるじゃないか。どうして台無しにするんだ?」

そうして瓶を手に、列のあいだをゆっくり回っていく。いつも二周する。なぜかって、すっかり耄《もう》碌《ろく》した連中は、自分が金を出したのかどうかも思い出せないことがあるからだ。俺は横からその様子を眺めつつ自問する。ロウソクの明かりのなかで親父が言ってた輝かしい未来ってのがこれなのか? 親父が予言してたバラ色の未来ってのがこれなのか? そしてときどき、すとんと腑に落ちる週もある。親父の頭のなかじゃ、俺たちは昔配られたスヴァルカのカードでどうにか頑張ってるだけなんだ。「人生はカリンの実を与えてくれたわけだ」と親父はときどき言ったりする。「固くて熟してないカリンの実の山また山。拗ねたっていい。泣いたっていい。あるいは、熟した実が腐ってマーマレードに変わるまでじっと待つこともできる」

カリンってどんなだか、おまえ知ってるか？　協同果樹園に忍びこんで、何列もひたすらつづく低い木々の枝は実でずっしり重くなってて、それをポケットにもシャツの胸元にもしっかり詰めこんだところで果樹園の番人に追いかけられて、塩弾で撃たれ、ビビった小さな山羊みたいに逃げながら茶色の実を落としていった、なんてことは？　おまえさ、その実を食ったことあるか？　酸っぱい果汁を吸い出して穴をむしゃむしゃかじったら、歯茎が腫れたみたいな感じになるし喉は痛いし、おまけに名前を思い出せないガキはケツんとこを撃たれて家に帰ってみたら、一本しかないまともなズボンをだめにしやがってと父親に殴られて、後悔したなんてことは？　なあコプチェ、カリンが腐るまで待つなんて、俺はもううんざりなんだ。

「おいコプチェ、誓って言うけどさ」とゴゴは言って俺の肩をつかむ。「おまえが何の話をしてるんだか、俺にはさっぱりだ」

＊

俺たちは行進をつづけ、シュプレヒコールを上げる。どこかで青い風船を渡される。端が縛ってあって、空気を吹きこんだ誰かの唾が凍ってる。今じゃ青が民主的な色だ。ゴゴは小さな紙の旗を振ってる。頭上では空がさらに白くなって、いつ雪が降り出してもおかしくない。

ネコヤナギの凍った茂みがあって、金髪みたいに黄色い葉が枝からまだ垂れているその上に、黒い十字架が見える。灰色の肌の膨らんだ下っ腹みたいなドームがある。鐘楼も見える。〈七使徒の教会〉

だ。俺たちが盗もうとしてる十字架は、その教会にある。教会前の広場や木の枝のあいだで、みんな大きく青い旗を振ってる。じいさんの言ったとおり、誰もが外に出てるみたいで、この大地が支えきれないくらいの数だ。

民主化の指導者たちが教会の石段に立ってて、ひとりがメガホンで何やら叫んでる。よく聞こえないが、「ジャンプしないやつは全員アカだ！」とか怒鳴ってるのだけはわかる。俺たちのまわりでみんなが跳び始める。

「コプチェ、おまえアカか？」ゴゴは唸るように言う。「共産主義者なんてやめとけ。ジャンプしろ！」

俺もぴょんぴょん跳び始めるが、どっちかっていうと体をあっためたいからだ。そして、突然はっとする。ゴゴの唸る、この飢えたような変な音は、こいつなりの笑い方なんだ。

腹ぺこでジャンプしたせいで意識が遠のく。俺たちは人ごみをかき分けて教会の脇に出ると、窓のそばに立つ。俺たちの体と同じ高さに窓があるのはいいが、黒い格子でがっちり遮られてる。俺はその格子のあいだに顔を当てて、なかを覗きこもうとする。窓ガラスが曇ってて、自分の顔がかすかに映ってるのしか見えない。

ふたりで引っ張ると、ただの金属の飾りだから格子はあっさり外れる。するとゴゴは袖のなかに拳を引っこめて、窓ガラスを殴って割る。まわりの人に見られてるが、みんなどうでもいいと思ってるから誰も止めに入ってこない。そしてじきに、ジャンプをつづけろってメガホンに煽られると、みんなジャンプする。

「よし、コプチェ」とゴゴは言う。やつは十字を切るが、生まれて初めてやるみたいに左から右に手を動かす。ゴゴは教会に忍びこみ、俺もあとにつづく。

なかは暗くて寒く、どういうわけかしんとしてる。広場で上がる声は風が井戸のなかで暴れてるだけって感じだ。吠えるみたいな言葉はあっても、要領を得ない。この教会のなかで言葉は意味を失くして、俺とゴゴはしばらく中央で茫然と立ち尽くす。ロウソクの匂いがあたりに立ちこめてるが、燭台にも、死者のための砂の盆にも、ロウソクは灯ってない。真鍮の燭台に垂れて固まってる蠟と、凍ってる砂しかない。

「いやに静かだな」と俺は言って、薄暗い宙を漂ってく自分の白い息を見つめる。

「おい」とゴゴは言う。「シーッ、よく聞け、コプチェ！」そして、腹の底からげっぷをひねり出す。

「このろくでなし」。俺は笑う。

殉教者や聖女、天使や鳩が、敬虔で退屈な目を俺たちに向けてくる。脇には司教座が見える——精巧な木彫り模様、黙示録の四つの獣、子牛、ライオン、まるごと劇場だ——その上の高いところ、暗闇に、肘ふたつ分の長さの、高価な黄金の十字架がある。

「ハイブラック・トリニトロンのテレビがすぐそこだぜ」とゴゴは言うと、肘掛けに飛び乗る。やつは十字架の横棒をつかむ。押したり引いたりする。十字架が苦しそうに軋むと、ゴゴは全体重をかけて根元でボキッと折る。学校に新しいバスケのリングが入って、俺たちがそのリングをひとつ残らず板から引きちぎるまでやめなかったときみたいに——本当のところ、大した理由もなく、単にやってやれって思って。

ゴゴは十字架と一緒に床に落ちてくる。それから立ち上がり、頭を左右にひねって首をポキポキ鳴らす。十字架から埃を吹き飛ばすと、少しのあいだ体のまわりに埃が光輪みたいに浮かぶが、すきま風に散らされる。十字架を持ってるゴゴは、新生児の体重が正確にわかる助産婦みたいだ。「こりゃだめだな」と言う。「こいつは木製じゃねえか」

俺たちは窓際に十字架を持っていってよく見る。金メッキですらない黄色い塗料がはがれかけてて、その下の黒い穴だらけの木は、骨粗しょう症にかかった大腿骨みたいだ。小さな穴には幼虫がちらほらいて、体を丸めて冬の寒さをしのごうとしてる。

「で、どうする？」と俺は言いかけるが、ゴゴはもう十字架を投げ捨てて、喜捨箱を開けようとしてる。ところが箱は空っぽだ。イコンに沿って置かれたはずの小銭さえ、きれいさっぱりなくなってる。

「ちくしょう、コプチェ、盗みに入る教会をまちがえた」とゴゴは言う。聖女ボゴロディツァと幼な子のイコンを両腕で抱えようとする。「これ、持ち出せると思うか？」

いや、そのイコンはでかすぎて無理だ。俺たちに必要なのは、高価だけどコートの下に隠せて、みんなにばれずに人ごみをすり抜けられるくらいの大きさのやつだ。「そっちだ、その木の壁の奥だよ」と俺は言って、ゴゴを聖画壁《イコノスタシス》に連れていく。描かれた数々の顔、木の門を手でなぞる。門には南京錠がかかってるが、十字架と同じく木は脆い。蹴り一発で十分だ。

内陣はもっと暗く、もっと寒い。分厚くて赤い布がかかった聖壇が見えて、その上には金色の燭台と金色のお盆がある。ちょうどいい重さだ。

「コプチェ、おまえは神だ《ボグ・スィ》！」とゴゴは言って、俺の頭にキスをする。

「やめろよ、気味が悪い」と言いつつも、俺は本当にいい気分になってきた。血が巡り始めてる。シャツをたくしこんでベルトをきつく締め、そのすきまに戦利品を入れる。肌に当たる金は気持ちいい冷たさで、じきにあったかくなる。

「これ見ろよ」とゴゴは言うと、本物の黄金の十字架を手に取る。それにキスをする。袖で拭いてから、ジャケットの内側にしまいこむ。

目が暗さに慣れてくると、隅っこにある台と、その上にある長くてでかい何かが、同じ聖壇の布にくるまれてるのがわかる。

すぐに、それが何なのか悟る。ゴゴを呼んで、そのくるまれた亡骸、聖人のミイラのそばに立つ。聖遺物だ。顔はまるで生きてるみたいで、不自然なくらい保存状態がいい。「聖遺物にキスすると祝福になるんだぜ」と俺は言う。「ほらコプチェ、チュッてやっとけよ」

「おまえ、マジで病んでるな」とゴゴは言う。気味が悪そうに亡骸を見て、それからあたりを見回す。台の下のほうにビニール袋がふたつあるのを見つけて、ゴソゴソ漁る。

列聖されて、教会の台の上でマントをかけられてる。ここまで尊敬されるなんて、この老人はいったい何をしたんだろう。屈みこんで、頰を嗅いでみる。聖人は乳香と没薬の匂いがするはずだ。この聖人の臭いは全然ちがう。でも、だから何だってんだ。運にあやかったっていいだろう。

「ちょっと待て、コプチェ、何だか変だ」。まだビニール袋を漁りながらゴゴが言う。

俺は皺だらけの頰にキスをする。乾いてて、ひどく冷たい。

すると、聖人からため息が漏れてくる。低く、長い呻き声で、開いた口からは腐った肉の臭いがする。

俺たちはよろよろとあとずさる。盗んだものがコートのなかでカタカタ鳴る。「心臓が止まるじゃねえかよ」と俺は言う。体をよじるぬめっとした幼虫の大群が自分の背中を這っていく光景を、頭から振り払おうとする。袖で唇を何度も何度も拭う。

「この知ったかぶりのバカ、こいつは聖人なんかじゃねえ」とゴゴは言って、袋のひとつから服を取り出す。Tシャツと、白い股引と、毛糸のセーター。「これを見ろ」と言うと、もうひとつの袋の中身も出す。丸い大きなパン、ワインの入った大瓶、小麦の粥の入った容器。「俺のおふくろも同じようなものを司祭に持ってってって、兄貴のために祝福してもらってた」

呻いてる聖人のそばに、俺たちはにじり寄る。そいつの口が開いては閉じ、目は俺たちのほうを見る。タールみたいな、腫れた目。それがこいつのすべてだ。この老いぼれの繭、一対の目が、ゴゴを、そして俺を見る。

「じいさん……」と俺は言いかけるが、ほかに何を言えばいいのかわからない。

「よう、じいさん」とゴゴは言って、指をパチンと鳴らす。「シーッ。いいか。俺を見るんだ。あんたの名前は？　いつからここにいる？」

その目がまばたきし、口が開き、閉じ、また開く。ひどい臭いだ。

「おい、色男」とゴゴは言って俺を見る。「キスはどんな感じだった？」

俺は大瓶をつかむとワインを何口かがぶ飲みする。口をゆすいで、唇を拭いて、それを何度も繰り返す。

「司祭に祝福してもらって治してもらおうと家族はこいつを連れてきて、逃げちまったわけだ。じいさん、そうなんだろ？　置き去りにされたのか？」

ゴゴがワインの瓶を取って飲む。くるまれた男をふたりで見守る。

もしこれが自分だったら、気が狂っちまうだろう。あのマントのなかで幼虫みたいに横たわって、目と口しか動かせないなんて。このじいさんは、もう死ねばいいと置き去りにされたことをわかってるんだろうか。置いていった家族を恨んだりしてるだろうか。そもそも何かを覚えてるんだろうか。何の記憶も残ってないほうが幸せだろう――自分が誰なのかも、どこにいるのかも。俺と逆だったらいいのに。

ゴゴはタバコに火をつけて、ちょっと見とけと言う。老人の唇にそのタバコを当てて一服させてやる。鼻から煙が吹き出し、老人は目を潤ませて咳をする。

「じいさん、あんたタバコ好きだったんだな。そうだろ？」とゴゴは言う。「それが命取りだったんだな」。丸いパンをタオルから出して、膝に当ててひとかけらちぎり取ろうとする。「信じられねえ。こいつはパンじゃなくて石なのかよ」。ゴゴはひと口かじり取って、片手に吐き出す。老人の唇に当ててやると、老人はそれをしゃぶって、しまいにパンはドロドロになる。それから老人はゴゴの指をしゃぶる。「こいつ、気色悪いな、コプチェ」とゴゴは言って、コートで指を拭く。

「もういい」と俺は言う。「ゴゴ、聞こえてるだろ。もう十分だって」

でもゴゴはもうひとかけらちぎる。「俺の腹ぺこ聖人は誰なんだ？」と言う。「あんたが俺の腹ぺこ聖人か？」それからワインの瓶を老人の口元に持っていくが、唇に当てはしない。少し上から注ぎかける。老人は飲む。赤いワインが、首の皺を伝って流れていく。

「じいさん、自分を見てみろよ」。ついにゴゴは満足して言う。「大した聖人だな」。そして唸るような笑い声を上げる。

これをどう考えればいいのか、俺にはわからない。

俺はマントを触る。「ちくしょうめ、コプチェ。こいつ、びしょ濡れだぜ」

「元気になるって」

「そんなはずあるかよ」

「じゃあ、神童のおまえが着替えさせたらどうだ」

そこで俺はひらめく。それこそ俺のすべきことだ。マントの端をめくって、老人を出してやろうとする。「こりゃひでえ」

「おいおい、体を覆ってやれって。けっこうな臭いのクソだな」

あと何口かグビグビ飲むと、ワインが流れていく食道と胃の形がヒリヒリ伝わってくる。俺は袋から服を出して台の上に広げる——股引、ズボン、靴下、手編みのセーター。

ポケットナイフを貸してくれ、とゴゴに言う。笑顔でワインを飲むゴゴに見守られて、俺は老人の服を切っていく。家族でソフィアに引っ越して最初の数年間、俺たちにはちょくちょく故郷の町に戻ってばあさんを訪ねるガソリン代もなかった。年に二回会いに行くだけだった。二回目は夏だった。ばあさんを台所の床で見つけた。すっかり硬直してたから、親父は俺が幼稚園で使ってたアヒルのヤッキーのハサミで服と下着を切って脱がさなきゃならなかった。驚異の記憶力がなくたって、あの臭い、あの光景は頭から離れない。

「こいつを聖壇に運ぶのを手伝ってくれ」と俺は言う。

「どこにだって?」でもゴゴは手伝ってくれる。「こんな軽いやつは初めてだ」。きれいなマントの上に老人を寝かせると、ゴゴはそう言う。「それに、こんな色の白い男、見たことあるか?」

「こいつはどこが悪いのかな」と俺は言う。パンをくるんであったタオルを振って屑を払い落とし、老人の胸を拭き始める。

「俺は癌に賭けるな」とゴゴは言う。聖壇から教会の布、というか長くて幅の広いスカーフみたいなものを取って、一緒に老人の体を拭き始める。老人は呻く。俺たちの手助けに感謝してくれてるならいいんだが。

「なんで笑ってんだ?」とゴゴは言う。

俺は肩をすくめる。「笑ってない」

「何言ってんだ」

俺は老人の股間を指す。

「なかなかのサイズだな」とゴゴは言う。「別におかしくなんかないぜ」。そして俺を見て言う。「もうちょっとマシなネタを考えろよ」

老人の両腕は骨と皮で、俺がその腕を持って、ゴゴはどうにか清潔なTシャツを着せようとする。これ以上腕を伸ばしたら、肩のところで外れてしまうんじゃないかと心配になる。「大変だな」とゴゴは言う。顔は汗だくで真っ赤になってて、シャツでそれを拭う。「袖に片手を通すこともできねえ」シャツが終わると、俺たちはナポレオンの兵士たちが着てたズボンみたいな白くてぴっちりした股引をはかせる。それからウールのズボン、そしてセーター。俺はさらにワインを飲む。

「最高の気分だな」と俺は言う。一歩下がって、老人をじっくり眺める。全身ちゃんとした服を着て、すっかりきれいになって、聖壇の上で穏やかにしてる。誇らしい気分だ。俺は自分に満足してる。

「なあ、腹減ったな」

俺は景気づけにもう少しワインを飲んで、ふらふらと聖壇に向かう。「じいさんよ」と声をかける。「気分よくなったか？　さっぱりしたか？」老人の顔から拳ひとつってとこまで顔を近づける。ゴゴも屈みこむ。

「このじいさん、息してねえぞ」とゴゴは言う。老人の鼻をつまんで、そのまま持つ。

「どうやってわかるんだよ？」

「今、鼻つまんでるだろ」

「鼻なんかつまむなよ」

ゴゴは手を離す。俺たちは動かず、じっと待つ。「もう手の打ちようがねえな」とゴゴは言う。

＊

床に座って、聖画壁に背中を預けてると、すきま風はここのほうが強い。

「クソみたいな気分だ」と俺は言う。

ゴゴはパンをひとかけらちぎると、俺の手に置く。俺たちは食べて、ワインを飲む。

「気分よくなったか?」

よくなるはずがない。喉がヒリヒリする。歯茎が腫れてる気がする。金の燭台が槍みたいに脇腹に当たってるのに、取り出すことができない。シャツのなかに引っかかってて、俺は引っ張り出すのをあきらめる。

俺たち、あのじいさんを殺してしまったのかな、と俺はゴゴに訊く。

「まあそうだろうな」とゴゴは言う。もし俺が骨と皮だけで自分のクソにまみれてたら、死なせてくださいってお祈りするね、と言う。「俺たちがやってきて自由にしてくれるように祈ってたかもしれないだろ。そう思わなかったか?」

俺は聖壇と老人をしっかり見ておこうとするが、どちらもぐるぐる渦を巻いて、不格好でもの静かなダンスを踊ってる。ワインは一定のリズムで、大瓶のなかでタプタプしてる。

「さあクイズです、って言われたらさ」と俺は言う。「あいつ、何の仕事してたと思う? 自分のガキどものことは愛してたかな? それなりの人生だったたって思うか?」

「そんなのどうでもいいだろ」とゴゴは言う。「何の意味があんだよ。こいつを見ろ、コプチェ。もう死んでんだ」。ゴゴは木の壁に後頭部をぶつける。「もう我慢できねえ。両手がマジでクソだらけだ。嗅いでみろよ」と言って、俺の目の前に両手を突き出す。

「嗅ぐまでもないって」。俺はその手を押しのける。

「ラド、そもそも何の意味があるんだ？　俺がセクシーな愛しのテレビを家に持って帰ったって、すぐに兄貴が質に入れちまう。一文無しになって床で寝てるほうがましだ」。そして、ゴゴはジャケットに入れてた杯も十字架も盆も投げ捨てる。ひとつひとつ、暗いなかで何かに当たり、跳ね返って、大きな金属音を立てて転がる。

「俺なら絶対兄貴をここに捨てる」とゴゴは言う。「ここに運んできて置き去りにする」。ほかにもいろいろ言ってるが、俺の耳にはもう入らない。

「なあゴゴ」と俺は言う。「こんなアホらしい話があるか。聞けよ。こないださ、親父とふたりで老人クラブに行って……おい起きろよ、聞けって……それで黒板に公式を書いてた。ほら、**すべての惑星の軌道は太陽を中心とした楕円形である**、ってやつだ。俺は覚えたとおりに全部書いてた。ずっと昔、親父にもらった古い教科書どおりに。意味があるんだって証明しようとしてた。どこかのばあさんに、適当に開いたページを二十分前に見せられてて、俺は自分の才能を証明しようとしてるところだった。書き終わったら、『εって何を表わしてるの？』とそのばあさんは訊いてきた。そんなこと言ってくるやつは初めてだった。『教えて』って言うんだ。『本当に驚異の才能があるんなら、知ってるはずよ』ってさ。ありゃりゃってやつさ。解説は本の次のページに載ってて、しかも破れてなくなってた。そのばあさんは物理の教師だったんだ。そしてこう来た。『それじゃあ、あなたが言ってたニュートンの第三法則はどう？　その法則は世界について実際にどういうことを教えてくれるのかしら？』」

「なんで俺にそんな話するんだ？」とゴゴは言う。立ち上がろうとするが、立てずにまた尻餅をつく。

「待てよ、待てって。ショーが終わると親父が来た。『まあ、それでいいのかもな』って言うんだ。つまり、結局のところ、俺たちのショーに新しい本を入れる必要はないかもしれない。つまり、新しい本を覚えられるほどの記憶力は俺にはないかもしれない。俺が学校に入れなかったのには理由があるのかもしれない。そのページがなくなってることを、親父は知らなかった。だから『それでいいのかもな』で終わりだった」

「なあコプチェ」とゴゴは言う。「実際それでいいのかもな」。ワインの大瓶を持ち上げて振って、空っぽだと確かめる。三リットルの聖なるワインが、なくなっちまった。

「今、何て言った?」と俺は言う。するとゴゴは唸りながら言う。「わかるだろ? まさにぴったりの話だ」

でも俺にはわからない。何ひとつわからない。

「なあコプチェ、要するにさ」とゴゴは言う。「おまえは大昔の本を暗記してる――歴史だか地理だか、何でもいいけどさ。おまえはすごいっていう新聞記事もある。けどさ、それを抜きにしたら、今まで何をやってきた? そりゃ確かに、教会で老人の息の根を止めたよな。でもさ、マジな話、今までおまえがやってきたのって何だ?」

「おまえのおばさんは? おばさんは数に入るのか?」

「おまえさ、この先は〈驚異の執念ラド〉で生きてくってのか?」

そんなこと聞かされても、面白くも何ともない。「ちょっと待てよ、コプチェ」と俺は言う。「俺が史上最高の頭のいいガキだってことが信じられないってのか?」俺は立ち上がり、ふらついて、また転ぶ。ゴゴの目の前に指を突きつけてやりたくてしょうがないが、指を振るその先にやつの顔があるのかどうかもわからない。「聖書の最後の言葉は『アーメン』、最初の言葉は『初めに』だ」と俺は言う。「ダチョウの目は脳よりもでかい。イギリスでは、白鳥はすべて女王のものだ。ウィンストン・チャーチルは舞踏会の最中にトイレで生まれた。スターリンには母親がいなかった。伯母さんが産んだんだ。ヒトラーは生まれたときから歯が全部生えそろってて、詰め物が四つと歯冠がひとつあった」

「そうとも」とゴゴは言う。「タブロイド紙ってのは知識の泉だもんな」

「インチキの泉だ」と俺は言って、吠える風と、群衆のシュプレヒコールに耳をすます。すると何かが、コオロギみたいにポケットで鳴り出す。スヴァルカで巻き上げた、あの金持ち少年のポケベルだ。**息子《デチュコ》よ、帰っておいで、**とある。**ママがキョフテを作ったから。**

「ママがキョフテを作ったから」と俺は言うと、暗がりにポケベルを投げ捨てる。それを何度も繰り返してると、意味は腐って言葉から落ちていく。「コプチェ」と俺は言う。「俺のチップを見といてくれ。小便してくる」

俺はどうにか立ち上がる。さっと引っ張ってシャツをはだけると、燭台が足元にガラガラと落ちる。蹴り飛ばそうとするが、空振りする。門を開けようとするが、できない。上に行くしかないらしい。俺は教会のなかで小便するような人間じゃない。ってことで木の階段を上がっていって、テンジクアオイの鉢を探す。でも、近所の人たちは鉢を全部しまいこんでる。だから俺は上がっていって、もうこれ以上登れないところ、風が顔に切りつけてくるところまで来る。鐘が吊り下がってるところに。大きな白い雪の塊が降ってる。下には柳の木々と――俺の足元に、百万人、二百万人、八百万人。同胞のブルガリア人たちが。

誰かが鐘を鳴らしたら、きっといい感じだろう。酋長的だ。いや、象徴的だ。でも俺は、降りしきる雪と、俺のポケットのなかや俺の足元でコオロギみたいにまだジャンプしてる人々をただ眺めてる。ジャンプしろよ、哀れで病んだ野郎ども――いや、兄弟たち、と言うべきか。ママが俺たちみんなのためにキョフテを作ってくれたぞ。俺が跳べと言ったら跳べ。俺が片手を上げたら。変化を求めてるって証明してみせろ。自分たちはアカじゃないんだって。

「ゴゴ」と俺は怒鳴る。「まだ信じられないか？　俺が何をやれるか見てみろ」

俺は出っ張り部分によじ登り、ズボンのチャックを下ろす。ベルトが銅でできた鐘の舌みたいに手すりに当たる。

ごめんよ、親愛なるブルガリアのみなさん。ほら、先に謝っとくからさ。でも、もう全員を覚えたからな。みなさんひとり残らず。だから気をつけろよ。この少年は腎臓結石持ちなんだ。

夜の地平線

1

初めて娘を抱いたとき、彼女は父親の片手の手のひらに収まる石のように小さかった。糸で通したタバコの葉でしみがついた黄色い手のなかで、目も開かず、血にまみれて、静かにしている娘。父親が取り上げたとき、彼女は泣き声を上げなかった。息もしていなかった。そのときの彼女は、ただの血まみれの石だった。父親が揺すって顔を叩くと、彼女は泣き出し、息をした。

父親は天井に向けて娘を高々と持ち上げた。まるで、神は目が悪いので、娘が寝ているところはよく見てもらえないとでもいうように。父親は娘の名前を呼んだ。ケマル。それは実は彼自身の名前だったが、父親は誇り高い歌のようにそれを繰り返し、天国《ジャンナー》にいる天使たちにきちんと聞いてもらって名簿に正しく記してもらおうとした。

「女の子に男の名前をつけてはいかん」とモスクにいる先生《ホージャ》は彼に言った。

「もう遅い」と父親は言った。「もう書いてもらった」

2

ケマルの父親は、ロドピ山脈の奥深くでバグパイプを作っていた。カバ・ガイダと呼ばれる、両腕で抱えて演奏する巨大な楽器で、低い単音で物悲しい響きを持つ。父親は中庭に工房を構えていて、そのなかにケマルのゆりかごを置いた。彼は指管やリードの穴を開け、山羊の皮を穿《うが》ち、バグパイプ用のふいご《メフ》にした。

「のこくずを吸いこませよう」。彼はよく娘の母親にそう言った。「のこくずをこの子の血管に流して、心臓に送り出させるんだ」

ケマルがまだ幼かったとき、父親は工房の隅にある三本足の椅子に娘を座らせ、鑿《のみ》を持たせた。父親は指管の側面に小さな半円を彫りこむやり方を教え、自分なりの模様を作るようにと言った。「可愛い模様にするんだぞ」と言われたケマルは、来る日も来る日も、旋盤に屈みこむ父親のそばで、小さな半月と遠くの星のような点々を木の空に彫りこんだ。指を刺してしまうことも、切ってしまうこともあった。だが、一度も泣かなかった。ただ道具を地面に置いて父親のところへ行き、赤くなったのこくずがねとついた指を父親の口元に差し出した。すると父親は汚れた血を吸い出し、痛みを床に吐き出した。そして娘に、その血をヘビの頭だと思ってかかとで踏みつけろと言った。

ケマルが少し大きくなると、父親は指管に使う木の選び方を教えた。村の外に連れていき、タバコ畑につづく細い道を進んで、さらに上の牧草地沿いに歩き、ミズキの木を探した。これだという木を見つけると、父親は枝を一本かじって味を確かめ、ケマルもそれを真似した。味が苦いほど木は硬いと父親は言った。木が硬いほど、やわらかい音が出る。とても硬い木だけが音楽を奏でられる。そして父親は斧でその木を切り倒して枝を落とし、その枝をケマルが紐で結わえ、抱えて家まで運んだ。ふたりは工房で幹を乾燥させた。音楽を奏でるためには木を乾かさなくてはいけないのだ、とケマルは学んだ。

冬のあるとき、ふたりは凍ったひと抱えの枝を隅に積み上げ、暖かい小屋に数日間置いておいた。そしてある朝、ケマルは枝から花が咲いているのを見つけた。犬の糞の臭いを放つ大きな白い花がいくつもついていた。「これは兆しだ」と父親は言うと、ケマルに手伝わせて枝の山を火にくべた。

3

ケマルの父親は娘の頭をいつもきれいに剃り上げていたが、ケマルはそうされるのが好きではなかった。鏡に映る自分の顔が嫌いだった。頭に巻いたスカーフからロープのように垂れている、母親のふさふさとした黒い編んだ髪が好きだった。だが、ケマルはその髪に触れることも髪を編むことも許されなかった。

「そんなばかなことはもういい」。あるとき、毛糸の靴下を作るための糸を紡ぐ母親の髪を日よけの下でケマルが櫛で梳いていると、父親はそう言った。「バグパイプが待ってるぞ」

村の子どもたちはケマルを笑いものにした。頭はトカゲみたいにつるつるで、山羊みたいな匂いがするし、父親は頭がおかしいと言った。まともな頭の父親なら、娘に男の子の名前をつけたりするか？　もしケマルが本当に女の子なら、どうしてシャーミーヤを着ていないのか？　頭にスカーフを着けない女をアッラーは嫌うことを知らないのか？　アッラーはそんな女の頭のなかに腹ぺこのウジ虫をわかせて、内臓を食わせてしまうんだぞ。

「何をばかな」。ケマルが訊ねると、父親はそう言った。「おまえはバグパイプ作りだ。バグパイプを作るためには、男の名前が要るんだ」。そしてケマルをモスクに連れていき、先生《ホージャ》が「きみはアッラーを怒らせている！」と叫んで娘を入れるのを拒否してもそれには構わず、大声で笑って娘をなかに押しこんだ。ケマルは父親と並んで祈り、あとで工房に戻ると、クルアーンの韻文を父親に教えてもらい、バグパイプを作りながらそれを暗唱した。作業がはかどるように。より美しい音が出てくるように。

ケマルが六歳のとき、自分用のバグパイプを作ってみるようにと言われた。片腕で抱え、肘で空気を押し出せるくらいの小さなものだった。父親は何か月もかけて、安定した音を出すやり方だけを教えた。旋律はなく、ただ一定の空気を送り出すだけ。最初、ケマルはうまくできなかった。寝床に入ると、まくらをふいご《メフ》のように抱え、強すぎず弱すぎない押し方を練習した。そしてある日、彼女の剃り上げた頭に、父親はのこくずだらけの手を置いた。

「そうだ」と父親は娘に言った。いつの日か自分の名前さえも忘れてしまったとしても、バグパイプの押し方は絶対に忘れないだろう。それから、古新聞で窓をすべて塞ぎ、自分もカバ・ガイダをひとつ手に取ると、いっぱいに膨らませた。「何も考えるな」と父親は言った。「ただついてこい」

金切り声が爆発した――小さな工房には大きすぎる調べは、草や牧草地を欲していた。音がのたうち回り、大破して粉々になり、それから隅で丸まる様子は、目の前にいるのが飼い主だとわかったときの野犬のようだった。

「これでおまえは音楽の征服者だ」と父親は言った。

そうして、ふたりは一緒に演奏した。何日もつづけて、何時間も。旋盤のまわりをぐるぐると踊り、言葉の影を顔に浮かべ、ケマルの胸は燃え上がり、指は病んだ歯の根元のように充血していた。そしてふたりが生まれ変わって工房から出てくると、空気は爽やかで、夕暮れの光が鮮やかに射していた。

父親の腕に守ってもらわなければ失明してしまう、とケマルは思った。

だが、父親は守ってくれなかった。「抱きしめるというのは女の子のためのものだ」と決まって言った。

4

ケマルが十歳のとき、母親は街に去っていった。いなくなる前、母親はケマルの部屋に入ってくると、バグパイプを脇に置くように言った。「具合がよくないの」と言うと、片手をお腹に当てた。「キスしておくれ。そうすれば気分がよくなるから」。母親の顔は土気色だった。ケマルが口づけすると、母親の汗はミズキの花の味がした。「気分よくなった？」とケマルが訊ねると、「よくなったよ」と母親は答えた。

それからまる一週間、ケマルの父親は工房に閉じこもった。だが、旋盤は回らず、金槌の音はしないままだった。どれほど頼みこんでも、父親はなかに入れようとはしなかった。ケマルは牛乳とひき割りトウモロコシを煮て夕食を作り、木のお椀に入れて毎晩工房の入口に置いた。母親から料理をろくに教わっていなかったので、ひき割りトウモロコシはいつもダマになってしまった。それでも、朝になるとお椀は空になっていたのでそれを洗い、今度は朝食を入れた。ニワトリに餌をやり、何かのせいで二羽は死んでしまったとはいえ、それなりにうまく世話をした。菜園を鍬《すき》で耕した。紺色の夜空に網を描くコウモリを眺め、ミナレットから先生《ホージャ》が村じゅうに祈りを呼びかける声に耳をすませた。のこくずや冷たい鑿が恋しかった。それに、話し相手はひとりもいなかった。そこで、沈黙があまりに重苦しくなると、ケマルは村から峡谷や川の上のほうに歩いていき、自分のバグパイプを演奏した。彼女が奏でる音は甲高く流れていき、向こうの峰にぶつかり、くぐもった音で戻ってきた。まるで、もうひとりのバグパイプ奏者が彼女に応えているかのように、父親が丘の上から演奏で応えてくれているかのように。

二週目になって、ケマルの父親は工房から出てきた。別人になっていた。抱き上げられたケマルは、父親のひげを引きちぎろうとした。その下に本当の顔が隠れていないかどうか確かめたかった。父親は娘をモスクに連れていき、母親のために祈るようにと言ったが、ケマルは別のことを祈った。家に戻ったら、工房に父さんが鍵をかけてしまいませんように。ひげを剃ってくれますように。

5

初めて学校に行く日、ケマルは雄鶏が鳴くよりも早く目を覚ました。家から出ると、父親は幸運を願って娘の足元に水をまいた。母さんに見せてやりたかったな、と言った。ケマルは白いシャツと黒いズボンという格好だったが、靴は従兄のお下がりだった。「少し足を引きずって歩け」と、靴が脱げてしまわないように父親は言った。校庭に行くと、彼女は紙でできた白と緑と赤の国旗を渡され、ほかの子どもたちと一緒に並んだ。旗の柄が綿あめの棒のようだったので、かじっていると教師のひとりに叱られた。「野蛮人《ディヴァク》」と、ケマルが男の子だと思ったその教師は言った。ケマルは今にも泣きそうだった。だが、父親がみんなに言っていたことを思い出した。「俺の娘は涙なんか知らない。生まれたときだって泣かなかった」。そこで、その教師が見ていない隙に、ケマルは旗の棒の一部を噛みちぎり、歯で砕いて飲みこんだ。それまでたくさんの人が触ってきたせいで、柄のかけらはしょっぱい味がしたが、教室のなかに連れていかれるころには柄の半分を食べてしまっていた。詩を暗唱する順番が回ってくるころには、旗にかじりついていた。生徒たち全員が同じ詩を暗唱した。教師がひと月前にケマルの家にやってきて、彼女も一冊持っていることを確かめていた。イヴァン・ヴァゾフ作の古典だった。「私はブルガリア人」と、その詩は始まる。私は小さなブルガリア人。自由の国に住んでいる。ブルガリアのすべてを慈しむ。私は勇敢な部族の息子。「勇敢な部族」と言ったとき、ケマルは咳きこみ、旗のかけらを吐き出した。唾液で旗の色が落ち、濡れたかけらは猫の舌のように床に広がった。子どもたちはどっと笑い出した。教師はケマルに家に戻って父親を連れてくるようにと言った。

校長室からの帰り道、父親は言った。「おまえが覚えた詩のことは忘れろ。誰が何と言おうと、おまえはブルガリア人じゃない。おまえはトルコ人として生まれたし、全能なる神に呼ばれたときにはトルコ人としてその前に立つんだ。『ケマル』と、全能なる神は言うだろう。『詩をひとつ暗唱してみよ』。ケマル、地獄《ジャハンナム》に落とされてイバラの木からイバラの棘を食べないためには、神に何と言う?」

「全能なる神よ、どの詩のことですか?」とケマルは答えた。怖くて父親を見られなかった。「わたしは詩なんて覚えていません」

6

ケマルの母親もまた、別人になって帰ってきた。

まだ幼かったころ、ケマルは父親に頼まれて、父親の古いシャツに干し草を詰めこんで菜園用のかかしを作ったことがあった。今、家の戸口にいる母親は腰が曲がり、痩せ細り、下腹に片手を当て、皮膚は傷んだタバコの葉のような色で、スカーフの下から覗く頬骨は尖った石のよう、顔はオオカミのようだった。その姿を見て、ケマルは自分で作ったかかしを思い出した。かかしにはもっと干し草を詰めるべきだった。

それ以来、ケマルはほとんど母親の姿を見なかった。母親は朝食も夕食もとらず、ケマルは話しかけることも、手を握ることも許されなかった。母親の部屋にはいつも鍵がかかっていた。

一緒に演奏できればと思ってバグパイプを吹くと、父親から押しのけられ、静かにしろと言われた。だが、静かであることはなかった。扉が開き、閉じる音。トイレで水が流れる音。ケマルの母親が部屋のなかでしくしくと泣く声。父親がなだめようとする声は、母親を落ち着かせるものであっても、ケマルには怖ろしかった。どうして、わたしにはそんな声をかけてくれないの？　どうして父さんは母さんの手を握ってもいいのに、わたしはだめなの？　母親が泣いていないときでも、父親の声がするとケマルは眠れなかった。

夜、彼女はバグパイプを抱き、ふいごが胸であるかのように顔をうずめ、指管をくわえてその山羊の匂いを吸いこみ、アッラーがすべてを静かにしてくださるよう祈った。

あるとき、母親がシャワーを浴びている隙にケマルは部屋に忍びこみ、包装された注射器がいっぱいに入った引き出しを漁った。部屋全体は樟脳のような、糞尿のような匂いがして、床には大きなビニールシートが敷かれて敷物が汚れないようにしてあった。隅にナイロンの小袋が入った箱を見つけたケマルは、そこに息を吹きこんで音を鳴らそうとした。

扉が開き、バスローブ姿の母親が入ってきた。頭は禿げていて、ケマルのようにきれいに剃り上げられてはおらず、ところどころ髪が残っていた。バスローブの下に、ケマルが手にしているのと同じような袋をひとつ持っているのがわかった。

「髪をどうしちゃったの?」とケマルは訊ねた。

「本当はそれほど悪くはないんだよ」と母親は言った。

ふたりは無言で見つめ合った。バスローブの下から水がしたたり、ビニールシートにぽたぽたと落ちた。

7

タバコの収穫期だった。ケマルが窓の外を眺めると、日の出の前でまだ暗い道は、荷車や人々でごった返していた。女たちの歌声や、リュックサックに入っておんぶされた眠たげな子どもたちが騒ぐ声がした。石油ランプや松明が燃え、ガタゴトと進んでいく荷車や、山を登っていく人々は、ぶつ切りにされたばかりのヘビのように見えた。体の断片が、どれもつながりはしないまま別の断片を追いかけていく。

だが、ケマルはタバコの葉摘みをしようとはしない。

父親はふたたびバグパイプ作りに精を出すようになっていた。「俺たちには金が要る」と母親に言っているのを、ケマルは耳にしていた。「もし何かあったら、この指管を吹いてくれ」と母親に伝えていた。そこで、ケマルは工房で父親を手伝って注文をこなそうとした。地域にある三つの学校のために、バグパイプを三十個。ふたりは午前中に作業をしたが、あまりはかどらなかった。父親はしばしば手を止めては、静かにしろとケマルを叱った。「指管が鳴ってるのか?」と父親は言った。昼食の時間になると母親の世話をしに行き、ケマルは仕事をつづけた。まわりには山羊の皮が山と積まれ、ふいご《メフ》に変わるのを待っていた。乾いたスモモやミズキの古い木が隅にあり、いくつかある箱には、飾りのための水牛の黒い角が真昼の日光を浴びて輝いていた。工房にいるのは気分がよかった。山羊のチーズと白パンの食事もそこですませ、汗をかいた瓶から井戸水を飲むと、のこくずが渦巻いて瓶の側面にへばりついた。

「昔の親方たちから聞いた話がひとつある」と、父親はあるとき言った。「百個のバグパイプを病気の人に向けていっせいに演奏すれば、死を追い払えるそうだ」

バグパイプ百個ってものすごい数だよ、とケマルは父親に言いたかった。百個分の皮を、わたしたちどうやって一度に見つければいいの?

その夜、ケマルは父親が梨の木の下から料理用の大きな鍋を掘り出すのを手伝った。鍋には丸めた札束が詰まっていた。その金でふたりはもっと皮を買うつもりだった。その週、父親は三つの学校からの注文に断りを入れた。だが、校長たちに宛てた電報では、もらっていた前金のことにも、共産党の資金ですでに購入していた生皮のことにも触れなかった。

8

注文を断ってから一週間後、在郷軍の軍曹が工房に立ち寄った。一家はブドウの格子棚の下に軍曹の席を用意し、ケマルは父親に言われてひしゃく一杯の井戸水を取りに行った。彼女が軍曹に瓶で一本、父親にも一本水を注ぎ、見守っていると、父親は震える手で瓶を持ち上げ、軍曹は鳥のようにちびちびと啜った。

「いい水だな、これは」と軍曹はケマルに言った。「喉が渇いていてね」

彼女は軍曹のホルスターに入った銃に目を奪われたまま、何も言わなかった。父親は咳払いをすると、もっと水をくれと娘に頼んだ。

「党から指令が出ている」と軍曹は切り出した。「政治局から直々にだ。残念なことだが、逃れようはない。私は朝から一軒一軒回って、人々に知らせている。ひどい話だとは思うが、私にそれを言われてもな。政治局から直々の、党の指令だ」。そして軍曹は一家に伝えた。ポマク人であれその他のイスラム教徒であれ、国内のすべてのトルコ人に、新しくブルガリアの氏名が与えられる。ブルガリアに住んでいるなら、ブルガリアの名前を名乗らねばならない。それがいやなら、トルコに去ってもらって構わない。「明日、広場に来るように。パスポートを取得してもらうためにバスが出て町に連れていってくれる」

「だが、妻は病気で寝たきりで、バスには乗れない」

「私にそれを言われてもな」と軍曹は言うと、立ち上がって敬礼した。

9

雨が降りしきるなか、一家はバスに乗ろうと待っていた。広場には庇がなく、一家は傘を持っていなかったので、ケマルの父親は山羊の皮を持ってきていた。震える片手でケマルの母親の上にそれを持ち上げていたが、なおも雨は激しく打ちつけた。みんなの目が自分たちに注がれているだろうと、ケマルにはわかっていた——ゼイネプの青白い顔ときたら、と人々は母親のことを言うだろう。病気に体内を蝕まれ、アッラーに呪われてしまった。そこでケマルは山羊の皮の下に隠れ、自分も眺める側に回った。風はなかったが、母親は頭を覆うスカーフの両端を片手でしっかりとつかんでいた。もう片方の手では長衣を押さえていた。その下にはナイロンの小袋があるのだろう、とケマルは想像した。病気持ちのゼイネプは、斑柄の山羊のようだった。寒さのなか湯気を立て、服は乾いているところと濡れているところが点々としている。

バスが到着した。父親が山羊の皮を下ろすと、溜まっていた雨水がすべて母親にかかった。笑い声が上がったので、バスのなかでケマルは両親から離れて後ろのほうに座った。何もかもが濡れたヘッドスカーフか濡れた口ひげの匂いがし、窓は人々の吐く息で曇った。ケマルが袖で窓を拭って小さな瞳のような形を作ると、山腹を走る泥水の流れがいくつも見え、そしてまた窓は曇った。バスは何度か停車してさらに人々を乗せていき、何度か彼女の母親が茂みで吐けるようにした。ケマルは匂いのきつい山羊の皮をかぶり、音を聞いていた。

「昨日の晩、夢を見たよ」と言っている男がいた。「俺は何かの列に並んでた。口はカラカラでひび割れて、腹はゴロゴロ鳴ってた。そりゃ長い列だった。人が一本の線というより縄みたいに並んでた。耳に入ってくるものといえば、タバコの葉の芽が出るみたいな具合に髪が逆立つほどの叫び声だった。ところがそいつは叫び声じゃなくて、待っているせいで腹ぺこになった百万の腹が鳴ってる音だった。やっと俺の番になったら、目の前にいるのは俺のじいさんだった——巨人みたいにでかくて、蠟で固めた口ひげが油を塗った蹄みたいに黒光りしてて、端のほうはねじれて雄羊の角くらいの大きさになってた。じいさんの後ろには、世界並みに広い天国の門が輝いてた。じいさんが片手で持ってるお盆にはイチジクが載ってて、すっかり熟れて果汁が川になって溢れ出してて、もう片方の手にはイバラの木のお盆があって、苦い地獄の実が載ってた。『少年よ、おまえの名前は?』とじいさんに言われて、その声で俺は膝から力が抜けてしまい、熟れたイチジクのせいでさらに激しく腹が鳴った。俺は名前を言った。『メフメドです』とね。『おじいさん、だからイチジクをください。善きほうの扉に通してください』。すると巨人は『メフメドか?』と言った。その瞬間、口ひげがほどけたんだ。そして手に、俺のおふくろの手になって、俺の乾いた唇にイバラの玉を当ててきた。『おじいさん、これはイバラの玉だよ』と俺が叫ぶと、巨人は笑い出した。『『裏切り者よ、ならば名前を変えるがいい。それをイチジクと呼んで、地獄《ジャハンナム》でたっぷり味わうがいい』」

これを聞いて、バスに乗っていた女たちは泣き始めた。だが、その長ったらしい話を聞いて怯えるどころか楽しんでいた男たちは、大声で笑って手を叩いた。「あの酔っ払いの話など聞いてはだめだ」

と、ある老人がケマルに言った。彼女が山羊の皮をかぶって震えているのを見ていたのだろう。彼女の唇は乾いてひび割れ、お腹が鳴っていた。するとその老人は口ひげをひねり、屈みこんでケマルに訊ねた。「少年よ、おまえの名前は?」すると、まわりにいた男たちはまたもや吹き出した。

10

在郷軍の担当課では、列が三階にまで達していた。彼女は母親と一緒に待たされた。廊下は薄暗く、色も輪郭もよく見えなかったので、母親はまる一年ぶりに穏やかと言ってもいい様子に思えた。ケマルはそのとき、母親の手を握りたかった。スカーフをそんなにきつく握ってなくていいよ、髪のない頭なんて気にすることないよ、と伝えたかった。そうする代わりに、ケマルは誰かに渡されたノートを持っていた。そこには何ページにも渡って、次のような名前が書いてあった。ありふれた名前。ブルガリア人の女性の名前。アレクサンドラ、アネリア、アンナ、ボリスラヴァ、ボリャーナ、ヴァーニャ、ヴァセリナ、ヴィヤラ。

三時間かかってようやく、ケマルの番になった。

「そこで何があっても忘れるんだぞ」と父親は言った。それからケマルが部屋に入ると、机がひとつあり、その後ろに座っている男は本に名前を書きこんでいた。隅には枯れたイチジクの木、壁にはトドル・ジフコフの肖像画が傾いて掛かっていて、床はほかの人々の長靴で泥だらけになっていた。

「どの名前を選んだ?」その男は指を舐めてページをめくり、彼女のほうを見ずに訊ねた。自分にはもう名前がある、とケマルは言った。誰も無理強いはできないのだと。党であっても、在郷軍であっても。

「四百人がおまえの後ろに待っているんだぞ」と男は言い、ようやく彼女を見た。

そこでケマルは「ヴィヤラ」と言い、男は名簿にそれを書いた。

家に戻るバスで、ケマルはその新しい名前を繰り返し口にしながら、窓に映る自分の顔を見ていた――窓の向こうには山が見え、スカーフをかぶった彼女の頭も見え、顔には霧雨のヴェールがかかっていた。ケマルは新しい名前を悪くないと思い、何度も繰り返し口にした。そして、父親が山羊の皮を下ろし、溜まった水で母親が濡れてしまったことを思い出した。ケマルは笑い出した。笑いながら両親の座る席に歩いていき、ふたりのあいだに座った。

父親はすっかり怒り心頭だろうと思っていた。ところが、父親は静かに窓の外をじっと見つめていた。もう別人だ、とケマルは思い、片手を父親の膝に、もう片手を母親の膝に置いた。

「はじめまして」と彼女はふたりに言った。「今はどちらさまですか?」

11

生きている者ばかりではなかった。

ふたりでバグパイプを作っていると、近所の人が来て教えてくれた。

「ルーファト、おまえがそんな安っぽい嘘を広めるとはな」とケマルの父親は言ったが、それでも突き錐を持ったまま村から駆け出していった。ケマルもそのあとを追いかけた。

どの墓のどの石も、石膏で覆われていた。新しい名前が鑿で刻まれているものもあれば、まだ何も書かれていないものもあった。ケマルの祖父には新しい名前がつけられていた。祖母は名前のないままだった。父親はまた別の小さな墓石のそばに膝をつき、真新しい石膏を指でなぞった。人々が次々に集まり、列の奥では根掘り鍬を持った男がひとり、自分の父親の墓石を叩いていた。男はその石を粉々にすると、地面を掘り始めた。

ケマルの父親が錐で石を突いていくと、じきに石膏が崩れた。父親が指を舐め、ひと文字ずつ磨いていくと、墓石にはケマルの前の名前があった。父親が磨いていたのは歳月だった。だが、そこは彼女の墓ではなかった。そのなかに横たわっている男の子は、わたしの歳の半分も生きられなかったのだろう、とケマルは思った。

列の奥では、根掘り鍬を持った男がいまや上半身裸になり、両手は肘まで泥だらけになりながら地中から骨を取り出し、そばに広げたシャツの上にひとつひとつ置いていた。

12

ふたりはバグパイプ作りに励んだ。昼も夜も休みなく。ケマルの指から血が出ても、父親はもう口づけをしなかった。「俺の指からも血が出てる」と言うのが常だった。クルアーンと自分の良心に背いて酒を飲むようになった。ときおり、疲れていると、ケマルは指管に大きな穴を開け、リードをつぶし、マウスピースを折ってしまった。

「新しい名前をつけられたせいで不器用になってるんだ」。そのたびに、父親はかっとなってそう言った。「バグパイプを作るには男の名前が要る」と。最初はケマルの首の後ろを軽く叩くだけだったが、じきにたがが外れた。ケマルは毎日殴られた。

ふたりが掘り出した金は、山羊の皮百枚には足りなかった。そこである夜、父親はケマルを連れて、子山羊を盗むために囲いに行った。

ふたりで村を出たとき、月は出ていなかった。白海から吹きつける一陣の暑い風が顔に当たり、ケマルの唇は舐めるたびにひび割れていった。そこで、彼女は舐めつづけた。母親の放つ悪臭を嗅いだあとでは、本当に爽やかな塩と海藻の匂いだった。ふたりは丘を上り、牧草地を横切った。風は麝香のような匂いに変わった。遠くでは、焚き火から火花が散るのが見えた。松の薪から高く舞い上がっている。その火のまわりで、羊飼いたちは酔っ払って寝転がり、ふたりが近づいてきても気がつかないことをケマルは知っていた。犬たちが吠え出したが、風がなじみのある匂いを鼻先に運んでいくと、また静かになった。ふいご《メフ》にする皮を買いつけに、ケマルの父親はよくこの囲いに来ていた。ケマルはこの犬たちと遊び、ラバのように背中にまたがっていた。かつて赤ん坊だったとき、その焚き火のそばで、山羊の乳を入れる桶で父親に体を洗ってもらったときは、その犬たちが彼女の体を舐めてきれいにしてくれたものだった。

ケマルはナイフをしっかりとくわえ、囲いの垣根を乗り越えた。山羊たちが夢見るように口をもぐもぐ動かしたり耳をはためかせたりしている群れのなか、彼女は静かに立っていた。垣根の向こうには火が見え、羊飼いたちのいびきと、犬たちが気だるげにくんくん鼻を鳴らす声、麻ひもで結わえつけた低木の列に当たってくぐもる突風の音が聞こえた。暗闇のなか、父親は子山羊を探していた。バグパイプのふいご《メフ》に使えるのは子山羊だけだ。成長して交尾できるようになった山羊の皮は臭いがきつく、バラの香油でもごまかせない。

ケマルは四つん這いになり、ナイフをくわえたまま、よだれを垂らしながら暗闇を進んでいった。一頭の子山羊に行き当たると、父親から教わったとおりにくるりと転がして仰向けにし、後ろ脚の上に座り、前脚を片手でつかんだ。下腹に穴を開けたときも山羊は鳴き叫ばなかった。ケマルはその臭いを吸いこんだ。山羊は耳をはためかせた。ケマルが山羊の腹に深く片手を差しこむと、触れられたカタツムリの角がびくっと縮むように、生温かいぬめりのある感触に指が反応した。腹のなかを探ると、空気ではなく反芻中の牧草で膨らんだ袋《メフ》があった。そして、脈打つ心臓をつかんだ。山羊は軽く脚をびくつかせ、彼女が鼻面をつかむと首を伸ばした。

暗闇のなか、父親が背の低い草の上を腹ばいで進み、山羊たちの心臓を止めていく音を彼女は聞いた。鼻に干し草と花が詰まって笛のような高い音がし、深く規則正しい呼吸が聞こえた。父親の姿は見えず、見る必要もなかった。その手が自分を殴るのだとは想像もできなかった。暗闇では、ケマルがいつも覚えているような父親だった。

その夜以降、ケマルは盗んできた山羊の皮を工房で積み重ね、その上で眠った。夢のなかで、ハブやリード、指管やふいごが、鼓動する心臓のように、握りしめた彼女の手のなかで脈打っていた。そして、夢のなかでケマルが握っていたのは母親の心臓だった。すると、彼女はいっそう力をこめてそれを握った。

13

バグパイプを七十個まで作ったところで、在郷軍の車がまた工房にやってきた。三人の男と、ケマルが井戸水でもてなした軍曹がいた。「同志、よく聞け」と軍曹はケマルの父親に言った。「山羊の囲いにいる羊飼いたちから、山羊が何頭か盗まれたという通報があった。そこで我々が、言ってみれば羊毛の糸をたどってみたら、どこに行き着いたと思う？　あんたが購入した皮の領収書を見せてもらえるかな」

「失くしてしまった」とケマルの父親は答えた。

「あんたのパスポートは?」

「燃やしてしまったかもしれないな」

「同志《ロショ》、残念だ《ドルガリュ》」と軍曹は言った。ケマルが見守っていると、軍曹は箱のあいだを歩いていってそっと蹴り倒した。リードや指管が木の床にこぼれ出た。軍曹は少し屈んで彼女と向かい合い、親指を舐めると、ケマルのひび割れた唇から乾いた血を拭った。「どうして唇が切れているのかな?」とケマルに訊ね、それから彼女の両手を取って爪を調べた。「それに、どうして爪から血が出てる? お父さんは早くお金を稼ごうとして焦っているのか?」軍曹は歩き回りながらバグパイプを数えていった。それからケマルの父親に、署に戻ってコーヒーでも飲んで、よかったらゼリー菓子でもつまみながら話をつけようといった。手錠を父親に渡し、自分で手首にかけてくれ、と穏やかな口調で言った。

14

それからは、ケマルが母親の世話をした。暗くなれば、隣人たちの柵を飛び越え、彼らが飼っている山羊の残り乳を搾った――瓶に半分程度だったが、ときどきいっぱいになることもあった。盗みを働くことに良心は咎めなかった。父親が連行された今、近所の人たちは誰もケマルの様子を見に来なかった。母親の調子はどうかと訊ねてくることもなかった。だから、彼女はダマだらけのひき割りトウモロコシの粥かポパラを料理して、母親がいやがっても食べさせた。夕食にスプーン二十杯、昼食には十杯。

　在郷軍の車が父親を連れて帰るのを、ふたりは待ちつづけた。

「あれはエンジンの音？」と母親はよく言った。

　ケマルはシャワーの下に三本足の椅子を運びこみ、母親が座れるようにした。母親の裸を見ることには耐えられなかった——痩せ細った腕と脚、腫れた膝頭、禿げ上がって光る頭、そして下腹に開いた、小袋につながる穴。

「そこまで悪くはないんだよ」と母親はケマルに言った。「ずいぶんよくなってる」

　鏡で自分の頭皮を見ることに、ケマルはもう耐えられなかった。そこで髪を長く伸ばした——最初はごわごわした感触で、豚の毛のようだったが、しばらくすると柔らかくなった。髪が首や頬やまぶたをくすぐる感触は好きになれなかったが、髪の房を指で梳いたりねじったりするのは好きだった。

　ケマルは母親から古い櫛をもらい、毎朝一時間かけて戸口で髪を梳いた。

「髪を触らせて」と母親が頼むこともあったが、手を上げて髪に触れようとすることはなかった。母の手は毛布の皺を伸ばすだけだった。「きれいな髪ね、ケマル。わたしの腰まであったの、覚えてる？」

　ときどき、ケマルは村から山の上にバグパイプを持っていき、こだまを相手に演奏した。あるとき、眼下の道路で、バンパーをくっつけ合うように走っていく車が何台も見えた。マットレスや椅子や木製のベビーベッドを屋根にくくりつけた、青、緑、黄、赤の車。山から流れ出していく血。男たちがトルコに脱出する話をしているのをケマルは聞いたことがあった。そこで、自分は赤い車に乗っているのだと想像してみた。車はスピードを上げていく。目の前には、きれいで、なめらかで、果てしない道路だけがある。父親が運転し、母親は助手席にいて、ケマルは後ろで大好きな曲を演奏している。

斜面の下では、村より高いところにある集落の人々が、家財をラクダのように背負って運んでいく姿が見えた。男も女も子どもも、めいっぱい荷物を持っていた。女の人がひとり足をすべらせ、背中にくくりつけたものがばらばらになり、彼女もろとも斜面を転げ落ちていった。フライパンや鍋やスプーンや、ひしゃくや金属の皿が荒々しく跳ね、日光を反射して金貨のようにきらめいた。そこで、ケマルはバグパイプで歌を奏でた。**小石が山を転がり落ちていき、兄弟を集める。下の谷ではストヤンが百頭の白い羊を集めている。**「**小石よ、転がらないでくれ**」とストヤンは頼みこむ。「**兄弟を集めないでくれ。息子ふたりをくれてやるから、小石よ、白い羊たちだけは助けてやってくれ**」

15

ある夜、ケマルは母親に呼ばれた。「ケマル、もうじきわたしは慈悲深い御方のもとに行くことになる。だからひとつお願いがあるの。バグパイプをひとつ持ってきて。わたしの息を吹きこんでおきたい」。ケマルが自分のバグパイプを持っていくと、母親は赤ん坊のように両腕で袋を抱え、吹管に唇を当てた。か弱い息が漏れ、袋はほんのわずかに膨らんだ。「ケマル、父さんとの馴れ初めを話したことはあったかしら。そのときわたしはまだ十六歳の女の子だったけれど、父さんは結婚の約束をしてくれていた。わたしは近所の男の人と結婚する話になっていて、その人の歳はわたしの倍もあったけれど、お金持ちで、畑を五つ持っていて、メッカに巡礼したこともあった。で、ある夏の夜、わたしは泉のところに行って――村の外れに口当たりのいい水を出す泉があったから――そこで水を汲み始めた。後ろで足音がするから振り返ってみると、父さんがいた。シャツの前をはだけていて、髪はぼさぼさで、顔はのこくずと汗まみれでね。腕にバグパイプをふたつ抱えていた。『俺はバグパイプ作りなんだ』と父さんは言うの。『ひとつ吹いてみてくれ、もうひとつを俺が吹くから。ふたつ一緒だとどんな音になるのか知りたいんだ』。そこでわたしがひとつ、父さんがもうひとつを膨らませた。たったふた息で膨らませてみせたのよ。『俺より早くバグパイプを膨らませる男を見たことあるか?』と父さんは言った。『わたしの夫はひと息でやってのけるわ』とわたしが言うと、『俺がきみの夫になるよ』と言って、バグパイプを鳴らし始めた。腕にひとつずつ抱えて、押しながら踊った。わたしは笑いが止まらなかった。でも、タバコ畑から兄たちが走って戻ってくるのを見て、笑うのをやめた。父さんがわたしに言い寄っている姿をひと目見て、駆けつけてきたのよ。兄たちは父さんをひどく叩きのめした。バグパイプを引き裂いて、ベルトを破いた。その晩、家の窓ガラスに小石が当たる音がした。『きみをさらっていく』。小屋の下で落ち合ったとき、父さんはそう言った。『明日になったら結婚しよう』。ゼイネプ、ゼイネプ、とわたしは自分に言い聞かせた。あなたにはもう許婚がいるから、きっと父に殺されてしまう。でも、もし生きられたら、あなたの人生はこの人との歌になる。愉快なバグパイプ作りとの歌に」

そして腕をひと振りすると、母親は袋を床に捨てた。「ケマル、父さんの工房に連れていって」と言った。「十五年間、足を踏み入れさせてもらえなかった」

ケマルは母親を連れていった。

「皮がこんなにある」と母親は言った。「こんなに指管が。バグパイプ百個だぞって、連れていかれる前の父さんは言っていた」。そして、潤んだ目でケマルを見た。「ねえ、ひょっとして――」

翌朝、ケマルは母親のベッドを工房に移した。そしてバグパイプを作り始めた。でも、木の部分をつぶしてしまい、ヤギの皮に開けた穴は大きすぎた。彼女が作ったどの袋からも音楽は出てこなかった。ひっかくような、かすれた醜い音だけだった。

16

ケマルは何日も作業をつづけた。静かだとふたりとも怖くなるので、古いラジオをつけっぱなしにしていた。外国からのニュースで、ドナウ川の水位を読み上げる声を聞いた。十一上昇《ポヴィシェニエ・エディナツァ》、とその声はロシア語で読み上げた。十一センチメートル《オンズ・サンティメトル》、とフランス語で言った。ケマルはドナウ川を見たことがなく、この先見ることもないだろうが、どのくらい大きな川なのだろう、その水位が十一センチ上がるというのはどういう意味なのだろう、と考えた。それはいいことなのか、悪いことなのか。誰にとって重要なことなのか。

夜になると、ふたりは『夜の地平線』という番組を聴いた。人々は番組宛てに電話をかけ、自分たちのつらい思いを話していた。プロヴディフに住む技師は、毎晩電話をかけてきては、眠れないのだと言った。「親愛なる党へ」といつも告白を始めた。「もう十五年も眠っていないんです」。技師は几帳面に数えていた。「十五年と三か月、四か月、十日、九時間、二十一分、いや二十二分になります」。プレヴェンに住む老人は、子どものための詩を娘に向けて暗唱した。詩をひとつ終えるごとに、朝になったら電話してほしいと娘に頼んでいた。朝になっても娘からの電話は来ずじまいだったので、老人は詩を暗唱しつづけた。でも、ケマルと母親が何よりも好きだったのは、ヴィディンに住む女性の電話だった。その女性はたいてい自分に宛てて書いた手紙を読んだが、ときにほかの人に宛てた手紙のこともあった。**同志たちよ、わたしは怒り心頭です、**と彼女はある手紙を読み上げた。**今日、農場市でピーマンが安売りだったのに、誰も教えてくれませんでした。近所の人たちはみんなピーマンを買ったんです。冬に備えて瓶詰めにして。今でもピーマンを焼いている匂いがするのに、誰もわたしに教えてくれなかった。**

　ケマルの母親はそれを聞いて笑った。「十一月にピーマンだなんて」と言うと、ストーブのなかに薪を足して、もう少し火を長持ちさせてほしいとケマルに頼んだ。ストーブのそばで、ケマルはその女の人がドナウ川の話をしてくれるのをずっと待っていた。その人の家の窓からはドナウ川が見えるのだろうか。わたしたちの家からロドピ山脈の峰が見えるようにして。父さんの窓からは何が見えるのだろう？　父親のいる部屋に窓があることをケマルは願った。『夜の地平線』を聴かせてもらっていることを。

「わたしもあの番組に電話したい」とケマルは言った。「そして父さんにバグパイプを聴かせてあげる。どうすればもっといいバグパイプを作れるのか教えてほしい。母さん、バグパイプを作るには男の名前じゃなきゃだめなんでしょ?」

「愛するケマル」と母親は言った。「あなたがどんなに可愛い声だったか忘れていたわ」

17

そこで、ピーマンの女性と同じように、ケマルも手紙を書き始めた。複写用の鉛筆で書いた短い手紙を、村じゅうにテープで貼り出した。たいていは村役場の外に貼って、みんなに見えるようにした。**親愛なる党へ、トルコ人はブルガリア人にはなれません。わたしたちがイチジクを食べて天国《ジャンナー》に行けるように、元の名前を返してください。**

でも、何も起きなかった。そこである日、ケマルは新しい手紙を書いて、村から下ったところ、キリスト教徒の村の広場にある井戸のバケツに釘で打ちつけた。**親愛なる党へ、この井戸に大量の毒が入れられています。絶対に水を飲まないで。わたしたちの元の名前を返してください。**

日の光のもと、道を上がったところから、ケマルは井戸を囲む人々を観察した。男がひとり、バケツ二杯分の水を敷石にぶちまけると、深い穴を覗きこむように、全員がその水たまりのそばに立った。女がひとり泣き叫び始めた。ついに、在郷軍の二台のラーダが青いライトを回転させながら街から到着した。それが父親を連れ去った人たちなのかどうか、ケマルにはわからなかったが、それでも見守っていると、彼らは青い制帽の下で頭をかき、まるで毒を見分けられるかのように水たまりを凝視していた。

彼らのまごついた愚かそうな様子を見て、ケマルは心が軽くなった。そうした手紙をもっと書くつもりだった。

18

血が数滴、母親の肩を伝っていき、ケマルはそれを舐めた。さらに数滴が浮かんでくるのを見つめながら、ケマルは思った。母親の血はもう知っているのだろうか、死が訪れたことを察したのだろうか。彼女は亡骸を前の部屋に戻したが、服を脱がせようとして布地を切るときに体を一か所傷つけてしまっていた。木のひしゃくに水を汲み、隅にあった箱からきれいなガーゼを集め、母親の腕、胸、脚を洗った。体を清め終えると、別のちゃんとした長衣を着せた。ベッドの父親が使っていた側に転がすと、それまで横たわっていたところに新聞紙を敷いて水を吸わせた。バグパイプを持ってきたが、吹かなかった。その代わり、新聞紙の上で横になり、袋を抱えて、母親の息でほんのわずかに膨らんだことを思い起こした。指を広げて見つめた。見つめれば見つめるほど、別の女の子の指に見えてきた。借り物のような、冷たく腫れたその指が、出来の悪いバグパイプを作っている。ケマル、と彼女はかつての名前を口にした。それをさらに繰り返していくと、名前はひとりでに流れていき、自らの尾を深々と噛んだ。ヴィヤラ、と新しい名前を口にし、何度も繰り返した。古い名前、新しい名前、そしてついに一方がもう一方を貪り食う。ついには、ふたつとも耳慣れないものに思えてきた。

　この体は、わたしのものではない。この名前は、わたしのものではない。

19

　翌朝、彼女は白いシーツで母親の亡骸をくるんだ。それを庭に引きずっていき、囲いから生皮を運んでくるのに使っていた二輪の荷車に乗せた。荷車には皮がまだ何枚か残っていたので、それを広げてクッションにした。亡骸のそばにシャベルを固定し、荷車を引いた。重くはなかった。

　家々のカーテンの奥に人影が見えた。名前も名誉もない亡霊たち。墓地にたどり着くころには、太陽は一番高いところにあった。穴を掘り終えるころには、太陽は沈もうとしていた。母親が凍えずにすむよう、穴の底に山羊の皮を敷いた。母親を転がすときにシーツを汚してしまった。穴を掘ったせいで両手はマメだらけだった。

　ケマルが母親を埋めたのは、あの男の子の墓だった。でも、そのそばに男の子を眠らせるつもりはなかった。そこで、黒い盛り土を戻したあと、ケマルは男の子の骨を太陽に向かって投げて火にくべ、もう少し火が長持ちするようにした。

20

その夜、ケマルは台所の包丁で髪をばっさりと切った。それから、工房にあるバグパイプをすべて集めて――数えてみると八十七個あった――膨らませ始めた。ひとつまたひとつと、バグパイプは無気力な甲高い音を立てた。そして、ひとつまたひとつと、ケマルは集めた木や箱や皮に火をつけていった。庭に出ると、自分のバグパイプを持って脇を締め、単調だが刺すような強烈な音を管から出した。炎が大きくなり、火花が弾け、小屋が崩れていき、高い音を立てて燃える管や指管が灰の雨となって噴き上がるのを見守った。

村じゅうで犬が吠えていた。またしても、薄明かりのともった窓に人影が見えた。今度も、誰ひとりとして外に出てこなかった。彼女の立てる騒々しい音に文句を言う者はいなかった。

ケマルはガーゼと新聞紙をセーターに詰めこみ、村からこっそり出ると集団干し草置き小屋に向かった。番人たちはもう宿舎で酔っ払っていて、ケマルがその扉に新しい手紙を釘打ちしても目を覚まさなかった。

親愛なる党へ、わたしの両親を返してください。

暗がりに二台のトラクターが見えた。ケマルはかつて父親から教わったことを思い出した。白い雄羊が東から、黒い雄羊が西から全速力で駆けてくる、そんな日がいつか来る。二頭とも巨体で、角はとぐろを巻くヘビのよう、稲妻と火をまき散らす骨のヘビのようだ。二頭の蹄で大地は震え、老いも若きもその羊たちを見ようと集まってくる。白い雄羊に飛び乗る者たちもいて、すると雄羊は空高く天国《ジャンナー》まで彼らを連れていき、ワシとともに滑空できるようにしてやる。だが、黒い羊によじ登る堕落した惨めな者たちもいる。黒い雄羊は彼らを下へ引きずっていき、地下深くで蛆虫とともに這い回らせる。

ケマルはその黒い雄羊のそばにしゃがみ、バンパーに顔を押し当てた。その口にガーゼと新聞紙を詰めこんだ。マッチに火をつけ、指の下から炎を立ち昇らせた。遠く小屋のそばに隠れ、何かが起きるのを待った。しばらくのあいだ、何も起きなかった。

すると、積み上がった薪と稲妻のなかで、角がほどけて伸び、重い蹄が大地を震わせた。黒い雄羊が白い雄羊とぶつかり合うのが見え、番人たちは酔っ払って夢見心地のまま宿舎からよろめき出てきた。彼女は思った。どちらの雄羊が、彼らを連れていくのだろう。どちらの雄羊が、わたしを連れていくのだろう。

デヴシルメ

I

金曜日の午後、ジョン・マーティンが僕を妻のところまで車で送ってくれている。週末に娘を預かりに行くところだから、また遅刻したくはない。呆れた目をした妻が、あの素晴らしい胸の上で腕を組んで、彼女にしか聞こえない気が狂いそうなリズムで片足をとんとん鳴らしている、なんて光景はうんざりだ。彼女の新しい夫の引き立て役になるのも、もううんざりだ。

僕は速度表示を覗きこんで、もっとアクセルを踏んでくれとジョン・マーティンに頼む。

「スピードを出せってか?」とジョン・マーティンは言う。「自分で車を買えよ」。そしてクランクを回して暖房の温度をさらに上げる。外の気温は四〇度を超えていて、ジョンがベトナムから戻ったときに買ったトラックは、すぐにオーバーヒートする癖がある。僕をウォルマートまで乗せていってくれるときには路肩に車を停めてボンネットを上げ、難破船の生存者がいかだに乗って平らな帆を上げるみたいにして、風がエンジンを冷やしてくれるのを待つなんてこともある。でも今は、風を待っている余裕はない。

「これに何か意味はあるのか?」と僕は言い、出てくる温風に片手をかざす。

「科学的に意味があるんだ」とジョン・マーティンは言う。「おまえにはわからないさ」。穏やかな顔なのに、片方の眉が引きつっているから、これはもっと押してこいという合図だと僕は思う。「こりゃ大した近道だな、ジョン」

下ろしたウィンドウからは、灼熱のテキサスの大地と黄色くなった草が細長く見えている。あとはひたすら空で、その大きさと退屈さに、見ているだけで腹が立ってくる。まだ腕時計を持っていたときの習慣で手首に目をやり、それからジョン・マーティンの手首に目をやる。僕の腕時計は、今では彼がつけている。大昔、僕がソフィアで英語文献学の学生だったとき、父のラキヤの大瓶と母が缶詰にしたトマト山ほどと引き換えに、アルジェリア人の男から買った本物のセイコーだ。僕はその腕時計をジョン・マーティンに売ったお金でエリを〈シックス・フラッグス〉に連れていった。最高の体験だった――ヒッチハイクを散々せずにすんだなら。家に戻ってみると、ジョン・マーティンが僕のベッドを前庭に放り出し、その上に服をすべて積み上げていた。メッセージがちゃんと伝わらなかったときのために、悪意に満ちたメモがその山の上に置いてあった。**このアカめ、家賃を払え**。そこで僕はエリを行かせて、「なつかし広場」で〈ロイ・ビーン絶叫マシーン〉に並んでいるときの親子の時間が彼女にとってどれだけ大切なものだったか、可愛らしく話をさせた。あとで娘が言うには、本気で感動したジョン・マーティンは話を聞きながら涙していたそうだ。

今、僕は首を傾けて、時間を確かめようとする。予想どおり、すでに十分遅刻している。

「信じられないよ、ジョン。この車は本物のポンコツじゃないか」

それを合図に、ジョン・マーティンはブレーキをめいっぱい踏む。車は砂利道を滑っていき、ようやく止まると、巻き上げた土埃がもうもうと追いついてくる。僕はウィンドウを上げようとするが、うまくいかない。埃に平手打ちされていて、顔にも髪にもシャツにもそれが感じられる。

「この共産主義者のチビめ」とジョン・マーティンは言う。見下ろすように睨まれた僕の目は、彼の癲癇ぎみの片眉に釘づけだ。僕は必死で笑いをこらえる。「いいか、このトラックはアメリカ製なんだ」と、彼は殺し文句を繰り出してくる。そのひと言で、その乗り物に関するたわごとのすべてを論破して、話はそれで終わりだというつもりだ。「おまえ、ロシアでこれくらい見事な車を運転したことがあるってのか」

「僕は戦車を運転したんだ」と僕は言う。「それに、ロシア人じゃないってことは知ってるだろ」

「俺からすりゃ、おまえらはみんな同じようなもんだ」

「ジョン、頭を冷やせよ」と僕は言う。「神さまが見てるぞ」。僕はバックミラーからぶら下がる十字架に頷きかけてみせる。黒い紐のついた小さな木の十字架で、ジョン・マーティンが通っている教会で片思いをしている五十歳のメキシコ人の未亡人からのプレゼントだ。

彼は十字架をつかむとキスする。「恥を知れ」と言われて、僕はすぐに謝る。別に他意はない、娘のことで緊張して口走ってしまっただけなんだ、と言う。だってほら、遅刻ぎみだから。このトラックはいい車だよ、アメリカ製の最高の車さ。「ほら、これで仲直りだ」と言って、僕は足元のクーラーボックスから缶ビールを一本ジョンに渡す。ミラー・ハイライフ。アメリカ最高のビール。ビールのなかのシャンパン。彼はその缶を自分の首や頬、おでこに当てて転がし、水滴が汚れた筋になって垂れていく。僕らはふたりして豚みたいにげっぷして、車が冷えるのを待つ。遠くの野原に舞い降りるテキサスのカラスの群れを眺めていると、その頭がねじれ、死んだ大地をつつくのが見える。

「今晩、彼女に電話してみなよ」と、僕は教会の未亡人アナ・マリアのことを言う。「デートに連れ出すんだ。タコブエノとか。タコベルでもいい」

「どうかな」とジョン・マーティンは言い、ビールを一気飲みする。まだ赤を指している温度計器を見つめる。「まだ早すぎるかもしれない」

「タコベルに行くのに早すぎるなんてことはないよ」

彼は缶を握りつぶして、クーラーボックスにぽいと投げる。「おまえは何もわかっちゃいない」と言う。ハンドルを指で軽く叩く。「前回確かめたときは」と彼は言う。「別の男がおまえの嫁さんをハメてたぞ」

「立派な話だね、ジョン」と僕は言う。「神さまが見てるよ。それに、今は解決に向かってるところだ。一時的な問題だから。今こうやって話してるあいだも、少しずつ彼女を取り戻してる」

「少しずつ?」彼は首を振る。「自分をよく見ろ。せめてそのアホらしい口元を剃れ。埃で茶色くなってないシャツを着ろ。そんなんで女を取り戻せるかよ。しかもその女は医者と結婚したんだろ」

「相手の職業を持ち出さないでくれ」と僕は言う。それから、ラジオでディライラの番組を聴く時間を減らしたほうがいいんじゃないかと言う。ジョン・マーティンがトラックのエンジンをかけて、車はまた動き出す。野原の向こうでは、カラスの群れも舞い上がって思い思いに翼を動かし、反対の方向を目指す。「誓って言うがな」とジョンは言う。「おまえのことは気の毒に思ってる。おまえの減らず口に付き合ってる理由はそれだけだ」

「わかってるじゃないか」と僕は言う。「それから、あんたの心にその憐れみを与えたのは神さまだってことも忘れるなよ。汝の隣人を愛せ。愛だよ、愛」。ジョン・マーティンが教会に通い始めたのは、結婚相手を見つけたいという思いからだった。それは事実だ。自分で言ってたんだから。立派な独身男性として見た目をよくしようと、彼は敬虔な聖書の愛読者を装った。じきにその役が板についてくると、ついには本気にすらなった。ジョン・マーティンは信心深いわけでも、信仰に身を捧げているわけでもない。でも自分ではまだそのことを知らないし、僕はまさにそれを当てにしている。

僕らは三十分遅れで妻の家の前に停まる。外に出ると、サウナ状態のトラックにいたあとでは熱気が涼しく思える。

「五分だ」とジョン・マーティンは言う。僕がズボンの尻ポケットに入れた水筒からぐいとひと飲みすると、彼は非難がましく首を振る。扉の前で、僕は髪を撫でつけ、汗の滲んだ手のひらで顔をこする。ミントのガムをひとつ口に放りこみ、息の匂いを確かめる。

五分間、ベルを押しても誰も出てこない。振り返ると、ジョン・マーティンはボンネットを上げて、トラックにもたれてビールを飲んでいる。僕の腕時計をつついてみせる。僕がもう一度ベルを鳴らしてみると、ようやくドアの奥から声がする。「バディー、バディー」と、きつくてみっともないバカみたいなブルガリア訛りが聞こえる。「おすわり。いい子だ」。錠がひとつ回り、もうひとつも回り、チェーンが下りる。

妻の新しい夫が目の前に現われる。戸口をふさぐくらいの肥満体だ。アメリカ製のサンダルの紐が一本はさまったつま先は濡れて膨れていて、長いパンツから寄木細工の床に水がぽたぽた落ちている。ウエストバンドには携帯電話がクリップで留めてある。上半身裸で、胸毛も脚の毛も体にぴったり貼りついていて、何層にもなって水を滴らせている。そのそばには、同じくらい肥満体で同じくらいびしょ濡れの、種類も思い出せない犬がいる。

「バディー！」と彼は英語でがなりたててくる。「どうしたんだ！　遅いじゃないか。ずっと待ってたんだぞ」

「トラフィックで」と僕は言う。

「おいおいバディー、英語を使え。ここじゃ英語で話すんだ」

「トラフィックだよ」と僕は繰り返す。「これは国際共通語だ」

彼は分厚い手のひらで自分の肩をバシンと叩いて蚊をつぶす。水滴が僕の顔にはねかかる。「まあ、入れよ」と彼は言う。「早く、早く」

家のなかでびしょ濡れで犬と一緒にいるところを僕の妻に見られる前にプールに戻りたいのだろう。もし僕がそんなことをすれば、彼女はきっと怒り狂うだろう。だから僕はそこに立ったまま、遠慮しておくよ、エリを迎えに来ただけで邪魔したくはないんだ、と言う。なかなか難しいとはいえ、しょっちゅう彼の後ろをうかがって、僕の妻が姿を見せないか、寄木細工の床がぐっしょり濡れてめくれ始めないかと待つ。犬に手を差し出すことまでして、犬が唸ってびしょびしょの毛を震わせ、靴棚に盛大に水をかけると、嬉しくて心がとろけそうになる。

ついに、僕の妻がバディーの後ろに現われる。セパレートの赤い水着姿で、ブロンズ色の肌はオイルが塗りこまれて輝いている。タオルで髪を拭こうとしているけれど、僕が見ているのは彼女の髪ではない。どうやってか、彼女はバディーと扉のあいだを抜けてきて、彼の腰に腕を回そうとする――それは実際、無理な仕草なんだが。「待ってたんだけど」と、彼女も英語で言う。

どう答えたらいいか、僕にはわからない。

「バディー、なあバディー」とバディーは言う。「こっちだよ」と言うと、指をパチンと鳴らす。「な？ こういうの好きだろ？ 左右それぞれ一万だ。ダラスでやってもらった。人生最高の投資だったぜ、俺の言ってることがわかるか」

どういうことか訊きたいが、ふたりはもう家のなかを歩いていく。僕はジョン・マーティンに向かって手を振る。

「五分だぞ！」とジョンは怒鳴り、指を一本舐めて汗まみれの肩に触れ、諸々のことに色気まで添えようとする。僕が居間を歩いていこうとすると、妻から、床を汚さないように靴を脱いで、と言われる。片手に靴を持って、僕はふたりについてプールに行く。

庭は人であふれている。みんな水着姿で、マルガリータやマティーニの入った大きな脚付きのグラスを持っている。ラウンジチェアや、芝生にタオルを広げたり、プールのそばのコンクリートの上に座っている。片側にある大型のグリルではバーガーやステーキがジュージュー音を立てている。みんなが僕のほうを見て、暑さのなかで会話が宙に浮くように思えるが、それも一瞬のことだ。

僕の妻がドクターペッパーを持ってくる。「ドクターペッパーでもどうぞ」と言う。飲みたい気分ではないけれど、とりあえず受け取る。「これってどういうイベント?」と僕は訊く。まだわからないの、と言いたげに彼女は胸を突き出す。僕はちゃんとわかっているけれど、それを見つめないようにする。代わりに、エリの姿を探して見回す。プールで大はしゃぎしている子どもたちのところにも、娘はいない。どこに行ったんだい、と僕は訊ねる。

「バディーが言い出したのよ」と僕の妻は言う。もしかしたら、そうとは言っていなくて、トドルだかなんだか、とにかく彼の本名を口にしているのかもしれないが、とにかく僕にはバディーと聞こえる。

「やめておけばよかったのに」と僕は言う。「元のままですごくよかったじゃないか」

「なんですって? ちがうわ」と妻は言う。「こっちのほうはわたしが言い出したの。自尊心の問題で。わたしが言ってるのはスキューバダイビングセットのことよ。バディーが言い出したの」。すると、僕にも見える。澄みきった水の奥、プールの深い側の底に、小さな酸素ボンベを背中につけた娘がいる。

「安全面は大丈夫」と妻は言う。「ダイビングのインストラクターも雇ったから。その人がそこにいるでしょ? すべてバディーの発案よ」と言うと、とてつもない冗談でも言ったみたいに笑う。解決に向かってるだなんて、よく言うよ。今、彼女に話したいという気は失せてしまう。今月も最優秀社員に選ばれたとか、すごくいい小さな家を見つけて引っ越しを考えてるとか、妻に伝えようと思っていたちっぽけな嘘はすべて胸にしまいこむ。今はとにかく、エリを連れてここからおさらばしたい。

「僕が来たって言ってくれ」と言うと、ダイビングのレッスンがあと二十分あるから、と妻は言う。

「座って。ドクターペッパーをもう一杯どう？」

「ジョン・マーティンがさ」と僕は口にするけれど、前と同じように、彼女はもう離れていく。僕はプールから離れたところに脚が一本壊れた椅子を見つけて、ソーダの缶にウォッカを注ぐ。そしてバディーを眺める。彼は片手でステーキを次々に裏返し、もう片方の手で携帯電話をトランシーバーのように口のところで持っている。ハンバーガーの肉の塊を犬に落としてやると、犬はその塊に鼻面を押しつけて舐めるが、食べようとはしない。今の僕はハンバーガーをひとつ食べたい気分だ。たぶんジョン・マーティンも、表のトラックでハンバーガーを食べたい気分だろう。僕はさらに酒を飲んで、レッスンが終わって娘がプールから上がってくるのを待つ。すると、ついに娘が上がってくる。僕の妻が手を貸してプールから引き上げ、インストラクターが背中から酸素ボンベを外す。僕なら、絶対にそんな重いものを娘に背負わせはしない。妻から何か言われてエリはきょろきょろし、隅にいる僕を見つける。駆け寄ってくると、息もつかせぬ勢いでしゃべり始め、わたしがスキューバダイビングしてるの見てたでしょ、ボンベとかつけてプールの底で人魚みたいに息してたんだよ、プールのなかで本物の人魚みたいだったの、とまくしたてる。

「エリ、エリ」と僕は言う。「落ち着いてくれよ、父さんにはブルガリア語で《ナ・ブルガルスキ、タテ》。全部教えてくれよ、でもブルガリア語でね」

僕が引きつづき酒を飲んでいるあいだ、エリは自分の部屋で着替えをして、妻は週末のお泊まり用の荷造りをする。前もって荷造りをすませておくのは至難の業らしい。プールでは、ダイビングのインストラクターがそばかす顔の女性にシュノーケルで息をする方法を教えている。そしてバディーに目を移すと、サンダルをはいてグリルに陣取る彼の体はもう乾いていて、体毛を逆立たせ、肉にフォークを刺して、棒で温度を測りながら、バカみたいな訛りの英語で犬に話しかけている。僕はここで完璧に浮いていて、あまりにも場違いだから、まともに彼を憎むこともできない。彼にあって僕にないものすべてについて、きちんと妬むことすらできない。こんなことになるなんて、考えてもいなかった。この人生が。ときどき、夜にジョン・マーティンが寝に行ってからかなり経ったあと、僕は彼の裏庭のポーチに座り、彼のビールを飲み、空き缶を暗闇に放り投げて考えこむ――このすべてについて。ここにいる意味はあるのか？

するとバッグ片手にエリが現われる。

「準備できた」と彼女は言う。バディーがさよならを言いに来ると、娘は彼の唇にキスをする。ステーキを少し食っていかないかと言われ、僕は、今日はもうたらふくステーキを食べたからと答える――朝食も昼食も午後のおやつもみんなステーキだった、レアとミディアムとウェルダンをひととおり食べたから、と。エリが犬を撫でて、指を舐めてもらうあいだ、僕の妻は娘の耳に何かささやきかけて、真剣な顔をずっと僕に向けている。「マイケル」。僕の本当の名前はそんな発音ではないとわかっているのに、そう声をかけてくる。「ちゃんと面倒を見てやってね」。そんなこと、わざわざ言われなくたってわかってる。

僕らが外に出るころには、太陽は灼熱の地平線の向こうに沈みかけている。ジョン・マーティンは埃だらけのブーツでトラックから離れ、ボンネットを閉じる。エリが挟まれて座ることになるので娘に先に乗るように言って、僕も乗りこむと、ジョンはクーラーボックスに入った残りのビールには手をつけていなかった。かつては氷だったところに、缶ビールが死んだ魚みたいに浮いている。

「ジョン、本当にすまない」と僕は言う。「こんなに待たせてしまって」

「いいんだって」と彼は言い、そっとドアを閉める。「やあ、べっぴんさん」とエリに言う。彼女の濡れた髪をくしゃくしゃにする。「こんにちは、お姫さま」

II

七年前、僕らはアメリカにやってきた。僕と、マヤと、赤ん坊は、ものすごい高倍率を勝ち抜いてグリーンカードを手に入れたのだ。娘が生まれた日に、僕は抽選に応募した。十か月後、僕らは大使館での面接に通り、エリが一歳の誕生日を迎えた二週間後にはニューヨークに飛んだ。ソフィアを出たときの僕らには、怖いものなんてなかった。夫婦そろって近所の学校で英語を教えていてすごく貧乏だったから、それならアメリカで貧乏暮らしをしたって変わらないと考えたのだ。よりよい人生を夢見て、僕らは旅立った。自分たちには無理でも、赤ん坊にはよりよい人生を送ってほしかった。そして実際、よりよい人生を手に入れたんだと思う。僕はどう見てもちがうが、赤ん坊はよりよい人生を手に入れた。たぶん。そして、認めたくない気持ちは山々だけど、たぶんマヤも。

マヤの従兄はもうニューヨークで十五年暮らしていて、そこに僕らを泊めてくれた。ブロンクスにある1DKのアパートだ。そのうち、僕らはその上の階に自分たちの1DKのアパートを借りた。

その従兄の助けで、僕は、日中はロシア人の経営するコンビニのレジ係、夜は週に三回、セブンイレブンの店員の職にありついた。その調子で四か月働いて、ある朝、長時間の勤務を終えて、高熱と猛烈な腹痛を抱えて家に帰り、赤ん坊より大きな声で泣きわめいた。五時間後、僕は病室で、盲腸を取られて横になっていた。手術代の二万五千ドルのうち、僕らは一ドルも支払えなかった。僕らは数か月貯金して、ブルガリア行きの航空券を買ってそのまま高飛びすることにした。ところが、病院で待っていたとき、マヤはまったくの偶然に——その手の偶然の出来事は起こるべくして起こる——インターホンでブルガリア人の名前がまちがった発音で呼ばれるのを耳にしていた。医師がひとり、慌てて廊下を走っていくのが目に入り、彼女は追いかけてエレベーターに乗った。彼の名札を見た……バディー・ミラノフ医学博士。

何か月も、バディーは僕のキリストだ、神が遣わした救世主なんだと僕は思っていた。彼は僕らのために保険会社に電話してくれたし、支払いの請求もしてくれたし、ついには、どう見ても僕らは貧乏だったから、入院費用の九〇パーセント免除をなんとか勝ち取ってくれた。僕らは彼にエリの名付け親になってもらった。週末にムサカを作って彼を招待した。スカートの裾を引き上げることまでして、彼がちゃんとキッチンカウンターの上でのしかかれるようにした。部屋には赤ん坊がいたのに。

その現場を僕に見られると、マヤは攻撃してきた。そのこともあのことも、あれもこれも僕のせいだと言った。喧嘩が始まって一週間すると、彼女はもうエリを連れてバディーのアパートに移っていた。川を見渡し、部屋は山ほどあり、キッチンには大理石のカウンターがあるところに。

僕はバディーを殺すことにした。夜勤の仕事をやめて、ポケットにナイフを入れて病院の表で待ち伏せした。一週間待ちつづけ、彼がタクシーを呼ぶ姿を毎晩見守っていると、無念だが自分は本物のバルカンの男ではないと痛感した。そこで、ナメクジみたいに、彼とまた仲良くなった。バディー、おいおいどうしたんだよ？　過去のことは水に流そうよ。マヤと話をして、時間をかけて話し合えば、きっと僕のところに戻ってきてくれるはずだと思った。

そうして五年が過ぎた。去年の三月、バディーがテキサスの診療所での仕事を見つけたからみんなで引っ越す、と妻が言ってきた。僕の飛行機代を出すから、年に二回、好きなときにエリに会いに来ていいという寛大な申し出もしてくれた。

今度こそバディーを殺そう、と僕は心に決めた。ナイフを研ぎ、太い木の柄を磨いた。そしてウォッカを少し飲み、酢を入れすぎたタマネギたっぷりのトマトサラダを作って平らげるとさらにウォッカを飲み、さらにナイフを研いだ。セイコーの腕時計をじっと見ていると、夜の八時に電話が鳴った。「パパ《タテ》」と言うエリの声がした。「今、飛行機に乗ったとこよ」。電話を切ったあと、僕は息ができず、動くこともできなかった。娘は向こうにいて、僕はここにいる。娘がどこにいるのか想像できない。娘が見ているものを、僕は見られない。空はだだっ広くて高い木がないと言われても、どういうことなのかわからない。ウォッカの瓶を空にすると、僕は故郷のブルガリアにいる母に電話した。

最初、母は誰の声なのかわかっていなかった。

「母さん」と僕は言った。「テキサスに引っ越すよ」

「よかったわね」と母は言った。「じゃあそのうち……考えてるかしら……」

考えてはいないと僕は言った。ブルガリアに里帰りするお金も時間もないから。

「そうよね」と母は言った。「お金と時間ね。よくわかるわ」

III

僕と娘はジョン・マーティンの家の裏庭にいて、その日最後の日の光を浴びながらボールを蹴っている。ジョンは片手に缶ビールを持って揺り椅子に座って揺れていて、もう片方の手で蚊を叩いている。揺り椅子は軋んだ音を立て、ときおり金属がつぶれるグシャッという音、彼がクーラーボックスに入った次の缶ビールに手を伸ばすときにブーツが床に当たる音がする。

僕らは簡単なゲームをして、十対七で僕が勝つ。もう暗くなってゲームができなくなると、僕は娘にPKをもらうためのダイブのやり方を教える。自分のかかとを蹴って大げさに叫びながら倒れこむんだ、と。

「いつでも体を当て《コンタクト》に行け」と僕は言う。「でも、当たらなかったら自分で自分を蹴って倒れろ。試合のたびに、必ず一度はPKを狙って倒れるようにするんだ」

彼女は耳を傾け、偉大なスポーツ選手のように、走り出して自分のかかとを蹴り、草の上に転がる。

「痛い」と言って片膝をさする。

「しかたないだろ」と僕は言う。「それが人生だ」

すると、ジョン・マーティンがビールを持ってピッチに下りてくる。「ブルガリア語で何を言ってるんだかわからんがな」と言う。「お姫さま、ひょっとしてこいつはいかさまを教えてるのか?」

「ジョン、ちがうって」と僕は言う。「ゲームのこつを教えてるんだ」

「何がゲームだ」と彼は言い、カウボーイブーツの先でボールをつつく。「さあお姫さま、本物のスポーツをやろう」

「ジョン・マーティン」と僕は言う。「アメフトは女の子向きじゃない」

「俺の娘は大好きだったぞ。俺はこの庭で、娘を相手に毎日ボールを投げた。九年間だ。最初から最後まで娘は夢中だった。さあやるぞ、お姫さま、投げ方を教えてやる」

彼はよろよろと家に戻っていき、数分後、しぼみかけた卵形のボールを手に戻ってくる。僕が脇によけてビールを一本空けているあいだ、ジョン・マーティンはエリを位置につかせ、はるか彼方にボールを投げる。見ていられないくらい遠くに。

「年寄りの関節のウォームアップをしてるだけだ」と彼は言うと、狂ったように両腕を振り回す。缶ビールを持っているのを忘れていたから、体じゅうにビールを浴びる。「よし来い、お姫さま、投げ返してこい」と叫ぶように言い、ビールを滴らせながら手を叩き、ブーツで地面を踏み鳴らす。エリはくすくす笑い、やってもいいかと僕を見てくる。

僕は指で自分の鼻をとんとんとつつく。「顔に当ててやれ」とブルガリア語で伝える。

「黙れ、アカめ!」とジョン・マーティンは怒鳴る。「俺たちはフットボールをしてるんだ。さあ来い、お姫さま。投げてこい」

僕が教えたとおりにボールを軽く握って、エリは耳元に構え、両肩の線をジョンの体と並行にして、左足を前に踏み出す。それからしなやかに腕を振りかぶると、素早く半円を描き、最高速度で肩を回転させると、彼の顔にボールをぶちかます。

ジョン・マーティンはノックアウトされて尻餅をつく。

「参った」。彼はぜいぜい息をついて、鼻血を拭う。そして笑い出す。「参ったな。ありゃ大砲だ。目にも止まらなかった」

エリはナプキンを取りに家に走っていき、僕はジョンを立たせて、自分の缶ビールを渡す。

「アメフトは女の子向きじゃないって言っただろ」と僕が言うと、彼は首を振る。

「あの子はすごい」と彼は言う。「参ったよ」。そして、エリは僕が言っていたような女の子ではないと悟る。

＊

夕食にマカロニチーズを三箱平らげたあと、ジョン・マーティンがボードゲーム〈リスク〉の平たい地球を広げ、三人で世界の大陸をめぐって争う。例によって、ジョン・マーティンはアジアを征服する。彼が軍の大部分を集結させる場所、シャムは、正式に「ベトナム」とペンで書き直されている。エリは南北アメリカを押さえていて、僕は大ブルガリア帝国を拡大していく。

「気をつけろよ、ジョン・マーティン」と僕は言う。「大ブルガリア帝国が拡大中だぞ」

「かかってこいよ、アカめ」と彼は言う。人のついた大砲を、それが兵力になるとでもいうように一列に並べる。僕は兵士のひとりが持つマスケット銃を撫でる。「アフトマート・カラシニコフ」と言う。「ブルガリア製だ」

ジョン・マーティンは自軍の兵士をひとり押し出してくる。「このクソ野郎め、ナパーム弾でも食らえ。アップルパイと同じくらいアメリカ的だ」。そしてエリを見る彼の大きな四角い顔は、悪態をついたせいで真っ赤になっている。

今まで一度も、このゲームを最後までやりきったことはない。一時間もすると、ジョン・マーティンは酔いが回ってサイコロを振れなくなる。自分のリクライニングチェアに引っこんで、しばらく僕らを眺め、ときおり「こいつの共産主義のケツを蹴っ飛ばしてやれ」とか「よし来た《アッタガール》」と怒鳴る。電話を手に取って、大事そうに膝元に抱えることもある。それを撫でつつ眠りこむこともある。

「娘さんに電話をかけたいんじゃない?」とエリに言われて、まさにそのとおりだろうと思うこともある。自分の娘か、メキシコ人の未亡人、アンナ・マリアか。ジョン・マーティンが相手となると、どちらなのかはわからない。僕らはボードも小さな兵士たちもすべて箱に戻す。エリはジョン・マーティンの臭いブーツを脱がせ、それを僕がポーチに持っていくあいだに彼に毛布をかけてやる。それから娘はシャワーを浴びて歯を磨く。

僕の部屋で、ブルガリア語の本を一緒に読む。たいていは、美しい服をまとった妖精《サモディヴィ》や、鱗と竜の翼を持つ男たち、吸血鬼《ヴァンピリ》や妖怪《カラコンジュリ》や悪鬼《タラスミ》についての童話だ。でも、僕らはもう何回もそうした本を読んでいるから、驚きも喜びもない。

だから、お話をしてほしいとエリにせがまれることもある。僕はお話をする。大昔のハーンたちや、輝かしい戦いの話を作る。学校で習って覚えている歴史の話をする。大事な年号や、記念すべき出来事。キリル文字の誕生とか、ブルガリア人が騎士団を撃退して彼らの皇帝を城に幽閉し、ついには塔から突き落として当然の報いを与えたこと。

「パパ、その塔《タテ》を見たことある?」と訊かれて、もちろんあるさと僕は言う。ブルガリア人ならみんな見たことがあるよ。お城の一部なんだから。

「わたしはいつ見れるの?」

どう答えていいのかわからない。僕の妻の子育てぶりと、バディーの仕切りぶりからして、この一家がたとえ観光目的でもブルガリアに戻ることがあるとはとうてい思えない。そもそも、英語がだめになるんじゃないかと心配して、娘に母語を話させることもないだろう。ふたりから見れば、僕の娘は一か国語しか話せない。

今夜、エリは別のお話をしてほしいとせがむ。僕は寝間着用のTシャツに着替えてベッドの上で飛び跳ねるけど、娘は何かを思い出し、椅子にかけたジーンズから携帯電話を取り出す。すばやくメッセージを打ちこむと、二十秒後に返事が返ってくる。**よく寝てね。XOXO**
「XOってなんのことだい?」と僕は言う。「電話は何のためなんだ?」

「連絡《コンタクト》を取るためよ」と娘は言って、電話をジーンズに戻す。「ハグとキスのこと」

「覚えてるよね」と、ベッドに戻る娘に僕は言う。「もし体が当たってなくても……接触《コンタクト》」

「自分のかかとを蹴って、倒れてPKをもらう。覚えてる」

「よし来た《アッタガール》」と僕は言って、ふたりとも笑う。わたしたちの家族のこと。故郷での。「どんなお話がいい？」

「どんなのでもいい。すてきなお話。故郷での」

故郷での。僕は娘のおでこにキスをする。「わかった」と僕は言う。娘は僕の胸に体を預けて聞く体勢になっていて、僕はひとつ深呼吸する。「じゃあ、このお話、今回のお話も血で始まるよ」と僕は言う。「そして血で終わる。お話に出てくる人たちは血で結ばれ、血で分かたれる。今まで多くの人が語ってきたし、歌にもしてきたけど、お父さんは語りや歌でこのお話を知ったわけじゃない。生まれたときから知っていたんだ。そのお話は大地のなかにあり、水のなかにあり、空気のなかに、僕のお母さんのお乳のなかにあった。でも、このお話はきみのお母さんのお乳のなかにも、きみの吸う空気のなかにもなかったから、お父さんの話をしっかり聞くんだ」

娘の温かく小さな息が首に当たる。僕は彼女の髪に片手を置く。

「見えるかな」と僕は言う。「黒い煙がクリスラの村の空を塗りつぶしている。脆い家々を燃やす火の熱さがわかるかな。子どもたちの泣き叫ぶ声、母親たちの泣く声も聞こえるよね。アリー・イブラヒムが、奴隷たちを真の信仰に改宗させようとしているんだ。『トルコ帽をかぶるのをまだ拒む者は？』と言うアリーの野太い声が、ダマスカスの刀剣のように空気を切り裂く。アリーは薪割りの丸太のそばで黒い牡馬にまたがっていて、兵士や貧しい農民たちが詰めかけた庭にいる。その丸太には黒ずんだ血が染みこんでいて、あと五人の首を刎ねれば、アリー・イブラヒムの馬の足元にまで血が達するほどだ。

『次に転がるのは誰の首だ？』とアリーは訊く。群衆から泣き声が上がる。若い娘がひとり歩み出る。ゆっくりと、地面の上を泳ぐような動きだ。髪がとても長くて、体の後ろの地面に伸び、川のようにうねうねと庭の外に出てしまうくらい長い。頭はマツユキソウの花輪で飾られていて、白いガウンが幽霊のようにふわりと体を包んでいる。その青い目が、アリーのまわりの暗闇を貫き、彼の顔を探す。

「近づいてくる娘を、アリーは見つめる。

『哀れな兄弟よ』と娘はアリーに呼びかける。『どうして自分の兄弟たちを忘れてしまったの？この人たちを殺して流しているのは自分の血です。あなたは自分の血を流しているのですよ』

「アリーは小刀《ヤタガン》を抜いて、馬から飛び降りてその娘を斬ろうとする。アリーが改宗させてみせるとスルタンに誓ったキリスト教徒の村人たちが、怯えた目でその動きを追う。アリーはその刀を振り回し、幽霊を叩き斬ろうと必死になる。でも、例のごとく娘は消えてしまう。アリーの心のなかにまた沈んでいき、また別のときに、別の姿で戻ってくる」

僕は少し話を止めて、息を整える。

「パパ《タテ》？」とエリは言う。「これがどうしてわたしたちの家族の話になるの？」

「ちょっと待って」と僕は言う。「聞いてくれ。そして眠るんだよ。もう遅い時間だから。それで、このお話はアリー・イブラヒムで始まるわけじゃないけど、アリーで終わることになる。お話の始まりはそれから十八年遡って、僕のひいおばあさんが生まれたときだ――世界で最も美しい女の人だよ。

「生まれる前から、ひいおばあさんが世界で最も美しい女になることはみんなが知っている。だから、ひいおばあさんが産声を上げた日には、そこらじゅうの男たちが贈り物を持ってやってくる。家の前に伸びる行列は本当に長いから、最後尾にいた男は、ひいおばあさんの足元にひざまずいて贈り物を捧げるまで十二年も待つくらいさ。

「ひいおばあさんのこのうえない美しさのせいで、村ではしばらくのあいだ因果の法則がおかしくなってしまう。ある出来事は、いつもの結果を導く代わりに、まったく予想外のことにつながってしまう。それが最初にわかったのは、赤ん坊を見たくてしかたがなかった何人かの男が、家に石を投げ始めるときだ。窓が割れるどころか、近くの木の葉がつかの間紅くなり、まるで秋が数か月早く訪れたみたいに地面に落ち始める。五軒先の家で、ある女の子が自分の伯父に激しい恋心を抱くのは、ふたりの少年が袋に入れた黒い子猫たちを川で溺れ死にさせようとしたからで、年寄りの女が雄牛に轢かれるのは、村の反対側である主婦がシチューにジャガイモを入れ忘れたからだ。

「世界で最も美しい女になる定めの子が生まれたという噂はすぐに広まる。ドナウ川の険しい土手から、雪を戴くバルカン山脈の峰を越えて、カザンラクのバラの谷とボスポラス海峡を抜け、ついにはイスタンブールの偉大なるスルタンの耳に届く。ほかの者たちがひいおばあさんの美しさについて話す言葉を耳にしただけで、スルタンはすぐに眠れなくなる。惨めな影となったスルタンは、何日もイチジクの木々の下に腰かけては彼女を思い、もう何にも喜びを見い出せなくなってしまう。はるか遠くのシンガポールから運ばれてきたカナリアのさえずりも、耳障りな雑音としか聞こえない。後宮で最も美しい妻たちに愛撫されても、骨まで冷え切ってしまい、独りで泣きたくなってしまう。惨めな気持ちから逃れるには、食べるしかない。日が昇るたびに、スルタンはひと皿ごとに蜂蜜の量が増えていくバクラバを十二皿平らげる。正午になれば、鱒の肝とキツツキのハツを添えたラム肉の炙り焼きを三皿食らい、宮殿の向こうに日が沈めば、二十羽の鴨肉と二頭の仔牛肉に慰めを求める。そうした食事ですっかり肥満体になり、百歩以内にいる何ものも、その巨体の影から逃れられないほどだ」

「デブの悪人ね」とエリは言って、くすくす笑う。「映画に出てくるみたいな」

「そのとおり」と僕は言う。「ずばり言ってデブの悪人だ。十八年間にわたって、そのデブの悪人のスルタンは、世界で最も美しい女を自分の腕で抱けるように健康でいさせてほしいとアッラーに祈る。苦しみのうちに二十年近くを過ごしたある春の霧がかかった朝、スルタンは後宮を解散させ、使用人たちに命じて大宰相を連れてこさせる。

『まちがいなく、この女のせいで余は正気を失ってしまった』とスルタンは大宰相に言う。『その女が成長するまで十分に待った。今こそ、その女をこの腕に抱くときだ。最も腕のいい絹織り職人に、最高級の黒いヴェールを作らせよ。それから、我らのうち最も容赦なきイェニチェリに百人の兵士をつけ、女を家から連れてこさせよ。女にはヴェールを着けさせ、誰ひとりとしてその顔を見てはならぬと命じよ。我が鳥を見た者は誰であれ、その目をつぶす』

「大宰相は勅令《フィルマン》に署名し、スルタンの赤い封蠟をすると、アラブ種の最も速い駿馬に乗る最高の騎手にそれを託してこう言う。『昼も夜も駆け、クリスラの村に向かえ。そこでは今、アリー・イブラヒムが真の信仰の剣によって奴隷たちを改宗させている。彼を見つけてこの勅令を渡せ。書いてあること一字一句に従わねば首を刎ねられると伝えよ。ひと月のうちに戻れば、スルタンはおまえの体と同じ重さの金を与えてくださる。一日でも遅れれば、おまえの首は泥のなかを転がることになるぞ、と』

「騎手が到着してみると、アリー・イブラヒムは、農民や兵士たちが詰めかけた庭の薪割り用の丸太のそばで小刀《ヤタガン》を振り回している。騎手はアリーに勅令を渡し、読むあいだ待つ。

「『これほどの侮辱を受けたのは初めてだ』とアリー・イブラヒムは言うと、伝令の足元に手紙を投げつける。『せめて、こんな知らせを持ってきた貴様を腹いせに殺してやりたい。陛下のもとに戻り、こう伝えろ。アリー・イブラヒムはその女の村ごと、世界で最も美しい女を届けに参上すると。だが、それとともに、アリー・イブラヒムは世界で最も美しい女を届けに参上すると。真の信仰に改宗させてみせるとな。なぜなら、アリーは、スルタンのために売女を追いかけるのではなく、奴隷たちにアッラーの御顔を明らかにすると誓ったのだから』

「その言葉につづいて、アリー・イブラヒムはまた黒い駿馬に飛び乗り、赤く染まった庭と、震える人々の顔を最後に一瞥する。改宗をつづけるよう部下の半分に命じ、残り百人の兵を率いて峡谷を出ると、僕のひいおばあさん、世界で最も美しい女がいる村に向かう」

エリの呼吸が穏やかで規則正しくなっているけれど、まだ眠ってはいない。少しうとうとしては、また目を覚ましている。僕がしばらく黙って横になっていると、彼女はびくっと体を起こし、自分がうたた寝していたことにびっくりしている。「アリー・イブラヒムね」と、とりあえずしゃべる。「アリー・イブラヒムって誰なの、パパ《タテ》?」

僕は娘の頬と髪を撫で、横になって目を閉じなさいと言う。

「アリー・イブラヒムはイェニチェリなんだ」と僕は言う。「彼の体にはブルガリア人の血が流れている。スルタンの命により、奴隷たちは五年おきに血税を払わなければならない――『デヴシルメ』というやつさ。誰もその徴兵を逃れることはできない。一番有能な男の子たちが連れ去られて帝国軍に入ることになる。そして息子を隠そうとした親には死刑が待っている。

「アリーが母親と引き離されたのは十二歳のときだ。そのころ彼はまだブルガリア人の名前を持ち、十字架の力を信じていた。ある朝、夜明けに、徴兵のための兵士たちが暗闇のカラスのようにやってきて、太陽がバルカン山脈の向こうで死ぬころには、一行は健康で頑強な男の子四十人を選び終え、村から連れ去ろうとしていた。そのなかにアリー・イブラヒムはいなかった。ところが、アリーの母親は兵士たちを追いかけて足元にひれ伏し、息子を連れていってほしいと懇願した。未亡人の母親からすれば、息子によかれと思ってのことだった。その村で農夫になっても将来はなく、奴隷として死ぬだけだとわかっていたからだ。でも、兵士に、つまりはイェニチェリになれば、全世界を手に入れられるかもしれない。『隊長《アガ》、この子を連れていって』と彼女は叫んで息子を押し出した。どうして母親からそんな仕打ちを受けるのか、少年にはどうしてもわからなかった。

「こうして、少年たちの一団は五十人の兵士に守られ、イスタンブールに向けて何週間も歩いていった――南に向かってロドピ山脈を抜け、東のエディルネを通り、さらに東を目指した。イスタンブールに着くと、体は洗われ、髪は刈りこまれて燃やされた。父親の名前は消し去られ、由緒正しいイスラム教徒の名前を与えられた。彼らには何の過去もなかった――顔のない、スルタンに所有された少年たち。真の神に仕えるつつましい使用人たち。

「アリー・イブラヒムはアナトリア高原にある小さな村に送られ、反物商人の家で任務についた。かつて東方のシャム人たちと戦ったことのある老人の家だった。そこで、アリー・イブラヒムは外国の言葉と新しい信仰を教えられた。そこでかつて愛したものすべてを憎むよう教えられた。

「アリー・イブラヒムの心は取り憑かれている。邪悪な心による、目には見えない力に強く引かれるせいで、アリーに殺されたものは誰ひとりとしてそれから逃れられない。死者たちは彼の体に縛りつけられ、どこに行こうとついていく。アリー・イブラヒムの背後には惨めな魂が果てることなく鎖でつながれてつづいていて、その叫びを聞くことができるのはアリーだけだ。部下の兵士たちは陰で『デリー・アリー』と呼んでいる。トルコ語で「気狂いアリー」という意味だけど、彼は「無慈悲なアリー」としても知られていて、ためらいなく人の首を刎ねる男だから、面と向かってその呼び名を口にする兵士はいない。自分が生まれた村を改宗させる際、アッラーの偉大さを認めようとしない者のなかに妹と母親がいて、アリーはそのふたりも殺したのだという話もある」

そして、僕は長いあいだ黙りこむ。胸の上ではエリが眠っている。起き上がって明かりを消さなければ。でも、起き上がりたくない。横になったまま、母のこと、もう七年も母に会っていないことを考える。去年の春に子どもを産んだ妹のことを。エリの寝息に耳をすませて、起こるはずのないことが起きてくれたらと願う。

IV

翌朝、トラックを借りて動物園に行ってもいいかとジョン・マーティンに頼んでみる。「俺を殺す覚悟があるならな」と、リクライニングチェアで体を揺らしながら彼は言い、その後ろではエリが、彼のセリフを口だけ動かして真似てみせる。

「魚釣りなら連れていってやる」と彼は言う。「おまえがガソリン代を払うんならな」

エリのほうを見ると、いいんじゃない？　と肩をすくめる。そこで、ガソリン代は家賃につけておいてくれとジョンに言って、何か巧妙な返事を彼が思いつく前に出かける準備に取りかかる。三十分後、みんなで彼のボートをトラックに積みこむ。さらに三十分後には、湖につま先をつけている。

「つま先をつけるな」とジョン・マーティンは僕を叱る。「ボートが遅くなるだろ」

ボート後方にいる彼は、モーターについたハンドルらしきものを握ってボートを進ませている。僕は釣りもボートも素人だ。わかるのは、このボートの見かけときたら、一八七八年にトルコ軍を攻撃するためにロシア軍がドナウ川を渡るときに使った船並みに頑丈そうだということだ。でも、ジョンにとってこのボートは宝物で、あのトラックよりも大事にしている。彼が〈サラ号〉と名前をつけていることが、すべてを物語っている。

僕自身の娘は先端というのか舳先というのか、とにかくそこに座って、魚が隠れていると思う湖の遠くのスポットをあちこち指差す。でも、ジョン・マーティンはまったく耳を貸さない。決まって、

U字形の湖の突き当たりにある、打ち捨てられて壊れかけた木の波止場のそばに僕らを連れていく。水深は一メートル足らずで、柳や百合や草で水は濁っているし、いつ行っても蚊柱があり、大きな黒いカメがオールに嚙みついてくる。つま先を水につけるなんて論外だ。

「勘弁してくれよ、ジョン」。またそこに連れていかれるとわかると、僕は言う。エリが首と腕と脚にかけた蚊除けスプレーの匂いがする。「別のところにしてくれないか。あそこのコンクリートの塔のそばとか、あの島のあたりとかさ。どこでもいいけど、あの波止場だけはやめてくれ」

「あの波止場はな」とジョン・マーティンが言うと、またエリがそばから真似る。「魚がいるところなんだ。俺はあの波止場に通って十五年になるし、善なる主がお望みになるなら、この先もう十五年ここに通う。サラが五キロ近い魚を釣り上げた場所だし、サラにはいい場所だったんだから、当然……」

でも、僕はもう聞いていない。太陽は空の中央に向かってじわじわと昇っていて、僕らが日差しをよけられるような、岸辺の木立のような陰はない。湖面のあちこちにほかのボートも見える。どれも僕らのボートより大きくて、モーターも速い。高価そうな釣り竿がしなり、波がバチャバチャとはねて、そして子牛ほどもある、少なくとも子羊ほどもある魚を男たちが釣り上げている。

ジョン・マーティンとの魚釣りにエリを連れていった最初の何回かは、僕も楽しかった。僕らはブラックバスのはらわたを抜いて洗い、エリは茂みに隠れておしっこをした。それも昔のことだ。僕はボートで横になって娘の姿を眺め、後悔からも、妬みからも自由で、心を空っぽにしていられた。週末にしか娘に会えなくても平気だと思えた。妻が別の男と暮らしていても平気だったし、その男のことだって平気だった。僕が車を持っていないからどうだっていうんだ。ジョン・マーティンの家に住んでいて、彼のビールを飲んで彼のマカロニを食べてるからって、どうだっていうんだ。少なくとも僕にはエリがいる。

でも今では、親子で過ごす週末は、楽しかった最初のころの週末を繰り返すだけになっている。ただし、楽しみはなくなってしまった。確かにエリは楽しそうにしているが、僕はもう憎しみから自由になってボートに横になりはしない。そう、憎くてしかたがない。何もかもが満たされない。

「ジョン・マーティン、あいつらが憎らしくならないか？」と僕は訊く。「あんなお洒落なボートに乗ってるやつらを見て、こんちくしょうって羨ましくなったりはしないか？」

「まったくなりませんな」と彼は言い、ボートを進めていく。

「そうか、僕は憎いよ。あいつらを見てると、『ヤッド』っていう気持ちが出てくる。『ヤッド』が大きすぎて胸が苦しくなる。エリは？」と僕は言って、娘の背中をそっとつま先でつつく。「あの人たちを見ると『ヤッド』を感じるか？」

「べつに」と彼女は言う。

「感じるべきなんだ。『ヤッド』っていうのはさ、ジョン・マーティン、すべてのブルガリア人の魂の内側を彩るものなんだ。モーターみたいに、ヤッドの力によって僕らは前に進む。妬みに似ているけど、それだけじゃない。悪意や強い怒りや憤りにも似ていて、でももっとエレガントで複雑なんだ。誰かに対する哀れみの気持ちとか、自分がやったことやらなかったこと、逃したチャンス、しくじった機会を悔やむ気持ち。そうした思いのすべてが、ヤッドっていう美しいひと言にはこめられている。

ヤッド。言ってみてくれるか?」

でも、ジョン・マーティンは口にしない。その代わり、「俺のほうのひと言を教えてやろう」と言う。「エリ、お姫さまは耳を塞いでくれ」

するとエリは振り向いて彼を見る。「マジでクソ」と言う。「ジョン・マーティン、それで合ってる?」

＊

僕らはブラックバスを六匹釣り上げる。というか、エリが二匹釣って、残りはジョン・マーティンの手柄だ。僕は後ろのほうで「ビールのシャンパン」を飲んでいるだけで、ジョンが娘に、竿を振りかぶって投げて、といった釣り人のこつを伝授している。彼が娘の頭を撫でては何度も「お姫さま」と言うのはちょっと気持ち悪いが、レッスン代だと思って何も言わないことにする。

ついに、エリはもうそろそろ我慢できなくなってきたと言う。船べりに行けなんて言わないでね、と。女の子はちょっと船べりに行って用を足したりしないから。ジョン・マーティンから、錨代わりに使っているコンクリートブロックを引き上げろと言われて、僕はロープを引っ張るが、下の泥につかまってしまって動かない。ジョンはため息をついてロープを持ち、俺に任せとけと言わんばかりに引くが、顔はトマト並みに赤くなる。「こんちくしょう」と言う。

「そのとおり」と僕は言う。「いつもそうさ」

僕らは少しのあいだ、ロープを左に引き、右に引き、ぐるりと回転させる。エリは脚を固く閉じて目を閉じ、唇を噛んでいる。ジョン・マーティンは悪態をつき、僕も期待に応えて少し悪態をつく。

「これでどうだ」と彼は言って、片手にロープを巻きつける。「どうだ」

多少の誤差はあれど、十五分ほどロープと格闘する。

「もうこれ以上我慢できない！」とエリは叫ぶ。そこで、ジョン・マーティンはボートの端から、僕は反対側の端から水に飛びこむ。僕は胸まで、彼は腰まで水に浸かり、屈むとあごまで水に浸かって、生ぬるい泥のなかで錨を手探りする。息を切らせて、泥をかき分け、コンクリートブロックを蹴っていると、ようやく動く。鋭い声を上げ、ジョン・マーティンはブロックを持ち上げると、その巨大な塊をボートに載せる。湖と雑草とドロドロの茶色い葉の塊だ。

それからコードを七回引くと、モーターが唸り声を上げ、僕らはひた走る――時速六キロちょっとで、一番近い岸を目指していく。エリはボートから飛び降りると、水を跳ねかけさせて、汚らしい茂みの陰に隠れる。

「やれやれ、危ないとこだった」とジョン・マーティンは言い、ビールの缶を探してクーラーボックスを漁る。一本取り出して頬に当てて転がし、顔を冷やそうとする。僕は彼の首を見つめる。

「ジョン」と僕は言う。「ジプシーの五歳児のチンコくらいのヒルが首についてる」

「ちくしょう、マイケル、またかよ」とジョンは言う。そして後ろにのけぞって首を伸ばし、僕の手が届きやすいようにする。

V

「気狂いアリーが彼女を連れ去りに来る。その知らせが届くとき、ひいおばあさんは川で洗濯をしている。ほかの女の子たちは恐怖に襲われるが、ひいおばあさんは落ち着きを失わない。シャツを一枚絞ると、もう一枚洗う。

『怯えてる暇なんてない』とひいおばあさんは女の子たちに言う。『仕事は待ったなしだから』

「空では、明るい月が花を咲かせている。アリー・イブラヒムと百人の兵士たちは木の門の前で足を止める。アリーは馬から降り、小刀《ヤタガン》を抜くと、象牙の柄で三度叩く。

『おたくの娘をもらいに来た』と、門を開けた男にアリーは言う。男の面前に刀を突きつけ、その切っ先からは黒い皇帝のヴェールが下がっている。『その女の顔にヴェールをかけ、ここに連れてこい。先の道のりは長いし、時間はさしてない』

「男はその布を取ると、世界で最も美しい女が牛の乳搾りをしているところに行く。黒い布を渡そうとすると、震える父親の手のなかで、その布は傷ついた鳩のようにひらひらはためく。

「ひいおばあさんは目を細め、黒い布を取ると、泥のなかに投げ捨てる。そして乳搾りを終えると、小屋に一頭だけいた馬に飛び乗る。

『わたしは絶対にヴェールなんてかぶらない《アズ・リツェ・スィ・ネ・ザブリャム》』と彼女は言う。馬に何かをささやきかけると、たてがみをつかむ。

「人々によると、まさにそのとき、西から巨大な嵐が生じ、ひいおばあさんがひとっ飛びで庭の塀を飛び越え、アリーと兵士たちをも飛び越えて土煙のなか長い髪をなびかせていったとき、その美しさは度肝を抜くほどだったそうだ。

「長いあいだ、アリーは信じられずに立ち尽くしている。顔の表情は落ち着いているが、右の眉はときおり引きつっている。馬にまたがると、小刀《ヤタガン》を鞘に収める。

『『ヴェールを持ってこい』とアリーは言う。兵士たちが牛小屋から黒い布を持ってくると、アリーは命じる。『『必要とあらばすべての首を刎ねてもよい。だが、俺が戻ってきたときには、アッラーの名のもとに詠唱が行なわれているようにせよ』

「そして、規則正しい速歩で、アリーはひいおばあさんの残した土煙を追っていく」

僕らはまたベッドに腰かけている。見たこともないような大雨が降っている。湖から戻ってくるときでさえ、分厚い雲が空にずっしり立ちこめていた。僕らは〈デアリー・クイーン〉に寄り、僕はエリにミルクシェイクを買った。ジョン・マーティンにもひとつ買ってやった。「このクソ野郎」と彼は言った。「俺が牛乳を飲めないのを知ってるくせに」。そう言いながらも、彼はぐびぐび飲み干した。ガソリンスタンドに二回寄ってようやく家に着いて、私道に入ったところで、ジョン・マーティンはトラックのエンジンがかかったまま飛び出してトイレに駆けこんだ。図らずも、僕は小屋の下に車を停めるという栄誉にあずかった。四十分後、青白い顔に汗を浮かべて彼が出てくると、雨のなか出ていって、僕がヘッドライトを消してタイヤをまっすぐにしたかどうか確かめに行った。僕はどちらもやりそびれていた。

今、ベッドの上でエリは最後に携帯電話をちらりと見る。もう母親にはメッセージを送って、キスとハグをもらっている。

「お話をつづけて、パパ《タテ》」とようやく娘は言う。「次はどうなるの？　アリー・イブラヒムは彼女を捕まえるの？」

＊

「丸々二日間、ひいおばあさんは休むことなく馬を走らせ、二日間、アリー・イブラヒムはそのあとを追う。猟犬のように彼女の匂いをたどり、ふたりの距離を縮めていく。近づくにつれて、百合の匂いが強くなる。アリーの心臓の鼓動は早くなり、喉の渇きがひどくなり、小刀《ヤタガン》の柄を握る手のひらにはさらに汗がにじむ。一歩進むごとに、空気が濃くなっていくように思える。アリー・イブラヒムにとっては、急流のなかを進んでいくような感じだ。

「三日目、イェニチェリから逃げ切ることはできないとひいおばあさんは悟り、自分の美貌で彼を負かすことにする。川の中央にある岩に座って、髪を指で梳いているところをアリーが見つける。

「『あなたがアリー・イブラヒムね』と、彼のほうは向かずにひいおばあさんは言う。『気狂いアリー――偽りの神の名において自らの同胞を犠牲にする男』

「アリーは土手に立ち、象牙の柄を指で撫でている。

「『じゃあ、アリー』と彼女は言う。『そんなところに突っ立っていないで、髪を結うのを手伝って』。

アリーは刀を抜いて下げ、流れの緩やかな川を進んでいくときに刃が川底の石に当たる。ひいおばあさんはまだ髪を梳きながら、アリーのほうは向かない。彼の顔は変わらず落ち着いているが、右眉はまたぴくぴく動き始めている。彼女の前に立ち、長い髪をひと房手に取る。それを切ろうとした瞬間、ひいおばあさんは顔を上げて彼を見つめる。

「手の感覚がなくなり、アリーは刀を落とす。一歩下がり、石につまづいて、仰向けに川に倒れこむ。ひいおばあさんが笑い声を上げている一方で、アリーは川のなかで横たわったまま彼女を見つめる。

「『わたしの前で倒れたのはあんたが初めてじゃない』とひいおばあさんは言う。『最後でもないわ。でも、今まで見たなかでは、あんたがずば抜けて男前ね』

「アリーは何も言わない。彼女を見つめたまま唇を舐める。

「『どうしたっていうの?』ひいおばあさんはさらりと訊く。『あんたがアリー・イブラヒムだと知らなかったら、何かに怯えてるんじゃないかって思ってしまう』

「アリー・イブラヒムはようやく立ち上がり、小刀《ヤタガン》を握る。

「『立て』と彼女に言う。『スルタンのもとにおまえを連れていく』

「ひいおばあさんはまた笑い声を上げ、髪をさっと後ろにかき上げる。イスタンブールに連れていかれる気はさらさらないが、今は抵抗しても無駄だとわかっている。自分にとってその瞬間が訪れるまでは、アリーに従うつもりでいる。

「『じゃあいいわ』と彼女は言う。『連れていって。でも、こんな髪で陛下の前には出られない。結うのを手伝ってもらわなきゃ』
「その黒髪に触れると、アリーの体に震えが走る。ゆっくりと、忘れたことのない手つきで、彼は髪を編み始める」

＊

「ふたりは並んで馬を進めていく。広い道に出るたびに、ひいおばあさんは歌い出す。声高らかに歌って、誰かの気を引いて助けてもらえないかと願っている。三日間、誰にも出会わず、三日間、アリー・イブラヒムはひと言も発しない。

『こんなことってあるかしら』。ひいおばあさんは不思議に思う。『わたしの美貌はこの人にまったく効かないのかしら』。ときおり、数歩前に飛び出して、カラスのような艶のある黒髪を揺らし、アリーに自分の姿が見えるようにする。

「見かけの上では、アリーはまったく変わっていない。背筋をまっすぐ伸ばして馬にまたがり、変わらず誇り高く荒々しくしている。でも、心のなかでは薪の山がいくつも燃え、絶えず嵐にさいなまれて彼は弱っている――それこそ、世界で最も美しい女に恋をした男が感じるものだ。

「四日目の夜、ふたりは深い松の森のなかで空き地を見つけ、そこで足を止めて日の出を待つことにする。アリーが乾いた小枝を集めて火をおこす。暗闇のなかで小枝がパチパチとはぜ、ひいおばあさんは身を震わせる。

「アリーはついに口を開く。『食べろ』と言って、火で炙った肉をひと切れ渡す。

『肉は食べないから』。ひいお祖母さんは腹ぺこなのにそう言う。『白パンとハチミツしか食べないの。飲むのは搾りたての牛乳』

「ふたりはずっと無言のまま座っている。燃えさかる炎は、ふたりのあいだの生きた壁のようだ。アリーは彼女の唇を、鼻を、目を見つめる。彼女もアリーを見つめる。彼の黒々とした眼差しに彼女は怯え、寒気を覚え、これまで感じたことのない気持ちを覚える。そして彼女はアリーを憎む。

『アリー、教えて』とひいおばあさんは言い、髪をひと房手に取る。『それほど優しく何かに触れることのできる手が、あれほどの死と痛みをもたらすのはなぜ?』

『それが神の道だ』とアリーは言う。『このうえなく白い衣にすら、微かな灰色が入りこんでいる。真っ暗な夜でさえも、その外衣のなかに光るものを隠している』

「そして、ひいおばあさんがまた口を開きかけたそのとき、暗がりからひとつの影が現われる。黒いワンピースを着て黒い前掛けを着け、髪に黒い布を当てた女がふたりのもとに歩いてくると、火のそばに腰を下ろす。その女の顔には、黒い穴がぽっかりとふたつ開いている。唇も、鼻もない。その亡霊は髪をほどくと、木の櫛で梳く。垂れる髪の下から、ひいおばあさんを、そしてアリーを見つめているようだ。

『可愛い子よ』と彼女は叫ぶ。『どうしてそんなことを?』

「アリーは焚き火のなかから燃えさしをつかみ、亡霊めがけて投げつける。その小枝は炎を上げて飛んでいき、草むらに落ちると、ゆっくりと暗闇に沈んでいく。亡霊は消えていて、彼女が座っていたところには小さなマツユキソウが一輪咲いている。

『俺がどこに行こうと、こいつらはついてくる』とアリーはひいおばあさんに言う。『俺が殺した者すべてだ。鎖で俺につながれている』

「『じゃあ、今の人は？　彼女は誰の影だったの？』」

VI

雨脚は少し弱まったが、風はさらに強まり、嵐になっている。僕はエリを脇に動かして布団をかけてやる。娘は眠ったまま体を動かすが、目を覚ましはしない。そのすべすべのおでこに、僕はキスをする。強風が幾重もの雨を窓ガラスに叩きつけてくる音、窓のすぐ外でエアコンの室外機が揺れる音を聞く。暗闇のなか、車が一台、猛スピードで通り過ぎていき、タイヤが吠えるような音を立てて水を道路から追い出す。

安っぽい映画のどんでん返しみたいな展開になって、ジョン・マーティンが僕の想像の産物でしかなかったとわかったとしても、べつに構いはしない。トラックが初めから僕のもので、ひとりでテキサスの舗装されていない道を乗り回しながら自分に話しかけている狂った男でしかなかったとしても。もしその道のどこかで、悲しみと妬みによって僕が正気を失ってしまったとしても。エリに読み聞かせているおとぎ話に出てくるような幽霊と影からのささやかな助けしかなかったとしても、きっと構いはしないだろう。

そしてもし、今いるのは僕とエリのふたりだけで、ジョン・マーティンのトラックに乗って旅に出ているのだとしても構わない。海を目指しているか、はたまたメキシコに向かっているか。どうにかして、エル・パソで国境を越えてみせる。豪華客船のチケットを買って、大西洋を渡る。

アメリカに移住したばかりのとき、僕らには計画があった。お金を貯めて、自分たちの家を買って、あとで市民権をもらったときに両親を呼び寄せていい暮らしをしてもらう——ダイエットコーラにオクラの揚げ物、十分おきに五分間のCMが入るテレビ番組。そのころには両親も定年退職しているだろうから、僕とマヤが仕事に出かけているあいだは静かにエリを見ていてくれるはずだ。娘にちゃんとしたブルガリア語の読み書きを教えてくれる。根っこ《ルーツ》がひとつもしおれることのないよう守ってくれる。でも、電話は持っているだけでお金がかかりすぎたから、僕らは手紙を書いた。ブルガリアからの手紙が届くには二週間かかったし、アメリカから出した手紙の封筒が分厚くて、ドル札を詰めこんであるように見えるときは、親の手元には一度も届いたためしがなかった。そこで、僕らはもっと短い手紙を書いた。そして、手紙の内容は意味を失くしていった。妹からの手紙はいつだって大事なものだが、その短い便りに書かれていることには中身がなくて、生き生きとした絵にはならない大まかな事実が並んでいるだけだ。家族旅行で海辺に行ったからって、僕にとって何だというんだ？　こないだ母がレタスを買いに行ったら昔の友達に出会って挨拶した、それが何だというんだ？　僕の姪が生まれたから何だ？　僕は今ここ、すっかり遠く離れたところにいるから、海がどれくらい温かいのかも知りようがないし、母のレタスがお買い得だったのか、姪が産声を上げた日は雪が降っていたのかも知りようがない。赤ん坊を抱いて車に乗ろうとする妹に傘を差してやったのが誰なのかもわからない。それが僕でないことはわかるし、それさえわかればもういいと思うこともある。

それが自然な成り行きだ、とブロンクスで下の階に住んでいたマヤの従兄が言ったことがある。自分を引き戻そうとするものは葬り去ってしまったほうが身のためだ、と。彼はもう三年も兄弟と連絡を取っていなくて、心底幸せだった。言ってみれば、運ぶ石がいくつか減ったわけだ。前へ進め、上を目指せ。振り返るな。後ろを見たって、いいことなんか何もない、と彼は僕に言った。塩の柱になってしまうか、愛する人を黄泉の国に連れていかれてしまうだけだ。その哀れな彼も、かつては学校の教師だった。今、ニューヨークでは立派なタクシー運転手だ。

僕はベッドで横になり、風の唸る音があまりの強さに形になっているのを見つめる。その翼の羽ばたく音のせいで、エリの寝息は聞こえない。すると、頭のなかが少し混乱する。僕はソフィアの街角にいて、歯のない老人からヒマワリの種を買おうとしている。まわりの広場でぎっしり黒々と群れている鳩に餌をやりたいからだ。でも、お金を払ったのに老人は種をくれない。だめだ、だめだと僕に言う。お金を払ってないだろ。今、老人は赤い風船をいくつも手に持っていて、僕がひと束かっさらうと、舌足らずな口調で、注意《フニマニェ》！　注意《フニマニェ》！　と怒鳴る。すると僕はパレードのなかにいて、紙の旗を持って振る子どもたちと一緒に行進している、すると、けたたましいサイレンの音、耳障りな戦争のサイレンの音が雨を切り裂く。通りから離れろと言われ、雨も降っているから、チェルノブイリかもしれない。

「パパ《タテ》」という声がして、誰かに肩を揺さぶられている。エリの姿が目に浮かぶが、僕をつかんでいるのはジョン・マーティンだ。

「おい、起きろって」と彼が言うと、エリも同じことを言う。「竜巻だ」

VII

「まだ若かったころ、アリー・イブラヒムは、ときおり母親の夢を見た。川の中央にある岩に母親が座っていて、長い黒髪を櫛で梳いている姿を。夢のなかでは雨が降っている。

「『おいで、わたしの可愛い子』と母親は彼を呼ぶ。『髪を結うのを手伝って』

「川の水位は低く、アリーは白い石をたどって川の中央まで歩いていける。だが、雨脚は次第に強くなる。水位が上がり、流れは激しくなり、アリーが母親のもとにたどり着く道は閉ざされてしまう。じきに、川の流れは次々に死体を引きずっていき、どれも暗い空に背を向け、うつ伏せになって漂っていく。母親はまだ岩の上に座り、髪を梳いている。今では血の雨が降っている。

「『おいで、わたしの可愛い子』。母親はまた声をかけてくる。『髪を結うのを手伝って』。だが、母親の顔はもうそこにはない。雨で流されてしまったのだ。

「その場面を夢で見るたび、アリーはますます母親のことを思い出せなくなっていく。そしてついに、ある夜、岩の上には誰もいなくなり、無数の死体が川を漂っていくだけになる。死体の顔は、彼には見えない」

VIII

「ここからずらかるぞ」とジョン・マーティンは言う。パックに入ったボローニャソーセージを、そしてパックに入ったパンをスライスして、キッチンカウンターでサンドイッチを作り始める。〈デアリー・クイーン〉からひとつかみ取ってきたナプキンで、エリがそのサンドイッチを包む。そのチームワークを僕はしばらく眺める。テレビは大音量で次から次に警報をがなりたてているが、目の焦点がまだ定まらない。眠りが一番深いときに起こされたから、あの重たく鈍いサイレンの音でも頭がしゃきっとしない。

テーブルにある缶ビールを飲み干す。ぬるいビールを何口か飲むと、ドクターペッパー並みにひどい味がする。「いいかい」とふたりに言う。テレビのほうをあごでしゃくる。「ただの警報だよ。落ち着けって」

「何言ってる」とジョン・マーティンは言い、ジーンズでナイフを拭ってたたむ。「このサイレンが鳴ってるってのに落ち着いてなんていられるか。残りたきゃ残れ。でも俺は出ていく」

彼はウォルマートの袋を息で膨らませ、大きな穴が空いていないことを確かめると、サンドイッチを入れていく。空のスイートティーの大容器に水道水をいっぱいに入れて、それもウォルマートの袋に入れる。テレビでは、警報が出た地域を録音音声が伝えている。バディーヴィル郡北西部、バディービュー郡、バディーソンヴィル……妻の新居もそこに入っていることを喜べばいいのか、心配すればいいのか。ニュースにジョンの家が出てこないことに安心すればいいのか、それを耳にしたことに感謝すればいいのか。なぜなら、目下の状況から考えれば、完全に破壊されて壊滅状態になることは、僕にとってそれほど悪いことではないかもしれないからだ。

竜巻は僕らから郡ふたつ分北にあって、妻の家から離れたところで地上に接触した、と報じられている。南に行くぞ、とジョンは僕らに言う。八キロだか十五キロだか、とにかく町から出てマクドナルドの店に行く、と。お姫さまにはマックグリドルとコーヒーとオレンジジュースを買ってやるからな。店で席に座って、すべてが終わるのを心穏やかに待つ。それから戻ってきて、庭の小枝や葉を掃除する。でも、まずはとっとと出ていくからな。

僕らは妻が詰めたままのエリのバッグをつかむ。そして僕は——僕には、バッグに入れて持っていくようなものは何もない。

夜が明け始めている。早朝のこの時間、空は妙に緑がかっていて、風はほぼやんでいる。空気はラズベリーの茂みにいるカメムシみたいな、いやな臭いだ。きっとオゾンのせいだろう。遠くに稲妻が見え、雷の轟きが伝わってくる。遠くの風向きによって、音はくぐもったり大きくなったりする。僕らが正面のポーチに立っていると、ジョン・マーティンは袋をふたつ持ち、トラックに走っていって準備をする。そのとき、僕のポケットのなかでエリの携帯電話が鳴り出す。

どうして僕の手元にあるのか訊かれる前に、僕はもう電話に出ている。

「エリ、大丈夫なの？　天気はどう？」

「ターボ並みの日差しだな」と、僕はブルガリアの農夫そのものの訛りで言う。ふたりで庭を走っていくと、ジョン・マーティンがドアを押し開ける。エリが真ん中に飛び乗り、僕もそれにつづく。「マイケル」と言う妻の声の大きさに、ジョン・マーティンでさえびくっとする。「どうなってるの？　シェルターに降りてるの？」

「シェルターなんてないよ」と僕は言う。「いいか。僕らは平気だ。心配しなくていい」

「避難所《シェルター》に行って」と彼女は言い、その声は雑音と耳障りな訛りで乱れる。「マイケル」と言われて、僕は思う。アメリカに来てまだ七年なのに、もう本来とはちがう名前で夫を呼んでいるのか。そして思い当たる。僕は彼女の夫じゃないんだ——その思いは真新しく、他人の感情かと思うほどだ。

「僕と別れる気なんだな」と僕は言う。

「マイケル」と彼女は言う。「それはトラックのエンジンの音？　あなた運転中？」

「避難所まで行かないと。エリに代わるよ」。でも、電話を渡す前に、僕の親指は通話を切っている。エリは母親に向けて声を張り上げる。切れてしまった受話器に。「かけ直さなきゃ」と言う。「ママと話したい」

僕はポケットに電話を隠し、もう電波がないと言う。シートベルトを締めるのを手伝い、娘をきつく抱きしめる。「でも、パパがいるだろ。パパがそばにいる」

「ママと話がしたいの」。そしてそのまま泣き出す。すべて英語で言う。「ママのところに行きたい。ママのところに連れてって」

「しーっ、静かに」と僕は言う。おでこにキスをしようとするが、押しのけられてしまう。そこで、

「ジョン・マーティン、いいかげんトラックを出せよ」と僕が言うと、エリの泣き声は大きくなる。僕はずっと聞かせていた物語を話し始めるけれど、娘は聞こうとしない。ジョン・マーティンが頼みこんでもだめだ。娘は泣きつづけ、車のなかで僕らだけのサイレンになっている。そんなふうにして、僕らの車は進んでいく。頭上の緑がかった空はますます緑が濃くなり、目がくらむほどだ。また雨が降っている。

「振り向いたらだめだ」。ジョン・マーティンがバックミラーで自分の家をちらりと見ると、僕は言う。もちろん、塩の柱のことだ。

IX

「次の日、ふたりは山道にたどり着く。太陽は地平線のはるか上にある。細い山道で、両側は険しい斜面になっている。端からひとつ石を転がせば、谷底にたどり着くころには砕けて砂になっているほどだ。一歩まちがえれば、馬も、乗っている人も、奈落に落ちてしまう。アリー・イブラヒムが先に進む。そのあとにひいおばあさんがつづく。

『『もうくたくただわ』と彼女は言って馬を止める。『スルタンの前に参上するときには一番きれいでいないと』

「アリーは馬から降りると、彼女が自分の馬の影に隠れているのを尻目に小刀《ヤタガン》を研ぐ。

『日差しがきつすぎるわ』とひいおばあさんは言う。『わたしの肌はすごく色白だから。顔を隠すからヴェールをちょうだい』。アリーは深いため息をつくと、小刀《ヤタガン》を鞘に収め、鞍の袋から黒い布を取り出す。ひいおばあさんにそれを渡すが、彼女は落としてしまい、貴重な絹の布は山道からふわりと飛んで険しい斜面をすべり降りていき、風にさらわれて奈落の底に向かって落ちていく。特別な絹の布で顔を隠さないとひいおばあさんをスルタンに献上できないことは承知しているから、アリーは慎重に下りていってヴェールを追う。

「狭い山道、険しい斜面。ヴェールは鳥のように宙を舞う。アリーはそのあとを追う――ゆっくりと、一歩一歩確かめ、岩のあいだに生えている草に足がかりを探す。そして、足をすべらせる。アリーは斜面を転げ落ちていく。

「それを目にした瞬間、ひいおばあさんはひらりと馬に飛び乗って拍車をかける。すばやく山道を下っていくが、進めば進むほど、胸の痛みは鋭くなる。アリーのことは大嫌いだ――彼の顔も、目も、声も。だが、何かが彼女を引き戻そうとする。自分の血を流しているように思えてくる。

「ひとまわり広い道に出るとすぐ、ひいおばあさんは馬を止める。

「『もし徴が見えたら』と小声で言う。『桃色のヒバリが見えたら、引き返して彼を助けよう』

「そのとき、一群のヒバリが空からざっと落ちてくる。彼女が馬の向きを変えて山に戻ろうとするとき、馬の蹄は鳥の小さな亡骸を踏みつぶしていく。

「アリーはなかば石に埋もれている。顔は血だらけだ。頰に食いこんだ小石が、肌のなかでぬめった光を放っている。両腕は打ち身だらけ、両膝は傷だらけで、服はぼろぼろになっている。ひいおばあさんは膝をつき、アリーを持ち上げようと力を振り絞る。片腕を肩にかけさせて、彼の体重に腰を折りつつ、馬に向かって歩いていこうとする。

「ひいおばあさんは地面にへたりこむ。アリーは彼女に覆いかぶさり、顔が彼女の胸に乗っている。ひいおばあさんは立ち上がる。もう一メートル半ほど彼を引きずっていき、また倒れこむ。岩が彼女の服を切り裂く。膝からも肘からも手のひらからも血が出ている。また立ち上がる。アリーと自分の血でべとつく髪は、ほどけて肩にかかっている。

『お願い《エラ、コンチェ》！』ひいおばあさんは馬に呼びかける。馬が膝をつくと、彼女は鞍にアリーを投げ出す。太陽が峡谷に火を注ぎこむ。遠くにそびえる山の頂には、まだ雪がある。

『このまま進んでいくわけにはいかない』と彼女は言う。『誰かに見られたら、この人は殺されてしまう』

「彼女は手綱を取ると、山に向かって呼びかける。『山よ《オイ・プラニノ》、あなたの胸にわたしたちを隠して。あなたの大事な子どもたちを隠して』

＊

「ひいおばあさんは馬を引いて山道を上がる。足元ではマツユキソウが一列に咲いていて、彼女はそれをたどっていく。

「日没前、ひいおばあさんは羊飼いの小屋にたどり着く。牧草地には誰もいなくて、家ももぬけの殻で、囲いのなかでは五十頭の羊が鳴いている。小屋に入ると、暖炉に火が入っている。銅のかまどにお湯が沸いていて、ひとつだけあるベッドにはひと抱えの白いタオルが置いてある。

「ひいおばあさんはアリーを寝かせる。閉じたまぶたの奥で、彼の目はぴくぴく震え、ときおり何かわからないことをつぶやいている。彼女は破れたシャツのボタンを外し、ぼろきれになったズボン、赤く染まった革靴を脱がせ、血がしみこんだベルトを外す。小刀《ヤタガン》が床に落ちる。その象牙の柄に触れると、彼女の全身を寒気が走る――千もの悲しい叫び声。ひいおばあさんはその刀を遠くへ投げる。タオルをお湯につけて、彼の体を拭く。折れた手足に彼女が触れるたびに、アリーは苦痛で叫び、その声が暗くなっていく夜にこだまする。羊たちが囲いのなかで鳴く声しかしない。山は静まり返っている。

*

「ひと月にわたり、ひいおばあさんはアリーの世話をする。包帯を替え、当て木を締める。傷をきれいに洗うと、つぶしたヤグルマギクや茹でたキンポウゲをすりこむ。毎日一回、牧草地にアリーを連れ出して体を洗ってやる。水を汲む泉は遠くにあるから、羊の乳で体を洗う。チーズとヨーグルトを作って彼に食べさせ、夜には火をおこして寒くないようにして、あたりの静けさが重苦しくなれば歌ってやる。そうやって世話をするなかで、あれほど憎んでいても、彼を愛するようになる。

「女が恋をするのはいつだって奇妙なものだし、それが世界で最も美しい女となればなおさら奇妙なものだ。因果の法則はまたもや狂ってしまう。ひいおばあさんが羊の乳を搾るたびに、牧草地の草は丈高く伸びる。火をおこすたびに、遠くの山頂から石がなだれを打って落ちていく。彼女のアリーへの愛は日ごとに強くなり、その愛が彼を癒す。

*

「ふたりが火のそばに身を横たえてから九か月後、世界で最も美しい女は、同じくらい美しい女の子を産む。アリーは青々とした牧草地であの五十頭の羊を飼う。もう小刀《ヤタガン》は持たず、木のたんすにしまいこんでいる。ひいお祖母さんは赤ん坊の世話をして、チーズとヨーグルトを作り、ふたりの家には日が沈むことなどないように思える。でも、このお話は血で始まるから、血で終わらなければならない」

X

ジョン・マーティンは近道を選び、果てしない野原を南に突っ切る舗装していない小道を進む。エリはもう泣き止んでいるが、口をきこうとしない。通りかかった牧場は、有刺鉄線によって世界から隔てられている。その反対側には、大きな茶色の乳牛と、長く濡れた毛の子牛が何頭もいて、緑色の水が泡立つ大きな穴のそばで身を寄せ合っている。僕らの車が通っていくと、牛たちは地面を蹄で打ち鳴らし、そわそわした様子で首を伸ばす。牛たちの青い舌が空気を舐める動きは、オゾンから塩分を摂ろうとしているかのようだ。

車の後方、ずっと遠くのほうでは雨がどしゃ降りになり、空には稲妻の閃光が走っている。でも、前方の空はあいかわらず緑色で、光を放っている。十キロ走ったところでエンジンがオーバーヒートして、ジョン・マーティンは草地にトラックを停める。

「ヒーターをつけたらどうなんだ?」と僕が言うと、彼はあごで前をしゃくる。

「あっちに急いだって意味はない」

僕はため息をつく。思ったより苦しげな音になってしまう。「あんたの言うとおりにしたらこれだ」。次にどうなるかはちゃんとわかっているけれど、今の僕にはどうでもいい。「家に残るべきだった」

ジョン・マーティンは頷く。あごをさすり、唇を嚙む。

「なんで言われるまま出てきたんだか。こんなのありえない」

するとジョン・マーティンは自分の側のドアを開ける。「もうたくさんだ」と彼は言う。「お姫さま」と言うと、かぶっていない帽子のつばを軽く傾ける。雨のなかに出ると、そっとドアを閉める。そして道を歩いて戻っていく。ほとんどすぐにその姿はぼやける。僕は彼の背中に声をかける。クラクションを鳴らす。「ジョン・マーティン!」とエリは叫ぶが、彼はポケットに両手を入れたまま歩きつづけ、嵐のなかの幽霊になっている。

ちくしょう、と僕は言うと、エリをまたいで運転席に座り、トラックのエンジンをかけて車をぐるりと回す。自分の側のウィンドウを下ろして、ジョンと並ぶと、もうやめろよと言う。彼に謝る。「悔い改めた涙を見てくれ」と言い、顔にかかった雨を袖で拭う。後ろからエリも懇願に加勢して、ついにジョン・マーティンはびしょ濡れで水を滴らせながらトラックに戻る。

「俺は何を考えてたんだか」と彼は言う。「外はひどいもんだ」

よせばいいのにとわかっているのに、僕は言う。「残ったほうがよかった」

すると、棘のない優しい口調で、一体全体おまえはどうしたんだ、とジョン・マーティンは僕に訊く。少なくとも、そうやって訊かれたのだと僕は思いたい。そして突然、答えねばならないという気になる。彼のためにではなく、自分のために。

「ジョン、心から正直に言うとさ」と僕は言う。「ここが本当に嫌いなんだ。要するにそういうことなんだと思う。こんなところ、来なければよかった。アメリカにってことさ——テキサスとか、この道のことだけじゃなくて」。僕はエリの肩を撫でるけど、さっと肩をすくめられてしまう。「ブルガリアには竜巻なんかない。事実としてそうなんだ」。そしてふたりに言う。僕は笑顔の人を直視できないこと。美男美女の若いカップルも、父娘連れも、老いた妻を連れてそろって健康で、僕から奪われたたぐいの人生を送ってきた老人も直視できないことを。こんな「ヤッド」を感じるなんてばかげている。それは自分でもわかっている。「あまりにもひどい気分だから、盲腸を取られたことを後悔することもある。ないと寂しいんだ。盲腸なしだと何かが欠けているような気がするんだ」

「マイケル、おまえは悲しい人間だよ」とジョン・マーティンは言って、前に屈んで十字架にキスをする。

「あとひとつ」と僕は言う。「僕の名前はミハイルだ。マイケルじゃない」

「いいかマイケル」とジョンはつづける。「今朝のおまえは誰かに言われて家を出てきたわけじゃない。それに、誰かに言われて国を出てきたわけでもない。おまえが選んだことだ。男ならそれをしっかり受け止めろ。何かをやると決めたなら、その結果を受け入れろ。先に進め。お姫さま」と彼はエリに言う。「これが人生だよ。自分から倒れたり草地で転がったって勝てはしない。しっかり立って、前に歩いていくんだ。マイケルよ、今の生き方、それがおまえの未来だ」。そう言って、ジョンは親指で自分の胸をつつく。「少なくとも、おまえにはまだ娘がいるじゃないか。それを楽しんだらどうだ？　それから、この子のことはそっとしておけ。もう演技はうんざりだ。おまえはソ連にいるんじゃない。今から十年後も、この子は訪ねてきてくれるかもしれない。訪ねてきてはくれないかもしれない……」でも、ジョン・マーティンの言葉は途切れる。

何かがあった。僕らはそう悟る。風がすっかり止んでいる。もう雨は降っていなくて、空気は急に張りつめていて、どんな小さな音でもまったく歪むことなく届く。

今この瞬間、夕食を食べに帰っておいで、と母さんが僕と妹を呼んでいるように聞こえる。

「しーっ……静かに」とジョン・マーティンは言い、僕らは三人とも、もっとよく聞こうとフロントガラスのほうに身を乗り出す。

猛烈な突風がトラックを横殴りしてくる。別のもっと大きなトラックがぶつかってきたみたいだ。エリは鋭い叫び声を上げて僕にしがみつく。風が左、右、左と平手打ちしてくるのを、僕らは座って耐えるしかない。トラック全体が震え、ガタガタと揺れ、窓ガラスはいつ粉々になってもおかしくない。僕はエリの顔をシャツでしっかり覆い、彼女をきつく抱きしめる。どういうわけか、ジョン・マーティンはクラクションを殴りつけている。思い切り殴っているけれど、打ちつける風のなかではかろうじて聞こえる程度でしかない。

そして、それが見える——右のほう、一キロほど離れたところに。空から野原まで伸び、どこまでも穏やかに荒れ狂っている、白いふいご状の雲が。エリは僕に抱きしめられながらちらりと外を覗き、今、僕らは右側のウィンドウにへばりつき、子どもに戻ったように口をぽかんと開けている。エリの息が僕の首にかかり、生ぬるいビールのつんとする臭いをさせるジョン・マーティンの息さえもかかっている。もちろん、そのふいご状の雲に僕らは殺されてしまうかもしれないが、そんなことは考えるのもばからしい。ここを通り抜けて、僕らなんてそもそも存在しなかったみたいに、トラックも何もかも消し去ってしまうかもしれない。それでも、僕らは怖いとは思っていない——それはわかる。僕らが抱いている感情は、畏敬の念だけだ。後悔も、妬みも、ヤッドもない。

そして、それは消える。ふっとほどけて細い風になり、空と野原に消える。また雨が降り出し、大きな粒がフロントガラスに当たってはね返る。空中で固まって雹《ひょう》になっているからだ。くるみほどの大きさの塊に。トラックの屋根に激しく当たり、フロントガラスの隅をひび割れさせる。僕らすると、氷の塊と一緒に、黒いカラスが一羽、また一羽と落ちてきてボンネットに激突する。僕らが凍りついたまま見守っていると、死んだカラスの群れが雨となってあたりに降り注ぎ、その死骸が道路の上で泥水を飛び散らせる。

こんな狂った光景を目にしたのは初めてだ。そのことに疑いの余地はない。でも、前みたいに、僕らは怯えてはいない――エリはダッシュボードによじ上って、フロントガラスに顔をくっつけているから、ボンネットの上のカラスとは数センチしか離れていないけれど、その彼女でさえ怖がってはいない。

雹が収まると、僕は雨のなかに踏み出し、エリとジョン・マーティンもそれにつづく。カラスの死骸を足でつつくと、首はねじ曲がっていて、翼は折りたたみ傘の骨のように折れている。僕らはおたがいに何も言わずに動きつづける。僕が一羽のカラスをサッカーボールのように軽く蹴ってみると、そのカラスは、首が折れてだらりとなっているのに、唐突に羽ばたく。三回、四回と、翼を思い切り泥に打ちつける。僕はびくっとあとずさり、自分の足に引っかかって、派手に尻餅をつく。

もちろん、エリは叫び出す。でも、奇妙にもその叫びはすぐに笑い声に変わる。ジョン・マーティンも僕のそばで笑っていて、大きな腹が揺れている。そこで、ふたりを楽しませようと僕は道を走っていき、自分のかかとを蹴る。また泥に倒れこんで、しばらく座っている。打ちつける雨、笑い転げている娘。僕は空に向けて両手を上げ、何かを待っている。審判のホイッスルだろうか。

エリが母親に電話をかけたがっていること、雨や竜巻のことをすべて話したがっていることはわかる。ありがたいことに電波はない。でも、僕の母はどうだろう？　事実としてブルガリアには竜巻はないから、母に話してもわかってもらえないだろう。でも、少なくとも感じてもらおうとすることはできる。風がどれほど冷たかったか、カラスの翼がどれほど輝いていたか。母はテキサスの雨で髪を濡らしたことはないが、僕の髪は川みたいに水を滴らせている。目がなくても、僕の世界は見える。僕だって、目がなくても母さんの世界を見ることはできる。僕の血は母の体を流れ、母の血は僕の体を流れている。血のつながりがあれば見えるはずだ。

XI

「ある夜、ひいおばあさんが赤ん坊にお乳をあげようとしていると、大地が震え始める。太陽が沈むにはまだ一時間あり、アリーはまだ羊の群れを連れて外に出ている。赤ん坊を抱いて、ひいおばあさんは牧草地に走り出る。

「黒い波が遠くの丘を食らい、素早く迫ってくる。近づいてくるにつれて、それは自分のもとを目指して行軍する兵士たちなのだとひいおばあさんは悟る。五千人のイェニチェリを率いるのは偉大なるスルタンであり、金のロープでつながれた三頭の馬がその下でスルタンの重い体を支えている。スルタンの前で馬にまたがっているアリー・イブラヒムが見える。死ぬ寸前まで殴られ、変わり果てた姿になっている。両手は縛られ、つぶされた両目からは血の涙が流れている。

「ひいおばあさんは恐怖に襲われる。震える腕のなかで赤ん坊は眠り、ときおり弱々しい声を上げるだけだ。森も、山の頂も、峡谷も、すべてははるか遠くにある。曇り空の下、牧草地が広がっている。兵士たちから逃げ切ることはできないとひいおばあさんは悟り、家に戻るとベビーベッドに赤ん坊を寝かせ、別れのキスをする。たんすを縛り上げている鎖の七つの錠を開け、アリーの小刀《ヤタガン》を取り出す。またも寒気と、苦痛の叫び声。そのとき、牧草地からアリーが呼びかける。

「『山に逃げろ！』と彼は叫ぶ。『赤ん坊を連れて逃げろ！』

「朝靄のように軽やかに、ひいおばあさんは小屋から歩み出る。スルタンの前に、五千人の兵士の前に、いまや馬の背から落ちて痛みに涙を流すアリーの前に、彼女は立つ。丈の高い草は彼女の腰まで届き、暗い雲が空を這うように流れ、風は埃の匂いがする。

「ひいおばあさんは小刀《ヤタガン》を地面に突き立てると、髪をまとめて後ろで結ぶ。彼女の顔を隠すものはなくなる。

「『戦わずして連れていかれはしない《アズ・ベズ・ボイ・セ・ネ・ダヴァム》！』と彼女はスルタンに言う。刀の柄をまた両手でつかむと、武器を高く掲げる。ただちにスルタンは兵士たちに向けて手を振り、おのれの戦利品を捕らえよと合図する。だが、兵士たちは動けない。ひいおばあさんの顔を目にした彼らを、いまや欲望の薪の山が焦がしている。

「五千人の男たちが、みな狂うほどの恋をする。ひとつの場所にそれほど多くの欲望が集まったせいで、雲はどれも岩に変わり、ガラスのような固い塊となって軍勢の上に降り注ぐ。すべての雲が落ちたとき、牧草地に静寂が訪れる。

「アリーはスルタンの三頭の馬の前で体をよじる。イェニチェリのほとんどはつぶされて死んだが、まだひいおばあさんを連れ去ることのできるだけの数は残っている。

「『その女を捕らえよ！』とスルタンは怒鳴り、兵士のひとりであるイェニチェリを蹴りつける。その兵士は前によろめく。荒い息遣いで、頬を汗が伝っている。ひいおばあさんは小刀をしっかりと握り、刃の切っ先は腕の震えに合わせて踊る。イェニチェリはさらに近づき、彼女の前掛けに触れるほどのところまで来る。そして、彼女の足元に倒れる。

「ひいおばあさんは刀を振り上げる。その男を殺せ、と刀は飢えた声でささやきかける。だが、別のささやき声も聞こえる。彼を殺せば流れるのはおまえの血だ。ブルガリアの血なのだ。ひいおばあさんは両膝をつく。ついに、スルタンの怒声が響き渡るなか、目のくらんだふたりの兵士が彼女をつかむ。『我が鳥を持ってこい！』とスルタンは叫ぶ。『我が賞品、戦利品、花嫁をここへ！』

「そのとき、山が目を覚ます。

「風が凪ぐ。兵士たちはひいおばあさんを引っ張るが、動かすことができない。彼女は地面につかまれている。山が、彼女を引き戻している。分厚くしなやかな草の茎がからみ合い、生きる鎖となって、彼女の両足や腰、胸や肩にまとわりついている。

「『それは余のものだ！』とスルタンは叫ぶ。かなり手こずりつつ、馬から降りる。だが、ひいおばあさんを引っ張ると、山も引っ張り返す。さらに力をこめると、山も引き戻す力を強める。スルタンはアリーの刀をつかむと、生きた鎖を切り始める。それを終えるとひいおばあさんをつかみ、片方の肩にどさりと担ぐ。泥にまみれたアリーの前を通り過ぎるときに、血に洗われた顔に唾を吐きかけ、そして主のいない馬にひいおばあさんを座らせる。

「『世界で最も美しい女とやらの顔を拝ませてもらおうか』とスルタンは言うと、ふたたびほどけていた彼女の髪を後ろに払う。

「ふたつの虚ろな目が、青白く虚ろな顔からスルタンを見つめる。唇には色がなく、頬からはバラの色が消えている。彼女の美貌を失うまいと、山はその美しさを吸い尽くしてしまったのだ。

『余はこんな女に大騒ぎをしたのか？』スルタンは眉をひそめる。助けを借りて三頭の馬に乗ると拍車をかける。『宮殿に連れていけ』と命じる。『バラ水と乳で入浴させよ。それからもう一度見てみよう』

＊

「なぜ兵士たちが家に火を放たなかったのか、それは誰にもわからない。火をつけようとしたという話は何度か聞いたことがある。でも、燃える松明を茅葺きの屋根に持っていくたびに、どこからともなく吹いてくる強い風が炎を消してしまった。

「アリー・イブラヒムは打ちひしがれたまま小屋の前に残され、オオカミには絶好の獲物、カラスにはご馳走になる。赤ん坊は小屋のなかで激しく泣いているが、兵士たちはその子のことも置き去りにする。

「それから、山に静寂が降りる。最寄りの家でも一日以上歩いた距離にあるから、しばらくは犬が吠える声も聞こえない。太陽がついに山の頂の向こうに沈むと、赤ん坊はまた泣き出す。アリーは牧草地を這っていく。つぶされた目の前で、輝く点がいくつも身をよじっている――愛する女の匂いがまだ漂っている。家の敷居のところで、頭をがくりとうなだれる。唇に死を感じる。

「羊たちが鳴き始める。首につけた鈴が夜に歌い、軽い足取りの下で丈の高い草がさらさらと音を立てる。何かが入ったバケツが揺れる音がする――誰かが一頭の羊の乳を搾って、小屋にその乳を持ってくる。遠くで響く、いくつものささやき声。踊る牧草地。冷たい手がひとつ、アリーの肩に置かれる。

「『おいで、我が子よ。おいで、可愛い子。なかに入りましょう。赤ん坊がお腹を空かせているから』」

＊

こうして、このお話は終わる。今までも多くの人が語り、歌にもしてきた。この物語は空のなかにあり、水のなかにあり、谷にあり、険しい丘にある。そして今でも、山に行けばあの優しい声を聞くことができる――女の声が、絶望のとき、暗黒のときに、自分の子どもたちを慰めている声が」

謝辞

大まかに年代順に、以下の方々にお礼を述べたい。その方々なしでは、この本も、その著者も存在しえなかったのだから。

アゴプ・メルコニアンは、僕が最初に書いた短篇をいくつか読んで、そこに何かを感じ、当時の僕を十六歳のオタクではなく、自分と同じ作家として接してくれた。彼がこの本を見られたらいいなと思う。

ソフィアの第一英語学校で教わった英語の先生方。ヨルダノヴァ先生、ストエヴァ先生、ヴァセヴァ先生に。そしてボヤジエヴァ先生は、授業の初日に、英語でひとつ作文するようにと僕に言った。The apple is on the table.（そのリンゴはテーブルの上にあります）でも、六行六連体の詩を作れと言ってくれていたら、僕はもっとうまくやれたかもしれない。

マリー・ラヴァラード女史とアーカンソー大学交換留学生基金の支援がなければ、僕はアメリカで学ぶための資金をとうてい工面できなかった。

エレン・ギルクリストは、いつも僕の味方でいてくれて、「書くことは書き直すことだ」と最初に教えてくれた人でもある。僕の最初の創作科の先生方は、アダム・プリンスとメアリー・モリッシーだった。チャック・アーゴがいなかったら、僕はブルガリアについて書こうなんて思いもしなかっただろう。ジョン・デュヴァルの友情と知恵は、つらいときの支えになってくれた。デイヴィス・マコームスの親切にも感謝したい。モリー・ジャイルズの大らかさと、編集者としての率直さにも。ドナルド・〈スキップ〉・ヘイズは、物語や構成や登場人物について多くを教えてくれたし、僕の結婚式では司祭の役も務めてくれた。スキップの妻パティーはひと肌脱いで、式の会場を提供してくれた。キャスリーン・コンドレイとコリン・コンドレイ、ベス・ホートンとピーター・ホートンのもてなしに感謝したい。スラッタリー博士は、僕が午前の授業を教えなくてもいいようにしてくれた！　心理学の指導教員だったロール博士とフレウンド博士にも感謝を。かつての上司、マイク・ウィリアムズにも。

アーカンソー時代の友人たちについては、ありがたいことに数が多すぎて、ひとりひとり名前を挙げきれない。デントンでの友人と同僚が支えになってくれたことに感謝したい。大陸も歳月も越えて、僕のそばにいてくれたブルガリアの友人たち、ボツァタ、ボヤンと彼の家族に。イヴチョ、オト、トライチョ、そしてツヴェティに。

エージェントのソルチェ・フェアバンクが当初から僕の作品を信じてくれたこと、彼女が友情と編集上の助けと励ましを与えてくれたことに感謝する。

この本の編集者コートニー・ホデルは、短篇集ができあがる前から可能性を見い出してくれて、完成までは疲れを知らず、僕に創作の何たるかを教えて、副作用として僕を大いに苦しめてくれた。あなたに最大の感謝を。

いやな顔ひとつせずにいつも助けてくれたマーク・クロトフに。マリオン・デュヴァート、アマンダ・スクーンメイカー、ワー・ミン・チャン、デイヴィッド・チェサノウ、ミシェル・クレハン、ジョナサン・リッピンコット、ジェニファー・キャロウ、デブラ・ヘルファンド、ブライアン・ギッティス、ハンナ・オズウォルドとFSGの皆さんは、この本を世に出すために尽力してくれた。

ブレット・ロットとドナ・ペロールト、『サザン・レビュー』のスタッフにも感謝を。ポーラ・モリス、サビーナ・マレー、ハイディ・ピトラー、サルマン・ラシュディ、アンドリュー・ブレックマン、ハンナ・ティンティに。アーカンソー大学のウォルトン・ファミリー&リリー・ピーター基金と、ボブ・ガーネットとルイーズ・ガーネット夫妻は、僕の創作を支援してくれた。

僕の妻に、愛と励ましのすべてに感謝したい。

故郷にいる家族、とりわけ祖父母に。僕の両親に。愛してるよ《オビチャム・ヴィ》！

いつも僕が心のなかで戻っていく親愛なるブルガリアに。そして、美しきブルガリア語よ、異国の言葉で物語る僕を許してほしい。その言葉は今では僕にとって愛しく身近なものになっているから。

そして、心優しき読者よ、この本を読んでくれてありがとう。

訳者あとがき

本書『西欧の東』は、ブルガリア出身の英語作家ミロスラフ・ペンコフが二〇一一年に刊行したデビュー短篇集 *East of the West* の全訳である。

ペンコフは一九八二年にブルガリア北西部の都市ガブロヴォで生まれた。幼少期に首都ソフィアに移り住み、十八歳まで同地で過ごすことになる。サッカーばかりしていて読書にはそれほど関心がなかったというが、同時に、両親からは架空の物語やブルガリアの歴史についての物語を聞かされて育ったという。

二〇〇一年にアメリカ合衆国に留学したことによって、そうした日々は大きく変わる。ペンコフはアーカンソー大学で心理学を専攻し、大学院では創作科に進学した。学部生のころは、十代のころ好きだったスティーヴン・キングを真似たようなアメリカ風の小説を書いていたという。その出来には満足できなかったが、歴史の授業で教授のためにブルガリア史の資料を英訳する手伝いをしたことがきっかけとなり、子どものころに夢中になった、ヒロイズムや裏切り、勇敢さや臆病さ、自由や死に彩られたブルガリアの歴史を物語として語れたらという思いから、本書『西欧の東』に収録される短篇を書き始めることになる。

その成果はかなり早くから陽の目を見た。二〇〇七年には、本書にも収録されている「レーニン買います」が、アメリカ南部の文芸誌『サザン・レビュー』からユードラ・ウェルティ賞を贈られたほか、サルマン・ラシュディが編者を務めた『ベスト・アメリカン・ショート・ストーリーズ二〇〇八』にも選ばれる。続いて二〇一一年に発表した「西欧の東」が、翌年のBBC国際短篇賞に選ばれたほか、O・ヘンリー賞にも選出されるなど、ペンコフの知名度は一気に上がることになった。そうした受賞作を収めた『西欧の東』を構成する八つの短篇はどれも、ブルガリアの歴史や社会情勢を背景としつつ、魅力あふれる人間ドラマを見せてくれる。

具体的に、それぞれの短編を簡単に紹介したい。冒頭を飾る「マケドニア」は、共産主義時代、すでに老境に入った男性を語り手として、その老人が思わぬ形ではるか昔に引き戻されるところから、マケドニア地方の領有をめぐる十九世紀末のブルガリアとトルコの争いと、老人の家族をめぐる物語が次第に重なり合っていく。

続く「西欧の東」では、セルビアとの国境近くで生まれ育った若者を主人公とし、共産主義時代後半から二〇〇〇年ごろまでの彼の半生が語られる。川向こうにあるセルビア側の村は、旧ユーゴスラヴィアの開放政策のために西側とのつながりがあり、主人公のいるブルガリア側は、共産主義に忠実に暮らしていくほかない。リーバイスやロック音楽といった西側の商品や文化への憧れ、次第に雲行きが怪しくなるブルガリアの社会情勢を背景として、青春のラブストーリーが疾走する。

「レーニン買います」の若者は、二十世紀の終わりごろにアメリカ合衆国への留学に意気揚々と旅立っていく。西欧の価値観を吸収した彼とまったくの好対照をなすのが、筋金入りの共産主義者である彼の祖父である。水と油のように相容れないふたりだが、留学中のさまざまな浮き沈みから、孫は祖父との電話のやりとりを始め、祖父の生きる世界との意外な接点を見つけ出していく。

打って変わってブルガリアの田舎に暮らす十代半ばの女の子マリアのやるせない日常が、次の短篇「手紙」の中心となる。祖母とふたりで暮らし、孤児院にいる双子の妹に会いに行き、母親とは年に一度電話で話すだけ。近所に邸宅を構える富裕層の夫婦から金品を盗み、小金を稼ぐ。そんな彼女の日々からは、厳然と存在する経済格差という現実が明らかになる。未来に対する希望を求めてもがく彼女に、あるとき妹が漏らしたひと言が、家族の日常を大きく動かすことになる。

「ユキとの写真」では、シカゴの空港で働くブルガリア人の若者と、アメリカで出会って結婚した日本人女性ユキが、不妊治療を受けるためにブルガリアに行き、彼の祖父母が使っていた田舎の家にしばらく滞在する。おせっかいな隣人たちに囲まれ、夫婦にとっては順調に思えた日々は、ある日、一瞬の出来事で急展開を迎える。ブルガリアにおける「ロマ」（作者の希望もあり、作中では「ジプシー」と表現している）をめぐる人種の問題を軸として、日常的に存在する異文化への偏見や差別といった側面が、哀感をもって語られる。なお、本篇は日本とブルガリアの共作によって『ユキとの写真』（仮題）として映画化が進行中である。

共産主義体制の崩壊と、その後の経済の混迷は、さまざまなレベルでの社会的混乱をブルガリアにもたらした。そうして移りゆく時代のなかで取り残された少年ラドが、「十字架泥棒」の主人公である。一度読んだり聞いたりした言葉はすべて記憶してしまう天才少年ラドの才能に賭けて、一家はソフィアに移り住むが、軌道に乗れないさなかに共産主義が終わり、経済の崩壊とインフレによって将来の夢は潰えてしまうかに思える。切羽詰まった親友ゴゴとともに、ソフィアにある教会に侵入したラドは、そこで思わぬものと対面することになる。

共産主義時代の一九八〇年代、トルコ系のムスリム住民に対してブルガリアの名前に改名するよう強制する政策が取られた時期があった。多数の住民のトルコへの脱出を生んだその悲劇を、「夜の地平線」は、トルコ系のバグパイプ作りの一家に女の子として生まれたが父親によって男の子の名前をつけられてしまった主人公ケマルの物語として語り直している。名前とアイデンティティや帰属の問題を何重にも問いかけつつ、物語にはつねに神話めいた雰囲気が漂う。

その神話性を引き継ぐのが、短篇集の最後を飾る「デヴシルメ」である。グリーンカードの抽選に当たり、幼い娘を連れてアメリカに渡ってきたミハイルとマヤの夫婦は、物語が始まった時点でばらばらになってしまっている。テキサス州で、マヤと娘との別居生活を余儀なくされたミハイルは、娘とのつながりをどうにか保つべく、娘と過ごせるある週末の夜に、家族とブルガリア史が絡み合う不思議な物語を語り始める。世界一の美女だったという彼の曾祖母と、それをスルタンのもとに連行する使命を託されたアリー・イブラヒムの物語が展開する一方、現実のミハイルと娘のもとにも、意外な試練が訪れる。過去と現在、スケール感に満ちたふたつの物語は互いに絡み合いつつ、忘れがたい結末に向かっていく。

ブルガリア人の八人に一人は国外で生活しているともいわれる。そのひとりとなったペンコフは、地理的にも言語的にも遠く離れた場所で、ブルガリアへの思いを綴ろうとする。オスマン・トルコによる支配からバルカン戦争での敗北、共産主義体制とその崩壊といった、しばしば辛酸を舐めるブルガリアの歩みと、物語の主人公たちは無縁ではいられない。彼らはときに全速力で駆け、ときに地面に大の字になり、階段を登っていき、太陽に向かってものを投げ、わざと足をもつれさせて転ぶ。それぞれの人生の歩みと未来に対する思いを、物語はそうした場面に凝縮し、読み手の感情を大きく揺さぶる。願わくば、読者のみなさんにもそうした感覚を味わっていただけたらと思う。

ペンコフ独特の文体についても、ここで触れておくべきだろう。英語で書くときにはなるだけシンプルな表現を心がけている、と彼は僕に教えてくれたことがある。実際、本書の短篇のどれをとってみても、単語も構文も平易なものが意識的に選ばれ、軽やかさを感じさせもする。一方で、その文体が描き出す登場人物の感情の陰影や、物語のスケールは、驚くほど多彩なものだ。英語という第二の言語で書くことで生じる距離感をさまざまなモチーフや言い回しで表現しつつ、物語としての魅力を巧みに引き出す手つきは、ペンコフの豊かな才能を如実に示している。

本書の発表後、ペンコフは長篇小説の執筆に乗り出した。ロレックスがスポンサーを務める、ベテラン作家が若手作家とペアを組んで指導役を務めるというプログラムにマイケル・オンダーチェを迎え、二〇一六年に第一長篇『コウノトリの山』(*Stork Mountain*)を刊行している。アメリカに移住した若者が、トルコとの国境に近い山岳地帯の村にいる祖父を訪ねたことをきっかけとして、ブルガリアとトルコ、キリスト教とイスラム教が複雑に交錯するその地の過去と現在に分け入っていく。その物語に、神話的な語りが繰り返し浮上してきて絡み合う、叙事詩のようなスケールを持つ小説に仕上がっている。

『西欧の東』の翻訳にあたっては、多方面でさまざまな人たちに支えていただいた。まず、本書収録の「西欧の東」と、未収録の短篇「血の金」は、本書の刊行に先立って、それぞれ『文學界』と『GRANTA JAPAN with 早稲田文学3』に掲載されている。その際には、『文學界』で編集を務めておられた大嶋由美子さんと、『早稲田文学』で担当してくださった窪木竜介さんに伴走していただいた。この場を借りてお礼申し上げたい。その短篇発表の際は、作家名の表記は英語読みの「ミロスラヴ・ペンコヴ」だったのだが、のちにそれは作者と翻訳者(つまり僕)とのコミュニケーションミスだったことが判明した。「ペンコヴ」として作家名を覚えていただいた方々には、この場を借りてお詫び申し上げたい。

その他、いろいろと頼りないことは枚挙にいとまがないとはいえ、白水社編集部の金子ちひろさんには、企画段階から訳文のチェックまで、翻訳者と併走して支えていただいた。どうもありがとうございました。

「レーニン買います」や「西欧の東」は、同志社大学英文学科のゼミの授業でも取り上げる機会があった。まずはその話を面白がってくれ、翻訳にも挑戦してくれたゼミ生たちから多くを学ぶことができたことにも感謝したい。

二〇一七年には、作者のブルガリアへの思いに動かされるようにして、短期間とはいえブルガリアを訪れ、ソフィアからロドピ山脈の入り口まで、忘れがたい土地との出会いを果たすことができた。その行程をすべて分かち合ってくれた妻と、そのあいだ、ちょっとだけひとり旅をがんばってくれた娘に、心からの愛と感謝を込めて、本書の翻訳を捧げたい。

二〇一八年九月　京都にて

藤井　光

訳者略歴
一九八〇年大阪生まれ
北海道大学大学院文学研究科博士課程修了
同志社大学文学部英文学科准教授
主要訳書
D・ジョンソン『煙の樹』、R・ハージ『デニーロ・ゲーム』、S・プラセンシア『紙の民』、R・カリー・ジュニア『神は死んだ』、H・ブラーシム『死体展覧会』（以上、白水社）、D・アラルコン『ロスト・シティ・レディオ』、T・オブレヒト『タイガーズ・ワイフ』、S・フリード『大いなる不満』、A・ドーア『すべての見えない光』（第三回日本翻訳大賞受賞）、R・マカーイ『戦時の音楽』（以上、新潮社）

〈エクス・リブリス〉
西欧の東

二〇一八年一〇月一〇日 印刷
二〇一八年一〇月三〇日 発行

著者 ミロスラフ・ペンコフ
訳者 © 藤《ふじ》井《い》光《ひかる》
発行者 及川直志
印刷所 株式会社三陽社
発行所 株式会社白水社
東京都千代田区神田小川町三の二四
電話 営業部〇三（三二九一）七八一一
編集部〇三（三二九一）七八二一
振替 〇〇一九〇-五-三三二二八
郵便番号 一〇一-〇〇五二
www.hakusuisha.co.jp
乱丁・落丁本は、送料小社負担にてお取り替えいたします。

誠製本株式会社

ISBN978-4-560-09271-2

Printed in Japan